도향

사랑, 그 설렘에 취하고 향기에 물들다.

ㄷ
향

사랑, 그 설렘에 취하고 향기에 물들다.

愛人

그를 사랑하다

그를 사랑하다 2

DAHYANG ROMANCE STORY

언재호야 장편 소설

contents

20.

두꺼운 겨울옷 밑으로 앙상한 등뼈가 느껴졌다. 어디론가 도망을 치고 있는 여자를 뒤쫓는 느낌이었다. 메마른 여자의 입술이 자꾸만 멀어져 가고 있었다. 차가운 손끝이 녹을 생각을 하지 않았다…….

"이제…… 그만. 그만 해요."

여자의 목소리가 그의 취기 어린 용기를 질책했다. 목 밑에 내려오는 머리카락이 부스스한 여자는 새빨갛게 상기된 얼굴로 말했다. 숨이 찬 듯이…….

반팔 차림의 간병인 유니폼 밑에서도 마치 지푸라기같이 보이던 팔다리는 두꺼운 옷을 덧입어도 마찬가지로 보였다. 이미 그가 바에서 나올 때 열두 시가 넘은 시간이었다. 어제 나이트 근무를 하고 아침 퇴근 시간에 노회장의 퇴원 때문에 다들 바쁘게 돌아칠 때 언뜻 여자를 보았었다. 그렇게 일을 하고 지금 이 시간에 술 먹은 다른 남자들의 차를, 이 엄동설한에 몰고 있다니…….

차를 출발시킬 때까지도 모르고 있었다. 그저 누군가 왔겠거니. 그러나 우리나라 차와는 달리 왼쪽에 키를 꽂고 시동을 걸게 돼 있는 포르쉐에 능숙하게 키를 꽂고 부드러운 출발을 하는 대리기사를 흘끗 쳐다봤을 뿐이었다. 그도 늘 헷갈려 헤매는 것을……. 자신보다 훨씬 키가 작고 시야가 낮은 낯선 대리기사. 그러나 너무나 능숙하게 운전석을 맞추고 핸들 위치 조종도 순식간에 한 뒤에 차를 소리도 없이 부드럽게 출발시키는 여자……. 단지 닮았다고 생각했을 뿐이었다. 그래서 한 번 더 흘끗 모자 밑의 얼굴을 쳐다보았을 뿐이었다. 그는 눈을 감아야 했다. 이 얼마나 당혹스러운 우연인가.

호텔의 로비를 지나, 엘리베이터에 오르고 복도를 지나면서 느꼈던 것은 무엇이었나. 이제는 잊어버려서 기억도 나지 않았던 그 새까만 과거가 마치 바로 어제인 것처럼 생생하지 않은가. 두꺼운 오리털 파카를 입은 채 여자가 계산을 하는 동안 그는 내내 이 세상 어느 것에도 떳떳치 못해 그 어느 것도 응시할 수 없었다. 그런 기분일까…….

여자는 청바지에 모자를 눌러쓰고 두꺼운 점퍼를 입었지만 여전히 당당했다. 모든 것을 잃어버렸다고 여겼지만 여자는 그 어느 것도 잃어버리지 않은 듯 보였다. 그때, 그 화려한 호텔의 로비에서 검은색의 드레스와 새빨간 보석의 귀걸이를 한 우아한 얼굴과 그 어느 것도 변한 것이 없었다. 여자는 똑바로 자신을 쳐다보고 있었다. 어디가 변한 듯 보이는 건, 아마 저도 거울을 보면서 느끼는 십여 년이란 세월의 발자국일 것이었다. 여자는 아무것도 들지 않은 빈손으로 서 있더라도 태어날 때부터 여왕이었다. 그가 손댈 수 없는…….

하얀색의 공간에는 잠시 정적이 흘렀다. 남자는 저도 모르게 한 발짝 물러났고 여자는 허리를 굽혀 손을 내밀어 제 모자와 점퍼를 주워 들었다.

아득해지는 정신을 붙잡고 혜원은 그만을 외쳤다. 그리고 그녀가 원하는 대로 막 격정으로 치달을 것 같았던 그가 사라지고 그의 입술이 떨어져 나갔다. 아주 잠깐 꿈을 꾼 것이다. 화들짝 놀라 깨나야만 하는 서글픈 꿈……. 너무나 감미로워서 깨나고 난 현실이 더 서러운 그런 꿈. 아, 왜 꿈에서 깨나기 전에 저 새하얀 와이셔츠에 둘러싸인 남자의 허리를 두 손을 감싸 보지 못했을까……. 그녀는 손에 든 모자를 보고는 제 머리카락이 흉하게 눌렸을 것을 생각해 내고 얼른 눌러썼다. 할 수 있는 한 깊숙이.

"결제해 주세요."

콱 막힌 목소리가 갈라지는 게 창피했다.

기계적으로 남자는 몸을 돌리더니 회색의 소파 위에 아무렇게나 던져진 자신의 슈트 상의를 집어 들었다. 안주머니에서 카드를 꺼내고 있었다. 여자는 눌러쓴 모자의 챙 밑으로 그것을 보고만 있었다. 자신의 모든 감각을 시신경에만 모아야 했다. 그래야 방금 전에 있었던 감촉 따위를 되씹지 않을 수 있으니까.

남자가 몸을 돌려 다가오더니 손에 들린 카드를 내밀었다. 혜원은 얼른 몸을 숙여 떨어진 패딩 점퍼 주머니에 있던 피디에이를 꺼내 들었다. 옷이 딱딱한 대리석 바닥에 떨어졌지만 푹신한 점퍼 때문에 아무런 이상도 없어 보이는 게 다행이었다. 카드의 한쪽 귀퉁이만을 잡은 채 그녀는 카드를 기계에 통과시키고 가격을 적고 한참의 침묵 만에 승인이 떨어지자 터치펜을 내밀었다. '손님' 방까지 찾아와 결제를 하다니 미친 건가.

정말로…… 방금 전에 있었던 일은 제가 만든 망상인가.

남자의 손이 유려한 사인을 그려 냈다. 다시금 어른거리는 남자의 단정한 볼펜 글씨가 또다시 떠올랐다. 그녀가 카드를 남자에게 내밀었다. 그러나 그는 받지 않았다. 고개를 들어도 깊이 눌러쓴 모자 때문에 보이지 않을 것임을 알기에 그녀는 고개를 들지 않고 카드만 들고 내밀 뿐이었다.

"그걸로 마저 해."

"……네?"

마저 뭘.

"오늘 해야 할 만큼. 다 결제해."

"……."

그녀의 당혹스러운 침묵을 깬 것은, 사무실에서 콜을 부르는 지연 씨의 목소리였다.

〈22호 호출 받으세요. 22호.〉

사인을 하느라 음소거 버튼이 해제된 것이 분명했다. 그녀가 짜증이 섞인 기계 속의 목소리에 답을 하려는 순간 따뜻한 체온이 느껴지는 손이 그녀의 손에서 기계를 채 가는 것을 느꼈다. 왜 그러시냐고 급하게 물었어야만 하는데 그 손길에 다시금 화들짝 놀라느라, 어이없게도 그러질 못하고 말았다.

"정혜원 씨 사정이 있어서 오늘 일 더 못 합니다. 그런 줄 아십시오."

〈네?〉

황당하다는 지연 씨의 목소리가 되묻고 있었다.

"이거 어떻게 꺼?"

"저기……."

당황한 그녀가 그의 손에서 기계를 뺏으려 했지만 그런 그녀의 손을 잡는 남자의 손에 다시 멈칫하고 말았다. 그녀가 고개를 들더니 힘없이 말했다.

"오늘 이로써 제 일자리를 두 개나 잃게 만드시는군요."

〈혜원 씨, 정혜원 씨…….〉

기계 속의 여자 목소리는 그가 용케 찾아낸 파워 버튼 덕에 사라졌다.

"다른 일 해. 이런 거 말고."

그녀의 피디에이를 회색의 소파 위에 던져 버리는 남자…….

저 남자가 택시비 3만 원 때문에 이성을 잃을 뻔했던, 내 그 길재현이 맞는 걸까. 갑자기 머릿속에 떠오른 남자의 이름에, 그녀는 움찔해졌다.

남자는, 닥터 제이슨 길이라 불리는 남자는 소파의 나무로 된 팔걸이에 엉덩이를 걸치고 기대 혜원을 바라보았다. 긴 다리가 더 돋보이게 잘 재단된 매끄러운 슈트 하의, 막 단추를 풀어 헤쳤지만 매끈하게 피트 되어 마른 듯한 상체를 감싸 주는 눈부시게 하얀 와이셔츠를 입은 남자는 도대체 무슨 표정인지 알 수가 없다. 그리움이라 하기엔 너무 건조했고, 무관심이라고 하기엔 시선을 피할 수 없다. 늘 기억 속에 오리털 사파리 점퍼만 입고 있던 남자는 병원에서 다시 본 뒤에 늘 하얀색 가운을 입고 눈부신 와이셔츠에 단정하게 넥타이를 맨 금테 안경 밑의 싸늘한 얼굴로 바뀌어 있었다. 아, 그러고 보니 안경이 사라졌다.

그녀는 점퍼를 집어 들었다. 소파 위에 떨어진 피디에이를 찾아 나가야만 했다. 주섬주섬, 맨몸에 목욕 가운만 입고 있어도 좋을 만큼 따뜻한 공기가 가득 찬 하얀 공간에서 등 뒤에 비지땀을 흘리면서도 자신의 패딩 점퍼를 주워 입는 여자는 말이 없었다. 아무도 모르게 깊이 한숨을 들이쉬고 남자가 걸터앉아 있는 소파로 갔다. 어떻게 사정이라도 해야지……. 저번에도 그냥 가 버렸는데, 목소리는 깨끗하고 상냥하지만 성격만큼은 절대 그렇지 않은 지연 씨가 뭐라 길게 한소리 하겠지…….

“여기 있어. 추운데 나가지 말고.”

그가 뭉툭한 그녀의 패딩 점퍼에 싸인 팔을 잡았다. 아까보다는 옅어진 것 같지만 여전히 위스키의 취기가 입김에 녹아들어 있었다. 술김일까, 그리 술에 센 사람은 아니었다. 그녀의 기억에.

"한때…… 우리가 잘 알던 사이였고, 같이 호텔 방을 드나들던 사이였다 하더라도. 지금은 그렇지 않아요. 약혼도 하셨다면서요."

제 입으로 내뱉고 나서야, 혜원은 왜 제 스스로 이 남자를 밀쳐낼 수 있었는지 알아냈다. 그렇구나, 이 남자 병원장의 딸과 약혼했다고 소문이 파다했었다. 프런트 데스크에 나란히 서서 대화를 나누는 것도 몇 번이나 목격했었다. 병원에 처음 출근하면서도 어찌 이런 대단한 곳이 있나 싶어 놀라기만 했었는데 그 대단한 병원을 저 남자가 맡게 될 거라 생각하니 아득해졌었다.

정말로 아무것도 없던 사람, 단지 손가락이 패이도록 노트에 필기를 하고, 하루 종일 그 딱딱한 열람실 의자에서 일어나지도 않고 책만 들여다보던 그 남자가 그 수많은 날들이 지나고 나서 이렇게 제대로 성공이란 걸 해서 돌아왔다. 저 남자의 울음 섞인 마지막 통화도 이제는 잘 기억나지 않았지만 그 속에 담겨 있던 저와 저의 집에 대한 원망과 울분으로 이 땅마저 증오하며 다시는 돌아오지 않겠다고 했던 것만 어렴풋이 남아 있었다.

이런 저 남자에게 자신의 존재란……. 그냥 옛 사람일 뿐일 것이다. 이제 와 저 남자가 제게 가지고 있던 감정 따위가 있을까. 입장을 바꿔 놓고 생각해도 우습다. 자신이 아직도 떵떵거리는 커다란 호텔들의 상속녀이거나 혹은 제가 경영 일선에 서 있더라도 저 남자가 서 있는 지금의 위치에는 조금의 영향을 줄 수도 없는 별개의 자리였다. 다만, 이제 이런 호텔의 방값이나 혹은 제 일당 같은 돈에 연연하지 않는 자리에 있게 되니 저가 이 차가운 날씨에 취객의 차를 몰아 돈을 버는 것 정도에는 가볍게 동정을 보낼 수 있는 거였다. 자신도 충분히 그랬을 것이다.

그러니……. 이 자리에 서 있는 저는 천부당만부당한 일이다.

남자가 미미하게 인상을 찡그리고 있었다. 뭔가 마음에 들지 않을 때 하는 그런 버릇이었던 것 같았다. 제가 턱없이 비싼 점심 한 끼를 먹기 위해 도서관에 있는 남자를 끌고 길을 헤매고 헤매, 시간이 한참이나 지난 후에 테이블에 앉았을 때 기대한 만큼의 음식이 나오지 않으면, 그랬던 것 같다. 참 오랜 시간이 지났는데 새록새록 기억이 밀려 올라오고 있었다.

약혼이라……. 그는 여자의 입에서 나온 말에 잠시 망연해졌다. 그렇게 소문이 퍼졌을 수도 있다. 이미 올 때부터 그것은 절반 정도 사실이었으니까. 어마어마한 병원을 가진 여자와의 약혼, 결혼……. 그것이 나쁘지는 않았다. 자신이 그 어느 누구와 결혼을 할 것이라 생각해 본 적이 없는 만큼 그렇지 않을 것이라 생각한 적도 없었으니까.

맘에 걸리는 여자는 이미 재벌집의 며느리가 되어서 다 큰 아이들의 엄마가 되어 있을 거라 여겼으니까. 아니 그 여자가 맘에 걸려 있는 건지도 의심스러웠다. 그런 그 여자가 병원의 카펫에, 베여 피가 흐르는 손을 모른 체하고 쩔쩔매며 얼룩을 닦아 내고 있을 때 어떤 기분이었던가.

가끔 얼굴도 기억이 안 나는 금갈색의 긴 머리카락을 늘어뜨린 바비 인형 같은 여자가 저가 좋다고 속삭이는 꿈을 꾸고는 망연하게 식은땀만 흘리던 날들이 몇 날 며칠이었나. 여자의 얼굴 따위는 기억조차 나지 않는데, 그 푹신한 호텔의 남의 침대 위에서 뒹굴던 여자의 매끈한 알몸 따위가 가지고 있던 굴곡 같은 것을 생각해 내는 무의식을 스스로 경멸하며 밤잠을 설친 적이 또 얼마였던가. 겸연쩍은 표정으로 호텔 귀퉁이에 있다 방에만 들어가면 미친놈처럼 열에 들떠 여자의 몸을 탐하고 그 여자의 몸에 제 씨까지 뿌렸으면서도 LA 공항에 내리자마자 그는 여자의 얼굴조차 기억하지 못했었다.

여자에게 나는 그 달큰한 보랏빛 꽃향기가 나는 향수를 우연히 세미나를 간 프랑스 드골 공항에서 보았을 때도 왜 저가 그 어이없는 값을 치르고 한 줌도 안 되는 사치스런 크리스털 병을 사 들고 들어왔는지 스스로 이해를 할 수 없었다.

왜, 여자를 끌고 여기까지 온 것일까. 너도 그 예전에 나를 데리고 왔으니, 그래서 뜨거운 물이 펑펑 나오는 깨끗한 욕실에서 개운하게 씻을 수 있고, 너의 아름다운 육체를 마음껏 탐하면서 실오라기 하나 걸치지 않은 그 순간에만은 내가 너의 위에 있다는 착각을 할 수 있게 해 줬으니까? 너도 그렇게 해 주고 싶어서?

그래서……. 그래서 그랬던가. 그 짧은 순간에 이성을 잃은 건가.

지금 어떻게 해야 하는가.

그저 제가 이번에 한국에 와서 정말로 손쉽게 번, 통장에 찍힌 불로 소득이면 이 여자는 그래도 이 밤에 남의 비싼 차들을 몰면서 취객들의 시시껄렁한 농지거리를 듣지 않아도 될 것이고, 병원의 바닥을 닦거나 환자들의 히스테리를 받지 않아도 될 것 아닌가. 적어도 그 정도는 해 줄 수 있는 거 아닌가. 그 정도는……. 그 정도만…….

"앉아 봐."

그러나 여자는 그에게 팔이 잡힌 채 몸을 굽혀서 낡은 기계를 집어 들었다.

"대화를 좀 하자고."

"여기 온 제가 잘못인 거죠."

그녀가 돌아섰지만 그는 팔을 놓지 않았다. 여러 겹의 옷 사이로 드러난 가느다란 여자의 팔이 이 정도의 악력이면 아플 것이다 생각이 들었지만 그는 힘을 빼지도, 손을 놓지도 않았다.

"일, 그만둬. 병원도 이 기사 일도."

"……."

"얼마면 돼?"

다시 여왕 같은 모습으로 돌아가려면.

이런 솜 점퍼 따위는 십여 년 전의 가난한 고학생에게나 어울리는 것이다. 포르쉐의 왼쪽에 난 키 박스를 아무렇지도 않게 돌릴 수 있는 여자에게는 어울리지 않았다.

"……."

잡힌 팔이 아팠다. 너무 세게 잡고 있었다. 그러나 아프다고 말할 수가 없었다. 그 팔보다 더 아픈 게 있으니까.

"돈 많이 버셨나 보네요. 선생님이 아무리 잘 버신다고 해도 어차피 페이 닥터인데, 아무렴 절 감당하실 수 있겠습니까?"

아팠던 팔의 고통이 순식간에 사라졌다. 피부와 뼈가 느끼는 고통은 사라졌지만 저 깊은 곳에 서린 고통은 한층 더 무겁게 내려앉았다.

하얀색의 객실 문 밖은 편안한 옅은 오크 색조였다. 달칵 하고 매끈한 문을 닫은 혜원은 한동안 문 앞에 서 있었다.

난……. 왜 이러고 있는 걸까. 어디에 홀렸다고, 뭔가에 미쳤다고……. 그렇게 변명하면 됐던 거 아닐까. 남들은 나이트에서 처음 만나 부킹하고 잘도 모텔로 직행도 하는데, 저 남자 비록 오랜 시간이 지났지만 열정적으로 서로의 몸을 탐하던 사이 아니었나. 약혼자가 있든 없든 아직은 미혼이고 성인 남녀인데 저도 따뜻하고 깨끗한 호텔의 객실에서 기분 좋게 샤워도 하고 저 잘난 의사 선생님의 매끈한 몸에 저를 맡겨도 되는 거 아니었나…….

혜원은 다리가 풀려 주저앉기 전에 얼른 뛰듯이 엘리베이터로 향했다. 그 달디단 입술과 속이 아릴 것 같은, 제 어깨를 감싸 안는 남자의 체온이 미친 듯이 떠올라 도로 저 방으로 뛰어 들어갈까 봐……. 왜 803이라는 방 앞에 적힌 숫자 따위를 외우는 건데, 다시 뛰어 들어가면 아마 숨도 쉴 사이 없이 저 남자의 와이셔츠 단추를 풀어 버리려고?

엘리베이터가 멈추고 누가 붙잡듯 뛰어나가 회전문을 밀치고 차가운 바람을 맞자마자, 그녀의 얼굴은 뜨거워졌다. 저 등 뒤에 반짝거리고 있는 불빛이 가득한 하얀 대리석의 호텔 안에서는 무슨 일이 있었나. 왜 제 행동은 이리도 일관성이란 게 없는 걸까. 남자의 매끄러운 입술이, 작은 상처가 있는 눈썹이, 날카로운 콧대가 아직 하나도 변한 것 없이 저 안에 있고, 제 입술을 빨고 훑는 그 달아 썩어 문드러져 버릴 것 같은 혀도 그대로인데, 왜 저는 여기 나와서 찬바람을 맞고 이러고 서 있는 건가.

그때는 미안했어요, 지금은 저희가 쫄딱 망해 버렸으니 당신이 절 다시 받아 준다면 평생 감사하며 고맙게 잘 살게요……. 라고 말했어야 하는 거 아닌가? 무슨 자존심 따위가 남아 있다고, 뭐가 그리 대단해서 저 남자 그 잘난 의사 선생님하고 잘 먹고 잘 살라고……. 오지랖도 넓게 이러고 있는 건가.

다음 주면 저 사람은 미국에 갈 것이다. 그리고 다시 돌아와 저 주 선생이랑 결혼을 하겠지. 저는 이제 클리닉과 계약이 해지됐으니 자리가 난다면 다른 병원에 갈 것이다. 아주 가끔 고약한 드라마 작가들이 지지하게 쓰는 스토리처럼 백화점이나 혹은 극장 같은 데서 두 사람이 다정스럽게 줄을 서고 있거나 카트를 끌고 있는 것을 볼지도 모른다. 아니면 저번처럼 두 사람이 가볍게 한잔 하고 대리기사를 불렀을 때 저가 그 차를 몰지도 모른다. 그때쯤에는 지금 이렇게 기회를 놓친 것을 후회할지도 모른다. 그러나 지금은 후회되지 않았다.

잘한 거야…….

아주 잘.

다시 한 번 그 사람에게 주어진 기회 따위를 밟아 버릴 그런 권리 따위는 없다.

보고 싶었던 얼굴을 봤으면 됐다. 다시 한 번 저 달디단 입술을 맛봤으면 됐다. 호텔 방에서 서로 키스 한번 했다고 그게 간통이 되지는 않는 거겠지. 암. 그럴 거야. 자신은 걸 것 따위는 없다. 그렇지만 당신의 눈부시게 빛날 미래 따위는 지켜 주고 싶다.

왜 그 사람은 저한테 사랑한단 말 한마디 안 했을까. 사랑하지 않았었나. 그랬었나…….

그녀는 피디에이를 켰다.

"죄송합니다. 22호 일이 있었어요. 팔레스 호텔 앞입니다."

여자가 나가는 걸 잡지 못했다. 무슨 맘으로 여자를 여기까지 데리고 왔던가. 여자와의 진한 해후를 원했던가? 단지 추운데 여자 몸으로 고생하는 게 아쉬웠었나. 기억 속의 여자는 저렇지 않았다. 마치 얼굴만 같은 다른 사람 같았다. 마른 등뼈도, 가느다란 손가락도, 메마른 입술도……. 같은 여자인데 왜 다른 사람만 같은가. 십여 년간 저를 악몽에서 헤매게 만든 오만한 여왕은 어디로 갔단 말인가. 갑자기 가슴 한구석이 지끈거렸다. 이유를 알 수 없었다. 그는 자신의 주머니를 뒤져 얄따란 휴대폰을 꺼내 들었다. 번호를 누르자 금방 누군가가 전화를 받았다.

"……간병인 중에 정혜원 씨 연락처 좀 보내 주십시오."

21.

붓기가 빠지지 않은 얼굴을 찬물로 씻으려니 손이 덜덜 떨렸다. 그래도 얼음같이 찬물에 하는 세수가 제일 손쉽고 나은 방법이라는 걸 잘 아는 혜원은 새빨갛게 언 손으로 세수를 하고 욕실을 나왔다. 찌개 냄새가 좁은 집 안에 가득 차니 집 안이 따뜻하게 느껴졌다. 혜원이 들어올 때까지 드라마 재방송을 보고 있던 엄마는 아직도 꿈나라였다. 9시가 다 되는 시간……. 원래 같으면 벌써 일을 하고도 남을 시간이었다. 아침 근무였으니까. 아마 일곱 시 반에는 버스에 타고 있었을 것이었다.

혜원은 느긋하게 조그마한 화장대 거울을 올리고 앞에 앉았다. 빨갛게 언 얼굴은 그래도 아까보다는 나아 보였다. 스킨, 로션을 꼼꼼히 바르고 화장을 시작했다. 얼핏 엄마의 에센스가 다 떨어진 게 보였다. 별 특징 없이 보이는 하얀 통에 은색의 뚜껑. 저번에는 이벤트다 인터넷 쿠폰이다 해서 절반 가격에 샀지만 이번엔 그 가격으로 살 수는 없을 것 같았다. 풀세트를 갖고 싶어 하지만 달래고 달래 에센스 하나로 끝냈는데. 이번에 일 끝나고 수당이 들어오면 큰맘 먹고 한 세트 사 드리려고 했었지만 다음 달이 어떻게 될지 모르니 그건 요원한 일이 돼 버렸다.

대충 화장을 마치고 듬성듬성 돼지고기가 든 김치찌개를 떴다. 오후에 강 팀장을 만나기로 했었는데 아침에 문자가 와서 11시로 옮겨졌다. 강남에 있는 엠제이 헬스케어까지 가려면 적어도 넉넉잡아 40분은 필요했다. 얼른 허기를 때우고 머리도 말려야 했다.

어제 한 두부조림, 김장 김치, 김치찌개, 멸치 볶음, 김……. 단출한 식탁이었다. 이제는 제법 먹을 만한 김치찌개. 정말로 돈이 없어서가 문제가 아니라 두 모녀 다 칼 한번 제대로 잡아 본 적 없던 터라 이만큼 해 먹는 것도 참 오래 걸렸다 싶은 생각이 갑자기 든 건, 아마 어젯밤, 아니 오늘 새벽 일 때문이었을 것이다. 잊어버린 과거를 기억하게 만드는 사람 때문에……. 그 허름한 집에, 부엌도 제대로 없었던 그 자취방에서 그 사람은 어떻게 그런 아침상을 내왔었을까……. 혜원은 저도 모르게 숟가락을 놓고 말았다.

* * *

아무리 늦게 잠들더라도, 정확하게 다섯 시면 눈이 떠지는 고약한 버릇을 가진 그는 벌써 호텔 지하에 있는 수영장의 레인을 50번 돌았고 병원의 아침 식사보다 훨 못한 호텔 조식으로 식사를 마친 뒤에 쌓여 있던 신문들을 다 꼼꼼히 살핀 후였다.

평소에는 아침에 밤새 있었던 환자들을 살피거나 혹은 새벽에 응급 환자를 돌봤고, 그날 있을 수술에 대한 컨퍼런스가 집중적으로 있는 시간이었다. 간단한 운동이나 식사까지 하려면 다섯 시란 시간도 빠듯했었다. 회진을 돌고—이곳과는 달리 회진에 굉장히 많은 시간이 들었다—외래 환자를 면담하고 나면 어느덧 점심때였고 간단히 식사를 한 후에는 대부분의 시간은 수술방에서 보냈었다.

시간이 필요할 때는 그리 쪼개고 쪼개도 모자라더니, 이곳의 시간은 일부러 느릿느릿 기어가는 것 같은 느낌이었다. 아직도 9시도 되지 않았다니. 그는 한숨을 내쉬면서 신문을 덮었다. 호텔의 라운지는 한가한 음악이 흐르고 있었지만 주말이라 그런지 사람이 좀 있는 듯 보였다. 번화가 호텔의 1층 로비 옆의 커피숍에서는 커다란 통유리 창으로 밖이 훤히 내다 보였다. 뿌연 창밖으로 쾌적하게 습도와 온도가 맞춰져 와이셔츠 바람으로 앉아 있는 안쪽의 공기와는 달리 보기에도 차가워 보이는 바깥에는 어깨를 잔뜩 움츠린 사람들의 바쁜 걸음걸이가 보였다. 신문 1면을 장식하는 한파 소식에 그는 서울의 한겨울을 체감할 수 있었다. 힐끗 시계를 보던 그가 얇은 그의 휴대폰을 들었다.

*　*　*

혜원은 시간에 조금 늦었다고 생각하고 허겁지겁 사무실로 들어섰다. 막 강 팀장의 방으로 들어서려는 순간, 그녀가 전화 통화를 하고 있는 걸 보았다. 손짓을 하는 것으로 보아 밖에서 기다리라는 것을 확인하고 조용히 사무실 문을 닫았다. 오랜만에 들어오는 사무실. 저쪽에는 새로 면접을 보러 왔는지 굳은 얼굴로 앉아 있는, 모직 정장을 잘 차려입은 처음 보는 얼굴의 여자가 앉아 있었다. 자신보다 훨씬 젊어 보이는 나이의 여자는 초췌한 얼굴이었다. 혜원은 눈이 마주치자 웃음을 지어 보이면서도 벽에 걸린 일정표를 보는 얼굴은 무거워졌다. 주로 클리닉에서나 이런 단가가 센 간병인이 필요할 뿐이지 다른 곳은 별로 자리가 없다는 것을 잘 알고 있어서였다.

*　*　*

〈……왜 그러시죠? 클레임 건 때문이신가요?〉

"클레임이라니요? 병원 측에 개인 연락처를 물었더니 그건 그쪽 엠제이 측에 연락을 해야만 알 수 있다고 해서 그쪽에 연락드린 겁니다만. 무슨 일인지 설명해 주실 수 있습니까?"

그가 펼치고 있던 신문을 접었다.

〈아, 정혜원 씨 K&J 클리닉에서 클레임이 들어와서 그쪽으로 나가지는 않을 겁니다. 저희는 고객의 의견에 대해 100% 수용을 목표로 하고 있거든요.〉

헛소리만 하는 여자의 딱딱한 목소리를 참고 듣던 그가 말했다.

"무슨 일 때문인지 알고 싶습니다만, 저는 그 간병인의 환자 주치의 닥터 제이슨 길입니다."

〈네? 아…… 선생님. 그게……. 명확히 말씀드릴 수는 없습니다. 다만 저희 규정상 환자나 환자 가족에 대해 간병인으로서 적절치 못한 행동을 했기 때문이라고 말씀드릴 수 있습니다.〉

"……."

잠시 침묵하던 그가 접은 신문을 들고 일어서면서 말했다.

"그랬군요. 그럼 다른 곳에서 일하게 되는 겁니까?"

〈그건 스케줄이 나와 봐야 알 수 있습니다. 다만 저희가 클리닉을 우선으로 하기 때문에 다른 일정은 아직 잡히지 않았습니다…….〉

"그렇군요. 그곳 위치가 어떻게 됩니까?"

〈네?〉

* * *

"들어와요."

강 팀장이 문을 빼꼼히 열더니 혜원에게 말했다. 혜원은 밝은 표정으로 응대하려 했지만 그게 잘 되지 않았다. 마치 교무실에 불려 가는 학생 같은 심정이었다. 좁지만 화이트 계열의 깨끗한 소파와 개인 책상이 있는 팀장의 방은, 방 주인에게는 그렇지 않겠지만 방을 방문하는 이들에게는 결코 유쾌한 장소가 되지 못했다. 대부분 이 방에서 나올 때쯤은 눈물범벅이 되어서 나오니까. 혜원은 굳은 얼굴을 하고 의자에 앉았다.

"이번 일에 대해서는 유감으로 생각해요. 정혜원 씨가 누구보다 열심히 일한 건 알고 있습니다."

"……."

무슨 문제가 있는 건지, 알고 싶은 마음과 알고 싶지 않은 마음이 반반이었다.

"환자가 아니라 병원에서 클레임을 건 건 처음이에요. 중요한 일이라고 생각해요. 실수한 거 있습니까?"

병원이라니……. 혹시 그 쟁반을 떨어뜨린 것? 박 간호사가 그랬나. 설마 그런 일로 이렇게까지 되지는 않았을 것이었다. 아마 지하 주차장의 실랑이를 클라이언트 쪽 누군가가 보았을 것이었다. 그러나 그걸 어떻게 이야기할 수 있단 말인가.

"네, 실수한 것 있습니다. 바닥에 비품을 떨어뜨려 소란을 일으켰습니다."

강 팀장의 얼굴이 그다지 수긍하는 표정은 아니었다. 그녀도 결코 그런 일 따위로 병원에서 정색을 하면서 클레임을 걸 것이라고는 생각하지 않았다. 그러나 본인의 입으로 듣기도, 혹은 병원 측에서 듣기에도 모호한 뭔가가 있다는 것은 확실했다.

"명확하게 병원 측에서 뭐라고 한 것은 아니지만, 하여튼 더 이상 클리닉에서는 받지 않겠답니다. 정혜원 씨가 이의를 제기하지 않는 것 맞지요?"

혜원은 잠시 생각했다. 물론 이의를 제기할 수는 있다. 그러나 그래 봤자 더 좋지 않은 결과만 난다는 것을 잘 알고 있었다. 그리고 사적으로 클라이언트와 대화를 하는 것을 누군가 보았다면, 그래서 그렇게 됐다면 그것은 명백히 제 잘못이었다. 그냥 그 일을 너무 단순하게 생각하고 넘긴 제 미련이 지금처럼 바보스럽게 느껴지는 적이 없었다. 차라리 그 사람이 있었을 때 이렇게 되어서 보지 않았더라면 더 낫지 않았을까 하는 생각도 잠시, 강 팀장이 말을 이었다.

"모리츠 요양원과 선광대 대학병원 특실 등은 이미 인원이 배정되어 있어서 다음 티오가 언제 나는지는 모릅니다. 그러니 대기하시는 수밖에 없어요. 본인이 실수한 게 뭔지 잘 생각해 보시고 더 이상 그런 실수 없도록 하시기 바랍니다."

더 심한 소리를 들을 줄 알았던 혜원은 이상하게 짧게 끝나 버리는 강 팀장의 말 자체가 의아했다. 병원에서 클레임을 걸 정도면 소양 교육이라도 다시 들어야 할 줄 알았기 때문이었다.

"네. 감사합니다."

"유니폼과 물건은 밖에 비품실에 있으니까 찾아가세요."

"네."

혜원은 고개를 숙이고 일어났다.

아까 앉아 있던 초췌한 얼굴의 여자는 어디로 갔을까. 그러나 곧 제 주제를 생각해 내고는 비품실에 가서 종이가방에 담긴 자신의 옷과 신발을 찾아냈다. 자신의 기록 카드를 꺼내 출근했다고 기록을 하고는 나설 채비를 했다. 텅 빈 사무실……. 다들 제 일터에서 열심히 일을 하고 있겠지. 저쪽의, 전화를 받고 비용 업무를 처리하는 회계과에서만 간간이 전화를 받는 소리만 날 뿐이었다. 화이트보드에 빽빽하게 적힌 일정 중에 제 이름이 없는 것을 보고는 혜원은 사무실을 나섰다. 그래도 사무실에 오느라 정장을 입어야 했고 그 덕에 코트를 입었더니 한파를 헤치고 나갈 생각에 아득해졌다. 가방에서 목도리를 꺼내 칭칭 감고는 엘리베이터로 향하면서 생각했다.

오늘 토요일이구나…….

집에…… 들어가기가 싫었다. 엄마랑 영화 보러 가기로 했었는데……. 집에서 극장까지 가려면 꽤 시간이 걸렸다. 전화해서 오라고 할까. 그러나 여전히 버스든 택시든 혼자서 타고 다니는 엄마가 불안했다. 하지만 다시 집까지 들어가서 모시고 나올 생각을 하니 아득해진 혜원은 이럴 때 점심 한 끼 같이 먹을 아는 사람조차 없다는 사실에 쓴웃음만 나왔다. 그때 엘리베이터가 열렸고 동시에 휴대폰이 울렸다.

"여보세요?"

모르는 번호였다. 칭칭 감은 목도리가 거추장스러워진 혜원은 한 귀퉁이를 내리고 휴대폰에 귀를 갔다 댔다. 엘리베이터 문이 닫히자 휴대폰 저편에서 뭐라고 하는 소리가 들렸다. 그러나 잘 들리지 않았다.

"여보세요? 여보세요?"

〈…….〉

뭐라고 하는 듯한 남자의 목소리가 들리는데 혜원은 여보세요만 외치고 있었다. 3층에서 땡 소리가 나더니 누군가가 탔다.

〈어디야.〉

"네?"

휴대폰 저쪽에서 문득 들린 목소리. 혜원은 마치 얼어붙은 것 같은 느낌이었다. 멍하니 서 있는데 엘리베이터가 섰다. 옆에 사람이 내리는 것을 보고 혜원은 휴대폰을 든 채 엘리베이터에서 내렸다.

〈사무실 맞나?〉

그제야 휴대폰 저편에서 명확하게 울리는 명료한 목소리……. 혜원은 대답을 하지 못하고 있었다.

〈듣고 있나?〉

"네? 네……. 그런데 저기……."

〈사무실 지하 주차장이야. 내려와.〉

전화는 끊어지고 뚜뚜뚜 하는 소리만 공허하게 울리고 있었다. 지금 뭐였지. 휴대폰 저편에서 들리는 목소리는……. 정말 '그'

인가? 그 사람이 왜 나에게 전화를 해서 지하 주차장에서 기다린다고 말하는 걸까.

갑자기 지하 주차장을 어떻게 가야 하는지도 잊어버릴 만큼 혜원은 당황하고 있었다. 왜 오셨느냐고 물어야 하는 게 순서였다. 타당하지 않은 이유라면 그 이유를 이야기하고 저는 가지 못하겠습니다, 라고 말했어야 했다. 그런데 왜 숨이 꼭대기에 차오를 만큼 계단을 뛰어 내려와—엘리베이터가 지하에도 간다는 사실을 까맣게 잊어버린 채—3층씩이나 되는 커다란 지하 주차장을 이리 헤매고 있는지도 모를 일이었다.

〈지하 2층 C-12라고 기둥에 쓰여 있어. 아니면 엘리베이터 앞에 있던지.〉

기다리다 못해 전화가 온 후에야 자신이 지금 지하 3층에서 헤매고 있었다는 사실을 알게 되었다. 다시 계단을 올라 지하 2층에 도달해 바로 보이는 C라는 글자가 쓰여 있는 기둥들 밑에 가득 선 차들을 보고서야 왜 저가 이렇게 숨이 차 있는지 알게 된 혜원은 다시 휴대폰을 들었다. 왜…… 그냥 가시라고, 왜 저를 만나셔야 하냐고 이야기를 하려고?

"내가 깜빡 잊고 층 이야기를 안 했어. 타."

갑자기 나타나 다가온 매끈한 슈트 차림의 남자가, 남자답지 않게 온기가 섞인 목소리로 말을 하는 바람에, 혜원은 또다시 제가 말을 해야 할 타이밍을 놓치고 말았다.

"왜…… 오신 거예요."

정신을 차려 보니 따뜻한 고급 외제차 안에 종이가방을 꼭 움켜쥔 채 차들이 가득 늘어선 대로에 서 있게 된 혜원이 물었다.

왜 왔느냐는 말에 남자는 대답하지 않았다. 아니, 딱히 대답할 말이 없었다. 남자의 침묵 속에 혜원은 다시 당혹스러운 향이 서려 있는 것을 보고 입을 다물었다. 음악도 나오지 않고, 시동 소리조차 들리지 않는 적막한 차 안에 오직 자신의 심장만이 미친 듯이 뛰고 있기 때문이었다.

그녀가 알고 있는 도덕이, 도의가, 인간이 가져야 할 윤리 덕목이 이 차에 자신이 앉아 있으면 안 된다고 소리치고 있었지만 제 파렴치한 몸뚱이는 이 열선마저 따뜻한 외제차에 앉아 옛 기억의 파편 속에서 떠다니는 앙크르의 향기를 맡으면서 이리…… 이리 미친 것처럼 설레고 있다는 게 화가 났다. 얼마나 더 실의에 빠져서 고통을 겪어야 할지, 밤마다 마시는 그 쓰디쓴 소주의 숙취로 고생하는 아침을 또다시 맞아야 할지 눈에 보이듯 뻔한데 왜 이러고 있어야 할까.

"식사 전이지."

마치 낯선 사람만 같았다. 그녀는 남자의 말에 옆을 돌아보았다. 제가 운전할 때보다 훨씬 뒤로 빠져 있는 운전석, 더 내려가 있는 핸들, 새까맣고 고급스러운 인테리어로 무장한 포르쉐의 클레식한 네모난 버튼들과 딱 떨어지게 어울리는 날 선 슈트 차림의 남자는 앞을 응시하고 있을 뿐이었다. 그러나……. 이 사람은 누구일까, 제가 그렇게 곤죽이 되도록 사랑하고 미워했던 그 남자는 아니었다. 혜원은 고개를 돌렸다. 칭칭 동여맨 목도리가 갑갑스러웠다.

막 가장자리가 얼어붙어 있는 싸늘한 한강이 내려다보이긴 했지만 실내는 더없이 따뜻했다. 혜원이 코트를 벗어야 할 만큼. 그녀의 옆자리엔 그녀의 코트와 종이가방, 뱀같이 똬리를 튼 목도리, 그리고 이것저것 잔뜩 잡동사니가 든 커다란 숄더백이 기절한 듯 누워 있었다.

잔잔한 음악이 배경화면처럼 깔리고 향긋한 스프 그릇이 치워진 후에는 맛있게 보이는 잘 구워진 갈릭 스테이크가 서빙 되어졌다. 눈앞에 있는 매끈하고 아름다운 남자는 레스토랑의 화려하면서도 단정한 이미지와 너무도 잘 맞아떨어졌다. 심지어 맨 앞에 주차되어 있는 화려한 로고의 차라든지 혹은 저 남자와 잘 알게 되어야만 알 수 있는 직업이나 출신 같은 것까지도. 겨우 이런 스테이크 한 접시를 먹는데도 옷차림이나 외모나 직업을 따져야 하는 것은 아니었다. 그러나 이 남자에게 어젯밤에 저가 한 소리가 생각나서 선뜻 포크와 나이프를 집어 들지 못하고 있었다.

"먹어. 식기 전에."

어차피 시켜진 음식이고 제가 먹지 않으면 버려질 것이었다. 가끔 정말 눈물 나게 먹고 싶은 적도 있는 음식이었다. 그녀는 포크와 나이프를 들었다. 그리고 제가 어제 그 선명한 803이라는 숫자 밑에서 한 번민 따위를 잊으려고 애썼다. 다시 문을 열고 그 방으로 들어가 버리고 있던 제 정신을 묵직한 이 스테이크 나이프로 썰어 버리고 싶었다.

"……."

잘 먹었습니다, 혹은 식사 고마웠습니다……. 어떻게든 뭐라 말을 해야 할 것만 같은데 맞은편에 앉은 그는 후식으로 나온 커피 잔을 든 채 창밖만 응시하고 있었다. 한 시가 다 돼 가는 시간이었지만 창밖의 얼어붙은 대기는 녹을 생각을 하고 있지 않을 만큼 강추위가 맹위를 떨치고 있었다.

"좀, 도와줘야 할 것이 있어."

마침내 그가 커피 잔을 내려놓더니 말했다.

"네?"

마치 낯선 사람처럼 혜원이 대답했다.

"오늘 오후 스케줄이 있는 건가?"

왜 묻는지 그런 거 따위는 되물었어야 했다. 그러나 제 입에서는 금방, 기다렸다는 듯 대답이 절로 튀어나왔다.

"아니요."

"그럼 일어나지."

그가 일어섰다. 저에게 도와줘야 할 일이 있다고 말하는 남자가 일어서 프런트로 가고 있었다. 그게 뭔지는 알 수 없지만 혜원은 얼른 일어났다. 자신이 저 남자에게 해 줄 무언가가 있다는 게 다행스러웠다. 돈을 받고 차를 운전해 주는 것 말고, 아무것도 없는 자신이 지금 이 남자에게 뭔가 다른 걸 해 줄 수 있다는 건 정말 묘한 느낌이었다. 계산을 하고 문밖으로 나서는 남자는 자신이 코트를 입고 짐을 들 시간을 기다려 주지는 않았다. 그러나 그 남자가 사라진 입구로 종종거리며 걸어갈 때는 머릿속이 텅 비어 가고 있었다.

바보같이, 정말로 바보같이…….

그가 왜 저한테 이런 부탁을 하는지 이해할 수 없었다. 그런데 왜 그러느냐, 이유가 뭐냐 하고 되묻지 않고 있는 것은……. 시간이 남아돌았고, 백화점의 따뜻한 공기가 좋았고, 그리고 이러고 있는 게 좋았기 때문이다……라고 말하고 싶었다.

"이게 어울릴 거 같아요."

앞뒤 정황도 없이 부탁하는 사람이나—부탁이나 했었나…….
그것조차 모호하다. 그냥 여기 데려온 것뿐이지—앞뒤 따지지도 않고 부탁을 들어주기 위해 애쓰는 사람이나……. 부탁 따위 의미가 없다는 것조차 모르고 있는 건지도 몰랐다.

눈썰미 좋은 혜원은 그가 입고 있던 옷의 브랜드를 대충 알고는 비슷한 가격대를 고르고 있었다. 남자는 내일 출국을 해야 하는데, 출국하자마자 어떤 행사에 참석해야 하고, 그 행사에 참석할 만한 옷이 필요하니 옷을 골라 달라는 게 요지였다. 남자들이 별로 즐겨 하는 일이 아니고, 그런 걸 좋아하는 자신에게 하는 부탁일 뿐이었다. 실제로는 단순한 사실이 아닌데도 불구하고 혜원은 억지로 단순하게 생각하고는 그가 다른 곳으로 가려는데 이 명품관이 있는 백화점으로 오자고 했다. 그때처럼, 아주 오래전 그때처럼 자신이 사서 입히는 것은 아니었지만, 그래도 저 남자가 가장 돋보이게 하는 데 도움을 줄 수 있다는 게 기뻤다.

정말로.

“요즘 슬림핏이 대세인데다, 탐 브라운을 많은 분들이 즐겨 찾으세요. 한번 보시겠습니까?”

“아뇨. 그건 어울리지 않아요. 너무 캐주얼해요. 이게 좋겠네요.”

진회색의 슬림한 재킷을 꺼내 들었다. 남자는 아주 어렸을 적에도 완벽한 클래식 슈트가 어울렸었다. 뒤로 돌아 보니 마치 남의 일이라는 듯 휴대폰으로 메일을 확인 중인 그가 긴 다리를 꼰 채 의자에 앉아 있을 뿐이었다. 마치 이 매장의 마네킹이라도 되는 듯 완벽한 자세로 인상을 찌푸린 채 휴대폰에 있는 글자들을 응시하고 있는 그를 물끄러미 보던 혜원은 다시 옷으로 고개를 돌렸다.

고가의 매장이라 북적거림이 없는 이곳에, 혜원은 별로 어울리지 않는 차림이었지만 저를 돌아볼 사이도 없이 열심히 저 남자를 가장 돋보이게 해 줄 옷을 고르고 있었다. 여러 번 이것저것 입어 보는 걸 원치 않는 사람이었다. 그러니 딱 한 번에 다 어울릴 수 있게 그녀는 이것저것 옷에 맞는 다른 것들까지 챙겨야 했다.

"격식 있는 자리를 위한 옷이라서요."

그가 그렇게 말하지는 않았지만 왠지 그럴 것 같았다.

진회색의 재킷, 미미한 무늬가 들어가 있지만 바탕은 아주 클레식한 화이트 와이셔츠를 입고 피팅룸에서 나온 남자는 그 예전에도 그랬듯 완벽했다. 뭔가 뭉클한 것을 얼른 억누르고 혜원은 미리 골라 놨던 넥타이 서너 개를 들고 그에게 다가갔다.

"이중에서 어떤 게 나을까요?"

정말로 매장의 직원처럼 묻고 싶었다. 그런데 그게 잘 되지 않았다.

"당신이 골라."

그는 무심코 한 말이었을 것이었다. 뭐 다 요란하고 그게 그것 같으니까. 아주 오래전에 점원과 웃으면서 잔뜩 꺼내 놓은 넥타이를 들고 깔깔거리면서 이것저것 대 보더니 향긋한 꽃 냄새를 풍기며 다가와 넥타이를 매 주던 금갈색 머리의 반짝반짝 빛나던 여자를 기억해 내서였을지도 몰랐다.

"이쪽이 어떤가요?"

옆에 있는 매장 직원의 말에 멍하니 있던 그녀는 놀란 듯 그쪽을 쳐다보다 고개를 저었다.

"너무, 칙칙해요. 이건 어때요?"

그녀가 고개도 들지 못하고 물었다.

"괜찮아."

뭐든 상관없었다. 목에 밧줄을 매더라도……. 그는 아주 예전처럼 와이셔츠의 깃을 올렸다. 여자가 발꿈치를 들고 그의 목에 넥타이를 감았다. 그리고 천천히 넥타이를 매기 시작했다. 뭐가 그리 우스운지 제 얼굴이 새빨개지도록 깔깔거리고 웃던 그 어린 여자는, 이제 새까만 단발머리를 한 채 마치 무슨 시험이라도 보는 것처럼 심각한 표정으로 천천히, 넥타이만을 응시하고 매듭을 만들고 있었다. 여자의 내리깐 눈가에 피곤이 내려앉아 있는 게 보였다.

이 여자를 사랑하려면, 또 어떤 대가가 필요할까.

22.

낯선 시간들이었다. 어찌해야 할지, 제 몸에 달린 손발들을 어찌 둬야 할지도 모를 것 같은 어색한 시간이었다. 그러나 어색한 시간이 이리도 빨리 가는 것은 어찌해야 할지 모를 뿐이지 괴롭거나 힘든 시간이 아니기 때문이었다. 아주 어린 시절을 기억나게 하는 듯했다. 자정을 넘기지 않기 위해서, 빨리빨리 샤워를 하고 호텔 방 문고리를 잡은 채 째깍거리는 시계를 보면서 그 아쉬움을 달래기 위한 입맞춤은 얼마나 달고, 또 아쉬웠던가.

자꾸만 기울어지는 해가 아쉬운 건가. 해가 지기 전까지만 이 남자 곁에 아무 말도 없이 있자고 정한 것도 아닌데…….

옆을 힐끗 돌아보았다. 여전히 무표정한 얼굴로 운전대를 잡고 앞만 보고 있는 남자.

토요일 오후, 이 강추위에도 불구하고 길은 꽉 막혀 있었다. 백화점들의 겨울 정기 세일 기간이 겹쳐서인가. 시간이 지나면서 명품관조차 사람이 늘어났었다. 그리고 뒷좌석에 가득 든 매끄러운 종이가방들.

그가 혜원에게도 옷을 사 주었다. 값비싼 브랜드 매장도 아무렇지도 않게 들어갈 수 있을 만큼 그는 여유로워 보였지만 혜원은 관리하기 힘들다고 아래층으로 내려갔고 그는 아무 말 없이 그녀가 골라 드는 정장 한 벌과 코트 하나를 결제했다. 그녀는 천천히, 그리고 꼼꼼하게 옷을 고르고 입어 보았다. 아마, 그 클라이언트였던 태 이사가 그랬더라면 그녀는 아무것이나 재빨리 골라 들던지, 혹은 절 동정하시는 건가요? 하고 쏘아붙일 수도 있었을 것이었다. 아마 그 인상 좋은 남자는 부담 갖지 마십시오, 라든지 지금 같은 경우였다면 제 옷을 골라 준 것에 대한 보답입니다, 라고 했을 것이다. 그러나 그는 아무런 말이 없었다. 그냥 하나 골라, 라고만 했다. 그러고는 그녀가 옷을 구경하러 간 부스에 들어가 의자에 앉아서 여전히 휴대폰으로 문자를 보내거나 통화를 할 뿐이었다.

그가, 미국으로 떠날 것이라는 것을 잘 알고 있었다. 그게 내일인지 혹은 모레인지 아니면 오늘 밤 자정인지는 몰랐지만 병원에서 짐을 싸 나갔으므로 자신이 있던 곳으로 우선은 돌아갈 것이라는 것을 알고 있었다. 병원에 도는 파다한 소문처럼 주 선생과 약혼을 하고, 아니 결혼을 하고 클리닉의 부원장이 될지도 모른다. 아니, 아마 그것 때문에 이런 수술 같지도 않은 수술을 하러 여기까지 왔을 것이다. 혜원에게 있어서는……. 저 남자는 정말로 사진이라도 한 장 갖고 싶은 그냥 과거 속의 '애인' 일 뿐이었다. 자신을 사랑했는지는 의심스럽지만, 적어도 자신의 철없는 20대의 시작과 끝을 장식한……. 자신의 20대는 아버지가 돌아가시고 곧 끝나 버렸으니까.

다행히, 앞으로 10년쯤은 이 남자를 미워할 일은 없을 것 같았다. 그 뒤에는 자신도 누군가를 만나든 그렇지 아니하든 기억에서 잊힐 것이었다. 아니 기억에서 잊히지 않더라도 상관없었다. 십 대 시절 요란스럽게 오빠라 부르며 좋아하던 가수가 이제는 중년이 되어 배가 나오고 느끼하게 턱살이 늘어지더라도, 소리 지르는 대신 도시락을 싸 들고 콘서트 뒤 대기실에서 건네주면서도 항상 마음속에는 꽃미남 오빠로 생각되듯, 이 남자도 세월이 가고 다른 사람의 소중한 이가 된다 하더라도 자신의 마음속에는 그래도 모든 것을 바쳐 사랑했던 '애인' 이었다. 그러면 된 것이었다.

눈에 보이지도 않는 옷들을 하나하나 옷걸이에서 밀쳐 내면서도 그녀의 눈은 딴 곳에 가 있었다. 마지못해 종업원이 내주는 옷을 입어 보고 거울을 보면서도 거울에 비친 다른 사람을 보고 있었다.

그러다…… 시간이 다 가 버렸다.

차가운, 토요일의 오후였다. 그러나 바쁘게 해야 할 일도 없고, 따뜻한 히터가 틀어진 차 안에서는 두꺼운 코트가 나른하게 만드는 그런 오후였다. 그리고 이 좁은 공간 안에 그가 있다. 여유롭고, 당당하면서, 한편으론 지루하게 막히는 교통 체증에 나른한 그런 모습으로. 이제는, 너무 피곤한 밤인데도 불구하고 '넌덜머리나는 이 땅, 다시는 돌아오지 않을 거야…….' 라고 외치던 그 바람 소리 먹먹한 남자의 목소리가 너무나 또렷하게 울려 땀에 젖어 깨나 한동안 잠 못 드는 일도 이제는 없을 것이다.

행복해…….

모든 것이 다 잘 돼서. 특히 이 사람이 이리 잘 돼서…….

그러니까 나도 행복해질 수 있을 거야. 아마 곧 티오도 날 거야. 클리닉은 하는 일도 없이 사람을 무시하는 눈초리를 받는 게 싫었었어. 그러니까 정말로 아픈 사람을 정성껏 간호하고 싶어. 아픈 것도 그저 돈 자랑이라 생각하는 사람들 말고…….

그녀는 고개를 돌렸다. 얼어붙은 한강 너머로 이른 석양이 넘어가 눈이 부시게 하고 있었다.

눈이 부셔서, 그래서 눈물 따위가 나는 거야…….

저녁을 먹은 곳은 의외로 손님들이 북적이고 소란스러움이 과한 부대찌개 집이었다. 그냥 길을 가다 주차장이 있고 유별

나게 큰 간판이 있는 것을 보고 급하게 차를 돌린 것이 분명했다. 역시 혜원에게는 한 마디도 물어보지 않은 채 그는 주차장에 차를 세우고 내렸다. 일을 하지 않으면 별로 허기진 것도 모르는 혜원이었지만 그가 내리자 그녀도 따라 내렸다. 그러나 그가 막상 자리에 앉더니 어떻게 해야 할지 모르겠다는 표정을 하자 혜원이 곰살맞게 구는 종업원에게 이것저것 주문을 했다. 왜 여기에 왔을까. 왁자지껄한 소란함이 가득하고 밖이 훤히 보이는 유리창에는 뿌옇게 김이 서린, 단정한 슈트와 찌푸린 듯한 창백한 얼굴의 남자와는 전혀 어울리지 않는 이곳에 왜 왔을까.

옆에만 있다가 마주 앉게 되니 시선을 둘 곳이 없어졌다. 한동안 물 컵만 바라보다가 푸짐하게 재료가 담긴 전골냄비와 반찬들이 들어오자 조금 안심이 되었다. 남자가 어디를 보는지 살피고 싶었지만 그럴 수가 없었기 때문에.

“맛있게 드세요!”

종업원의 목소리가 적막한 두 사람 사이를 휘섞고 지나갔다. 찌개는 간도 잘 맞고 푸짐했다. 혜원은 남자의 앞접시가 빌 때마다 찌개를 덜어 담아 주었다. 전에는 그러지 못했었던 거 같았다. 이런 음식…… 정말 오랜만에 이 남자 앞에서 먹어 보는구나.

“왜? 별로 안 먹는 거 같은데. 입맛에 맞지 않는 건가?”

긴 침묵을 깨고 그가 처음으로 한마디를 했다.

"아니에요. 잘 먹고 있어요."

놀란 듯 그녀가 대답했다.

매운 것을 잘 못 먹었던 여자였다. 그는 정말 오랜만에 기름지지 않은 음식이 먹고 싶었다. 반찬 가짓수를 새기도 벅차고 커다랗고 예술적인 접시와 화려한 디스플레이가 된 상다리가 휘어질 듯한 접대용 한정식보다는, 가끔 병원에서 나오는 찌개나 얼큰한 육개장을 먹으면서 예전엔 이런 걸 먹으면서 살았구나 하고 기억을 되돌렸었다. 그러다가 차가운 서울 시내를 헤매다 들어온 것이 이 부대찌개 집이었다. 아주 예전에 푸짐하게 담긴 소시지며, 햄이며, 라면 사리에 김치가 가득 들어 있어 정체불명의 맛이 나던 찌개를 여럿이 둘러앉아 바닥까지 싹싹 긁어 먹던 기억이 나서였을지도 몰랐다.

그러나 새빨간 국물이 담긴 냄비가 들어오고 나서야 여자가 매운 것을 잘 못 먹었던 장면이 떠올랐다. 그…… 기억도 잘 나지 않는 찌개를 쉴 새 없이 물을 마시며 먹으려고 애쓰던 어린 여자의 모습. 그러나 여자는 이제 매운 것에 대해 익숙해 보였다. 항상 제 것도 잘 못 챙기던, 누군가의 시중에 익숙한 기억만 남아 있던 여자는 제 앞접시에 먹음직스럽게 찌개를 담아 내밀었다. 물론 그 전에 물도 따라 놓고 수저도 돌려 조심스럽게 놓아 주었다. 그 수많은 세월이 지나서일까. 그의 기억 속에 있던 여자는 점점 바래 가고 있었다.

그가 카드를 내밀기도 전에 여자는 얼른 일어나 제 지갑에서 돈을 꺼내 계산을 했다. 거만한 표정으로 카드를 내밀고 사인을 하던 기억 속이 노란 머리 여자는 검은색 단발머리를 하고 만 원짜리들을 내밀고 잔돈을 받아 지갑에 곱게 넣더니 뭐라 한마디 한 주인을 보고 환하게 웃었다. 여자가 계산을 할 때 항상 들었던 그 어떤 불편한 마음의 기억이 어느새 작은 조각들로 나눠지더니 공중에 흩어지는 것 같은 느낌이었다.

이제는 가야만 했다. 아무 말도 없이 남자의 차에 올라타고 차는 어디론가 가고 있었다. 고마웠어요, 이제 집에 가야겠어요, 멀리 가는 길 조심해서 가세요……. 그런 말들을 해야만 했다. 그러나 그녀는 아무 말도 하지 못하고 있었다. 차 안의 바싹 마른 뜨거운 공기 탓에 입이 말라붙어서…… 그래서 말을 떼지 못하고 있는 것이라고, 스스로에게 아무리 변명을 해도 말을 꺼내야만 했다.

"저기……."

"어디 가서 한잔하지."

여자를 데려다 줘야 하는 그도 말을 꺼내지 못하고 있었다. 어디론가……. 멀쩡한 주공 아파트라도, 제발 제가 살던 반지하 방이나 옥탑방 같은 곳이 아닌 멀쩡한 곳에 여자를 내려 주고 싶었다. 그게 싫으면 버스 정거장이든 아니면 지하철역이든 여자를 내려 주면 되는 거였다. 그러나 이 말이 없는 메마른 여자를 다들 옷깃을 여미고 종종거리는 찬바람 속에 떠밀고 싶지 않았다. 여자는 분명히 술을 잘 하는 편이었다. 여전히 저하고는 어울리지 않는 술이었지만.

혜원은 긴 신호 대기에 걸렸을 때 그가 묵고 있는 호텔로 내비게이션을 조작하는 것을 보고만 있었다. 이제 이 남자는 비행기를 타고 그렇게 다리 저리고 갑갑스럽고 심심한 채로 열 몇 시간이 걸렸던 미국 땅으로 떠날 것이다. 저에게 결혼 청첩장 따위를 보내는 짓은 하지 않겠지. 아니 주 선생이 일괄 보낼지도 모르겠다. 그녀가 보낸다면 지금은 일을 하진 못하지만 그래도 인정상 가봐야겠지. 그럼 다시 보려나…….

그런 남자와 술이라니.

"그냥……. 가야겠어요."

정신을 차린 혜원이 말을 꺼냈지만 이미 차는 호텔의 진입로로 미끄러져 들어가고 있었다. 차가 서고 벨보이가 문을 열었다. 찬 바람이 또다시 밀려 들어왔다. 남자는 시동을 켠 채 내리더니 빙 돌아 조수석으로 왔다. 그 시간 동안 혜원은 멍하니 밖을 내다보고 있을 뿐이었다.

"내려."

마치 주문처럼, 그녀는 찬 공기 속으로 내려섰다. 몸을 돌려 갈 수도 있었다. 새로 산 옷과 코트는 뒷좌석에 있었지만 그녀의 가방과 목도리는 제가 들고 있었다. 그러니 그냥 가면 되는 거였다. 그러나 그러지 못했다. 남자가 자신의 어깨를 감싸면서 문을 향해 가고 있었다. 두꺼운 코트 위였지만……. 그녀는 남자의 체온이 느껴지는 것만 같은 착각에 빠져 눈이 멀어 버렸다.

남자는 코트를 받아 주거나 하지는 않았다. 그는 구석 자리를 찾아 앉을 뿐이었다. 아주 예전에도 그랬었다. 다만 그때는 쭈뼛거리면서 구석을 찾아 앉았지만, 구석 자리에 앉는 남자는 더 이상 쭈뼛거리지 않았다. 다만 우아하게, 한 마리의 늘씬한 표범처럼 매끄러운 블루블랙의 슈트를 입은 채 의자에 깊숙이 앉은 후에 싸늘한 눈으로 주변을 한번 쓰윽 훑어볼 뿐이었다.

따뜻한 공기, 매캐하게 담배 냄새가 떠 있는 푸르스름한 알코올기가 섞인 호텔의 스카이라운지에는 재즈 선율이 흐르고 있었다. 저쪽에는 악기들이 세팅되어 있는 게 아마 조금 더 시간이 지나면 생음악으로 연주되는 재즈 공연도 볼 수 있을 것 같았다. 이른 시간이었지만 주말이어서 그런지 바에는 드문드문 사람들이 보였다. 혜원은 까맣게 잊고 있었지만 금방 익숙해지는 바 안의 공기에 코트를 벗어 옆의 의자에 올려놓고 그의 앞에 앉았다.

"블랙 러시안 두 잔."

그가 사무적인 목소리로 다가온 종업원에게 주문했다. 남자는 머리가 좋은 사람이었다. 그러니까 그 어렵다는 의사 선생님이 된 거겠지. 제가 좋아하는 깔루아와 보드카가 합쳐진 깔끔하면서도 은근히 뒷맛이 독한, 한참 멋에 들렸을 어린 시절에 폼 잡으면서 마셨던 칵테일…….

새삼스럽게 감동을 받거나 할 일은 없었다. 그러나 낮은 재즈음이 깔린 두 사람 사이의 적막이 그동안 까맣게 잊고 있었던 과거의 기억들을 볼썽사납게 꺼내 휘젓고 있는 기분이었다. 남자는 그 어떤 것에도 관심이 없다는 듯한 표정으로 구석에 깊숙이 앉아 있을 뿐이었다. 그의 시선은 대체 어디를 향하고 있는지 알 수가 없었다. 그 덕에 혜원은 침침한 바에서 그에게 시선을 고정한 채 앉아 있을 수 있었다. 그냥 아는 사람이랑……. 예전에 알던 사람이랑 밥을 먹고 간단하게 칵테일 한 잔 하는 거, 그 정도는 용서되지 않을까.

"언제 돌아가나요?"

침묵을 이기지 못하고 혜원이 입을 열었다.

"내일 밤, 11시 반 비행기."

그녀가 알고자 하는 것보다 더 많은 것을 알게 되었다. 혜원이 자신에게 돌아온 시선을 견디지 못하고 고개를 돌렸을 때 칵테일 두 잔이 서브되어졌다. 두꺼운 글라스에 보기에도 차가운 얼음과 조명 때문에 검게만 보이는 향긋한 향의 칵테일……. 고급 깔루아를 쓰는지 향기는 좋았다. 그는 자신의 앞에 놓인 잔을 들더니 무심하게 한 모금 마셨다. 그것을 보니 혜원도 갑자기 입맛이 당겼다. 차가운 잔을 들고 그녀는 한 모금을 입에 댔다. 달착지근하고 차갑고 찌르르한 맛이 그녀를 깊은 기억 속의 착각에 빠지게 할 만큼 달았다.

"왜 결혼을 못 한 거지?"

안 한 거라 대답하고 싶었다. 그러나 못 한 게 맞았다. 왜 남자는 하고많은 말 중에서 이런 말을 한 것일까, 잠시 생각에 잠겨 있다가 혼자 중얼거리듯 대답했다.

"당사자들이 좋아서 하는 결혼 같은 건…… 아니니까."

그녀는 입을 다물고는 다시 검은색의 잔을 집어 들었다. 고급스러운 냅킨에 싸여 있었지만 차가운 기운이 손바닥에 느껴졌다. 그도 더 이상 묻지 않았다.

무엇을 하려고 여기 왔을까. 시간이 됐는지 비어 있던 무대에 피아니스트와 드러머, 콘트라베이스 맨, 그리고 색소폰 주자가 올라섰다. 가볍게 튜닝하는 소리가 나더니 그다지 거스르지 않는 가벼운 연주가 시작되었다. 알게 모르게 바 안은 사람들이 앉아 있었고 담배 연기가 한층 더 짙어지고 있었다. 연주가 시작된 게 다행이었다.

입맛을 당기는 블랙 러시안이 점점 엷어져 얼음물 맛만 나는 것을 빼고는 여자의 시선이 무대로 가 있는 게 다행이었다. 왜 마주 보지 못하는 걸까. 저 여자에게 자신은 무엇을 잘못했었나. 저 여자의 엄마가 가 버리라고, 다시는 나타나지 말라고 했을 뿐이었다. 그 말, 아주 정말로 잘 지키고 있었을 뿐이었다. 여자가 말대로 그 노회장의 손자며느리가 돼 있다면 어떤 느낌이었을까. 지적이고 묘한 매력을 지닌 닥터 주와 지금쯤 그녀의 호화찬란한 아파트에 있을 것이 아니었나? 격렬한 섹스를 끝내고 차가운 맥주를 같이 들이켜고 있었을지도 모른다. 그는 어쩌면 그러려고 이 꿈에서도 몸서리쳐지는 땅에 다시 돌아온 것일지도 몰랐다.

그런데 세상은 언제나 예상대로, 생각한 대로 되는 것만 있는 게 아니었다. 십여 년이란 시간이 무색하게 여자는 자신의 눈앞에서 블랙 러시안을 마시고 있었다. 아니 시간이 무색하다는 말은 모순이었다. 십여 년의 시간 동안, 엄밀히 말하면 12년 만에 여자는 다른 사람이 되어 있었다. 단지 정혜원이란 이름 석 자와 무던히도 애를 쓰고 묻어 버리려고 해도 저를 욕정에 들끓어 무릎 꿇게 만들어 버리는, 여자와는 전혀 어울리지 않는 낡은 코트와 답답스러운 정장으로 가린 가냘픈 육체만 변함이 없는 듯했다. 똑같은 유리잔이었지만 전에는 달콤한 와인이 담겨 있었다면 지금은 짙고, 깊은 세월에 톡 쏘는 맛을 날려 버리고 속을 쓸어내리는 듯한 숙성된 위스키가 고여 있는 것 같은 느낌이랄까.

여자의 잔이 비자 그는 다시 주문을 했다. 전에도, 설악산에 갔다 온 뒤로 술 먹는 시간 따위 아까워하며 바로 호텔 방으로 직행하기 전에는 그를 어렵게 꼬여 내 이런 곳에 온 날이면 여자는 저 블랙 러시안을 커피 마시듯 홀짝거리며 연거푸 몇 잔을 마셔 댔었다.

새 잔이 온 것을 보고 여자는 그를 쳐다보았다.

내가…… 왜 이걸 마셨는지 알아요?

그녀는 그렇게 묻고 싶었다. 그녀가 가던 바에서 쓰는 독한 보드카, 그리고 달디단 깔루아. 저 남자가 이 달착지근하지만 독한 술을 마시고 제 입술을 훔쳐 주길, 커피 향이 나는 남자의 입술을 기다리며 내내 블랙 러시안을 시킨 걸……. 저 남자는 알까. 흐느적거리는 재즈의 선율이 짙어지고 담배 연기가 뿌옇게 차고 있었다. 늘 봉지에 든 김과 머그컵에 따라 혼자 홀짝거리던, 이제는 도수가 떨어져 버린 소주와는 달리 이곳의 보드카는 제대로 된 것인가 싶었다. 여자는 얼음이 녹기 전에 커피 향이 나는 칵테일을 마셨다. 차갑고, 달착지근하고, 그리고 또 끝 맛이 타들어 가는 술은…… 점점 쓴맛이 났다.

세 잔째의 칵테일을 반쯤 마셨을 때, 여자는 입을 열었다.

“여기 왜 온 거예요?”

이 호텔의 바? 아니면 이 땅? 그는 갑작스러운 여자의 말에 선뜻 대답을 하지 못했다.

“제가 여기 앉아 있는 건, 클리닉의 간병인이기 때문은 아닌 거죠? 정혜원이니까, 당신을 이 땅에서 쫓아낸 정혜원이니까, 그러니까 여기 있는 거죠?”

술기운을 빌어 그녀는 그를 똑바로 쳐다보았다. 당황한 표정이 섞였지만 그는 그녀의 시선을 피하지는 않았다. 다른 사람이었다. 여자가 그토록 사랑했던 남자는 아니었다. 아니 그것은 착각이었는지도 몰랐다. 저에게 굴복하지 않는 빳빳한 남자의 마음을 뺏고 싶은 욕심이 너무 과해서, 그래서 머리가 고장났었을지도 모른다. 지금 눈앞에 있는 이 근사하고 올려다보는 것조차 허락되지 않는 남자는 '그'가 아니다. 그러나 과거에는 '그'였다.

"미안해요."

여자가 가장 자주 하던 말이었다. 뭐가 그리 미안한지, 여자는 미안하다는 말을 달고 살았었다. 한 번쯤 묻고 싶었다.

"뭐가 미안한데?"

여자의 시선이 녹아 가는 칵테일로 떨어졌다.

"그냥……. 당신을 그렇게 보낸 거. 엄마가……. 당신을 상처 준 거. 그날 당신 방에서 심한 소리 한 거. 아니…… 당신을 만난 거……."

차마, 그녀가 입에 달고 살았던 재현 씨라는 호칭이 나오지 않았다. 그동안, 그 12년 동안 남자를 다시 만난다면 꼭 하고 싶었던 말이었다. 남자의 울먹이는 그 말들이 제 잠을 설치게 하고, 그 어느 곳에서도 남자의 흔적을 찾을 수 없는 그 세월 동안 여자는 남자가 치여 있던 생활고 속을 헤매면서 그 말들을 하고 싶었다. 제가 그어 대는 카드에 상처 받은 남자의 자존심, 제 엄마의 폭언에 무너져 버렸을 남자의 심정에 대해 제대로 사과도 못한 채 남자는 제가 살던 땅을 떠나 버렸으니까. 그러니 그렇게 말하고 싶었다.

그녀는 고개를 숙였다. 테이블은 그리 넓지 않았다. 칵테일 바였으니까. 그가 손을 내밀었다. 여자의 까칠한 얼굴에 흘러내리는 눈물을 손으로 닦으면서 그는 대답했다.

"난, 그렇지 않아도 떠날 거였어. 감당할 힘 따위 없었으니까. 그러니까 이제 미안해하지 마."

만약이라는 것은 존재하지 않았다. 만약 그런 일이 없었더라면, 아이가 살아 있었더라면, 둘이 그 반지하 방에서 잘 살 수 있었을까? 왜 저는 신발도 신지 못하고 끌려 나간 여자를 찾아볼 생각조차 못 했을까, 안 교수님이 하신 말씀에 저는 제 여자와 아이가 있어 떠날 수 없습니다, 라고 대답하지 못한 걸까. 여자가 그 제 반지하 방에서 고생하는 것보다 여자가 살던 곳으로 가는 게 더 행복할 거라 생각하고 지레 포기했을까.

한 번도, 단 한 번도 그런 생각조차 하지 않았던 그였다. 그냥 그때를 생각하면 치밀어 오르는 분노와 그 아름다운 여자의 엄마라는 사람이 준 모욕과 악담을 되씹으며 성공하기 위해 악을 쓰기만 했었다. 그러나 과거의 자신과 다른 사람이 된 지금, 이 여자는 이렇게 다른 사람이 되어 제게 미안하다는 말만 되뇌고 있었다. 손끝에 닿는 눈물에 젖은 여자의 얼굴이 손끝을 저리게 했다.

말을 들었으면 된 거였다. 그동안 지고 있던 짐을 벗은 것 같은 느낌이었다. 그래, 이걸로 모든 것은 다 깨끗하게 끝난 거였다. 혜원은 고개를 돌려 남자의 손길을 피했다. 잠시 착각에 빠지게 할 만큼 따뜻하고 부드러운 손길……. 남자의 손길은 늘 급하기만 했었다. 뭔지 모르게 조급하고 미안스럽지만 들끓고 있는 것을 주체할 수 없는 그런 손길…….

그러나 지금 눈앞의 남자는 그렇지 않았다. 아마 그 남자와 다른 사람이어서 그럴 것이었다. 혜원은 고개를 돌려 남자의 손길을 피했다. 그리고 혜원은 자리에서 일어났다. 코트와 가방, 목도리를 찾아 드는 손길이 부산스러웠다. 그래야 건너편을 보지 않을 수 있었다. 그녀가 몸을 돌렸을 때, 이미 남자는 제 앞을 스쳐 지나가고 있었다. 그제야 들리기 시작하는 느긋한 재즈의 음률, 푸르스름한 조명 밑으로 걸어가는 남자의 매끄러운 뒤태. 부산스럽게 움직였지만 그녀는 그 자리에서 움직이지 않고 카운터로 가는 남자의 뒷모습을 보고 있었다.

카드를 꺼내고, 잠시 기다렸다 사인을 하는 남자의 모습을 보면서, 그 긴 세월 동안 자신을 괴롭혔던 남자에 대한 사랑이 아직도 변하지 않았음을.

여자는 깨달았다.

바깥 공기는 훨씬 더 깨끗하고 명료했다. 몽롱했던 정신을 차리기에 알맞았다. 호텔의 전체적인 분위기인 월넛과 화이트의 깔끔한 복도가 죽 이어져 있었다. 택시를 타고 가야지. 흘끗 들여다본 휴대폰에는 엄마의 부재중 전화가 떠 있었지만 그녀는 앞선 남자 때문에 전화를 하지는 못했다. 저 사람이랑 있다는 걸 안다면 엄마는 어떤 얼굴일까.

엘리베이터가 왔고 두 사람은 아무 말도 없이 탔다. 그가 8층을 눌렀지만 혜원은 그것을 깨닫지 못하고 있었다. 문은 금방 열렸다. 혜원이 어리둥절하고 있을 때 그녀의 어깨를 감싸는 남자의 손이 느껴졌다. 엘리베이터를 나온 혜원은 복잡하고 휑한 로비가 아니라 문들이 늘어선 복도라는 것을 알고 당황했다.

남자의 손이 그녀를 당겼다. 그리고 주춤주춤 그녀의 머릿속에 선명한 숫자를 향해 다가가고 있었다. 뭐라 생각을 정리하기도 전에 그가 카드를 밀고 문을 열었다. 깜깜한 암흑이 갑자기 하얀 빛으로 넘쳐 났다. 그녀를 당기는 손아귀에 힘없이 쓸려 들어가고 등 뒤에서 문이 닫혔다. 그리고 그가 돌아섰다.

이건…… 이건 아니었다. 저를 그토록 괴롭게 했던, 월넛의 문에 금속으로 쓰인 803이라는 숫자의 방에 뛰어 들어가는 것은 제 헛된 망상이지 현실은 아니었다. 현실은 저 하얀 로비를 지나 회전문을 밀고 나서 차가운 호텔의 입구에서 모범택시가 아닌 택시를 골라 타는 것이었다. 이건 꿈인가?

남자의 손이 그녀의 허리를 감싸 안았다. 급하지도, 그렇다고 느긋할 수도 없는, 무엇인가가 팽팽하게 가득 찬 느낌의 입술이 그녀의 눈물에 젖은 입술에 닿았다. 허리를 감싸 안는 팔에 힘이 들어가는 게 느껴질 정도로 입술은 가만히 닿아만 있었다. 술김인가. 그녀가 꿈꿨던, 어린 시절 그렇게 바라던 커피 향 끝에 서린 보드카의 맛이 싸한 입술이 천천히 그녀의 입술을 물어 왔다. 떠

돌던 담배 연기 사이에 묻혀 있던, 남자의 매끄러운 슈트에 배어 있는 앙크르의 미세한 향이 머물고 있었다.

이건 꿈이다. 현실일 리가 없어…….

여자는 저도 모르게 두 손을 올려 남자의 목을 감았다. 매끈한 슈트의 어깨선이 손끝에 미끄러지고 있었다. 목을 감자마자 남자의 고개는 더욱더 떨어졌다. 그리고 그녀의 벌어진 입술을 가르고 그의 뜨거운 혀가 밀려들었다. 조급함은 없지만, 뜨거운 열기가 느껴지는 그는 천천히 그녀를 휘저었다. 깔루아, 보드카, 그리고 더할 나위 없이 달디단 '내 남자의 입술', 그녀는 뒤꿈치를 들어 더욱더 그의 목을 감싸 안았다.

드드득, 어디선가 실밥이 뜯어지는 것 같은 소리가 났다. 그녀의 코트가 무리하게 당겨져서일까. 그러나 그녀는 지금 이 순간을 놓치기 싫었다. 그런, 뜯어진 실밥 따위가 십여 년간의 갈증을, 꿈속의 내 환상 따위를 망치다니……. 안 될 일이었다.

그러나 아쉽게도 그녀의 숨을 밭게 만들었던 그의 입술이 떨어져 나갔다. 새빨갛게 물든 얼굴로 그녀는 그의 목을 안고 있던 두 팔에 들어간 힘을 느끼고는 어찌해야 하나 0.1초쯤 고민해야 했다. 고개를 드는 남자 때문에 그녀는 두 팔을 풀어야 했다.

"저기……."

잠시 착각했기 때문인가, 그녀가 뭐라 말을 하려 할 때 다시 하얀 시야가 남자의 얼굴로 가려졌다. 남자의 입술이 부드럽게 내려앉았다. 저도 모르게 눈을 감은 그녀의 가슴께에 남자의 손길이 느껴졌다. 아까 정성껏 채운 코트의 커다란 단추들을 풀어 내리고 있는 남자의 손이 그녀의 심장을 세차게 뛰게 했다.

23.

숨이 막혀 왔다. 머릿속이 멍한 것 같은데 왜 이 심장은 이토록 미친 듯이 뛰어 가슴을 아프게 하는 걸까.

바닥에 떨어진 코트 위에 그녀의 재킷도 떨어져 내렸다. 어쩌지 못하고 숙여진 그녀의 고개를 들어 올리는 것은 그의 뜨거운 열기가 가시지 않은 손이었다. 힘을 주지 않았지만 그의 가벼운 손길에 그녀의 고개는 올라갔다. 이제 푸드득거리는 실밥 뜯어지는 소리 따위는 들리지 않겠지만, 남자의 내려다보는 시선을 견딜 수 있을까. 가벼운, 그러나 체온이 느껴지는 뜨거운 입술이 다시 내려앉았다. 사람이 있거나, 혹은 아무도 들여다보는 이 없는 검은색 선팅이 짙은 차 안에서도 남자는 제게 먼저 입술을 물어 온 적이 없었다. 아무도 없는 곳, 세상과 격리된 호텔 방의 자동문이 잠기는 순간만, 열기에 후끈거리는 입술을 허겁지겁 물어 왔고 그러고 제 옷을 벗기려고 애썼었다…….

그러나 남자의 입술은, 이제 흩어져 버린 깔루아의 향이 희미한 입술은 천천히 닿아 그녀의 까칠한 입술을 천천히 맛보듯 움직이고 있을 뿐이었다. 마른침을 삼키고 싶을 만큼 목구멍이 아릿해졌지만 그녀는 움직일 수가 없었다. 아니 움직이기는커녕 숨을 쉴 수도 없었다.

시간이 멈춰진 것일까. 아주 오랫동안 잊고 살았던 어떤 것들이 자꾸만 스멀스멀 기어 나오는 것만 같은 느낌이었다. 선택을 하라는 건가 아니면 저를 놀리는 건가, 지금 이 방 안에서 깔루아의 향기를 흩뿌리는 이 입술의 의미를 어디서 찾아야 하는가.

그녀가 두 손을 내밀어 그의 가슴을 밀어냈다. 예전의, 어렴풋이 기억나는 남자의 몸은 참으로 말랐었다. 비썩 마른 커다란 뼈대는 부드러운 그녀의 몸을 아프게 할 만큼 이곳저곳 튀어나와 부딪쳤었다. 그러나 밀쳐 낸, 고급 셔츠 속 남자의 가슴은 탄탄했다. 얼굴은 그대로인 듯한데 몸은 전혀 다른 사람 같았다. 그 짧은 시간 이 한 번의 손길로도 혜원은 느낄 수 있었다.

"제게 왜 이러시는 거예요?"

왜 이러는 걸까.

남자는 아무 말 없이 밀쳐 낸 손을 잡았다. 여전히 타는 듯 뜨거움이 밑바닥에 느껴지는 따듯하고 부드러운 손길이었다. 그리고 다른 한쪽 팔이 그녀의 허리를 감싸 안았다. 뭐가 더 필요한가, 남자는 몸으로 이야기를 할 뿐이었다. 원한다……. 그 어린 시절의 정혜원이든 아니면 지금 간병인 정혜원이든…….

다시 입술이 내려앉았다. 남자는 전혀 조급하지 않았다. 밤새워서라도 그녀를 위해 입맞춤을 할 수 있을 만큼 끓어오르는 열기를 단단히 붙잡고 여자의 마음을 두드릴 뿐이었다. 마음을 열던지, 아니면 문을 박차고 나가던지.

정말로 이곳에서 나가야 하는데 물어 오는 입술보다 허리를 감고 있는 길고 탄탄한 근육으로 둘러싸인 팔이 주는 열기가 그녀를 옴짝도 하지 못하게 하고 있었다. 천천히 팔에는 힘이 들어갔다. 그녀의 몸이 그에게 밀착되고 있었다. 남자의 큰 키, 커다란 가슴에 푹 파묻히듯 들어가 버리는 여자의 가냘픈 몸은 아주 예전부터 그러하듯 한 치의 빈틈도 한 점의 어색함도 없었다.

단지 보드카 몇 온스가 만들어 내는 환상인지 꿈인지는 모르겠지만 혜원은 고개를 돌려 남자의 립키스를 거절했다. 대신 남자의 품에 고개를 묻었다. 힘든 하루였다. 몸은 그러하지 않았지만 하루 종일 팽팽하게 당겨진 끈처럼 당겨져 있던 정신은 앙크르에 취해 버렸다. 꿈인지, 혹은 환상인지 알 수 없었지만 남자의 넓은 가슴은 아늑했다. 볼을 감싸고 있던 손이 어깨를 감싸 안았다. 제 속에서 끓어오르는 열기가 따뜻한 실내의 공기 속에 뜨거움을 더해 주었다. 게다가 남자의 가슴께에 느껴지는 탄탄한 근육에서 나는 열기까지 제 얼굴에 전해지고 있었다.

이대로……. 시간이 멈췄으면 좋겠어…….

기억 속의 어린 혜원이 속삭였다. 이 남자가, 이렇게 힘들고 노곤한 하루 끝에 나를 안아 주는 하루가 올 거라고 단 한 번도 생각해 본 적이 없었어…….

갑자기 남자의 가슴 근육이 움직였다. 죽음같이 유혹적인 남자의 품을 꿈처럼 헤매고 있던 혜원이 정신을 차렸을 때는 그녀가 붕 떠올라 남자의 품에 안겨 바로 뒤쪽에 한 단 올라가 있는 눈부시게 하얀 침대 쪽으로 가고 있었다. 그것도 잠시, 그녀는 푹신한 침대 위에 살며시 눕혀졌다. 그리고 옆에 걸터앉은 그가 재킷을 벗기 시작했다. 그동안 어딘가에 숨어 있던 심장이 덜컥거리면서 다시 미친 듯 뛰기 시작했다. 그녀가 몸을 일으켰을 때 막 넥타이를 풀어 던진 그가 그녀의 팔을 잡고 고개를 숙였다. 그리고 다시 입술을 물었다. 아까와는 달리 좀 더 격한 감정이 담긴 입술은 바로 그녀의 입술을 열고 들어왔다. 그 옛날의 어느 때처럼, 남자의 혀가 그녀의 혀를, 들끓는 제 속처럼 옭아매기 시작했다.

숨이 찼다. 머릿속의 모든 것들이 멈춰 버리는 것 같았다. 그녀의 입술을 빨아들이고 치열을 훑고 세차게 빨아들이는 입술 때문에 남자의 손길이 그녀의 블라우스 단추를 풀고 있는 것조차 느끼지 못하고 있었다. 숨이 넘어갈 듯이 그를 느끼고 있을 뿐이었다. 손을 내밀었다. 단지 제 속을 휘젓고 있는 남자의 입술 때문에 여자는 제 몸의 모든 감각이 다 멈춰 버리는 것 같았다. 잠시 입술이 떨어지고 그는 손을 놀려 그녀의 블라우스 아래쪽 단추를 풀기 시작했다. 그를 따라가지 못한 립스틱이 지워진 입술은 마치 무엇에 홀린 듯 그의 손길에 마치 인형처럼 쫓아갈 뿐이었다. 이게 무엇을 뜻하는지, 어떤 의미가 될지 아무것도 생각하지도, 깨닫지도 못한 채 오로지 남자를 갖고 싶다는 일념으로 그 서툰 운전으로 목숨을 걸고 한계령의 안개를 헤쳐 갔듯이 그녀는 눈앞에 남자의 새하얀 얼굴을 몽롱한 눈으로 쫓을 뿐이었다.

따뜻하지만 서늘하게 느껴지는 공기가 맨몸에 닿는 게 느껴졌다. 그러나 곧 그 느낌은 사라졌다. 남자의 뜨거운 입술이 목덜미에 떨어져 내렸다. 아주 오래전에 잊고 있었던, 이젠 다시 느낄 수 없을 것이라 여기던 감촉들이 그녀의 민감한 곳에 폭격처럼 쏟아져 내리고 있었다. 여자의 몸이 움찔거리자 남자의 손이 블라우스 사이의 맨 허리를 감아쥐었다. 매끄러운 와이셔츠의 감촉이 허리를 감고 있었다.

〈띵띵 띠리리링…….〉

마림바의 소리가 경쾌하게 울렸다. 그러나 쇄골 쪽으로 내려가던 남자의 입술은 멈추지 않았다.

〈띵띵 띠리리링…….〉

다시 소리가 울리자 혜원의 멈칫하는 움직임에 그가 고개를 들었다. 아주 잠시 잠깐 딴 세상으로 건너갔던 것 같은 그녀의 바짝 곤두선 정신들이 일시에 흩어지는 것이 남자에게도 느껴질 정도였다.

"전화 받으세요."

그녀가 저도 모르게 감았던, 그리고 어이없게도 힘을 꽉 주고 있던 팔을 풀고 작은 소리로 말했다. 늘 표정 따위가 없던 남자가 이마를 찌푸리면서 몸을 일으켰다. 휴대폰을 꺼 버릴 요량으로 아직까지 줄기차게 마림바 소리를 내는 휴대폰이 든 슈트 상의가 침대 옆에 떨어져 있는 것을 보고 그것을 집어 올려 휴대폰을 꺼냈다. 그러나 그게 제 뜻대로 되지는 않았다. 이 상황에서 전화를 받는다는 것은 지극히 어울리지 않는 일이라는 것을 잘 알고 있었지만 화면에 찍힌 번호가 그렇게 하지 못하게 하고 있었다.

"……What' s the matter?"

남자가 자리에서 일어나 걸음을 옮기는 게 느껴졌다.

"……What' s the reason……."

굳어진 남자의 목소리가 저쪽 끝으로 옮겨 가고 있었다. 방금 전까지만 해도 숨을 쉬기 힘들었던 그녀의 폐 안으로 쾌적한 공기가 밀려들었다. 아무 티끌 하나 없이 하얀 공간이 눈 위에 있었다. 침대 위 천정에는 전등조차 없는 매끄럽고 하얀 천정만 있어서 침대에 누운 채 올려다보는 위쪽은 마치 공허한 상념 속의 공간 같았다.

옅은 세제 냄새가 풍기는 푹신한 침대 위에서 혜원은 간간이 신경질적이고 빠르게 들리는, 그러나 무슨 말인지는 알 수 없는 남자의 목소리가 저 신경 끝 어딘가에서 낮게 울리는 소리를 들으며 간신히 손을 들어 헤쳐진 옷섶을 덮었다. 그러나 단추를 채울 기운은 남아 있지 않았다. 단거리 선수가 수개월, 아니 수년의 연습 끝에 단 백 미터를 뛰고 탈진해 버려 주저앉은 듯 혜원은 옷섶을 덮고는 제 손의 무게도 이기지 못하고 떨군 채 정신이 아득해졌다. 저 남자의 목소리를 더 듣고 싶은데……. 뭔가 문제가 있는 듯 언쟁까지 벌이는 소리가 아스라이 귓가에 스며들었다.

학회에 보낼 중요한 논문에 문제가 생긴 게 아니었더라면 그는 이런 상황에서 전화를 받지는 않았을 것이었다.

"빌어먹을."

화면을 꺼 버린 휴대폰을 들고 모퉁이에서 돌아온 그는 잠시 걸음을 멈췄다. 손 안의 휴대폰이 후끈거리고 있으니 붙들고 있은 지 한참은 됐다는 것을 알 수 있었다. 제가 언성을 높이고 있는 사이에 여자가 가 버렸을지도 모른다고 생각하고 급하게 문 쪽을 갔지만 문 앞에는 여자의 코트와 재킷, 그리고 가방과 손에 들었던 목도리 등이 흉하게 떨어져 있었다. 그는 다가가 하얀 바닥에 얼룩처럼 떨어진 것들을 주워 들고 침대 쪽으로 갔다.

하얀색의 가림벽 뒤에 있는 하얀 침대 위에는 역시 칙칙한 색조의 정장 바지를 입은 채 블라우스의 단추를 채우지 못한 여자가 모로 죽은 듯 누워 있었다. 잠깐의 당혹스러움도 잠시, 발소리가 나지 않게 구두를 벗은 그가 천천히 그녀의 물건들을 옆에 놓인 커피 테이블에 올려놓았다.

여자와는 어울리지 않는 수수하고 무거운 코트, 여자의 아름다운 몸을 죽이는 둔탁한 검은색의 정장 재킷, 그리고 낡은 가방과 오로지 추위를 막기 위해서만 필요해 보이는 둔중한 목도리…….

연구 성과 발표를 위해 세미나를 드나들던 그가 언론에 오르내리게 되면서부터 그의 옷장에 하나둘씩 걸리게 된 디자이너의 고급 슈트들에 개인적인 취향을 더하게 될 만큼의 시간이 이 여자에게도 흐른 모양이었다. 백화점에서 여자가 고른 옷들이 영 의외였던 것도 긴 시간의 흐름 때문일까.

조금 긴 단발머리에 설핏 목선이 드러난 여자는 잔뜩 움츠린 채 깊이 잠들어 있었다. 그의 뒤죽박죽인 기억 속에서도 그 노랑머리의 여자는 한 번도 잠든 모습을 보인 적이 없었다. 검은색의 긴 머리카락을 하고 제 방으로 찾아들었을 때도 밤샘 연구에 지친 그가 곯아떨어졌기에 그는 여자의 잠든 모습이 기억에 없었다.

아무것도 하지 않은 그의 하루는 끝나지 않았지만 여자의 길고 긴 하루는 이렇게 끝난 듯했다. 언뜻 드러난 여자의 왼 손가락에는 그가 치료했던 상처가 아직 희미하게 남아 있었다. 살갗이 움푹 팰 정도로 깊이 베였던 상처. 기절한 듯 숨소리도 없이 잠든 여자를 가만히 내려다보던 그가 살그머니 침대에 걸터앉았다. 그를 휩싸고 있던 침대 위의 열기는 어디로 사라져 버렸는지 그는 깊이 잠든 여자의 모습에서 잠시 평온함마저 느꼈다.

이제…… 무얼…… 어찌해야 할까.

설핏 무슨 소리를 들은 것 같았다. 물소리인가. 떠지지 않는 눈을 뜨려 애썼다. 어딘가 모르게 낯선 편안함과 또한 그와 상반되게 불편함이 느껴지는 이 모순적인 감각은 대체 뭐란 말인가. 그녀는 눈앞에 보이는 낯선 공간이 이물스러운 덕에 자꾸만 감기려는 눈을 제대로 뜰 수 있었다. 하얀색의 벽, 그리고 어두워진 공간에 켜진 노란색의 취침 등. 그렇다, 이곳이 어딘지 깨달은 그녀는 황급하게 몸을 일으켰다. 단추가 풀어진 채 여며지기만 한 블라우스의 앞섶이 흩어졌다. 놀란 그녀는 황급하게 단추를 채우지도 못하고 몸을 일으켰다. 제 목도리와 코트 같은 것들이 가지런히 눈앞에 있는 소파 위에 놓여 있었고 물소리는 저쪽에 있는 욕실 쪽에서 나고 있었다. 여자는 제 물건들을 들고 소리가 나지 않게 문 쪽으로 재빨리 걸어갔다. 아니, 도망치듯 걸었다. 그러다가 흘끗 욕실 앞에 있는 소파 위에 걸쳐진 블루블랙의 슈트와 하얀색의 와이셔츠에 시선을 둔 여자는 희미한 물소리를 피하듯 문을 나섰다.

심장이 미친 듯이 두근거리고 있었다. 급하게 뛰어나오느라, 다행히 아무도 타지 않은 엘리베이터 안에서 겨우 블라우스의 단추를 채우고 재킷과 코트를 껴입자마자 땡 하는 소리와 함께 엘리베이터는 1층 로비에 다다랐다. 엘리베이터 앞에서는 잠이 가득 매달린 눈을 한 룸 메이드가 손에 무언가를 들고 있다가 황급히 웃는 얼굴을 하면서 고개를 숙여 인사를 했지만, 자신의 흉한 몰골을 보고 하는 인사는 그저 기계적인 조건 반사일 뿐이라는 걸 알 수 있었다. 이 무슨 황당한 일인가. 재빠르게 걷는 그녀의 발소리가 휑한 호텔 로비에 울렸다. 바깥은 새까만 칠흑 같은 새벽이었고, 저 공기의 차가움은 익히 잘 알고 있는 터였다. 그러나 혜원은 터져 나갈 것 같은 심장과 열이 오른 얼굴을 하고는 차가운 공기가 있는 곳으로 나가야 했다.

회전문을 나서자마자 얼굴을 후려치는 것 같은 차가운 공기가 거센 바람을 타고 쏟아져 내렸다. 얼른 손에 든 목도리를 감고 택시를 잡기 위해 뛰어가면서도 혜원의 심장은 미친 듯이 뛰고 있었다. 단지 문을 제대로 닫지 않은 욕실에서 새 나오는 세찬 물소리 때문에 눈을 뜨고, 소리가 나지 않게 나서면서도 소파에 걸쳐져 있던 남자의 옷가지들 때문에, 이 심장이 튀어나올 듯 난리를 치는 거라면…… 제 머릿속에는 대체 뭐가 들었는지 생각하고 싶지도 않았다.

막 입구로 들어오는 택시는 마침 모범택시가 아니라 그냥 택시였다. 혜원은 생각도 하지 않은 채 택시에 올라탔다. 그리고 미친 듯이 피를 뿜어내고 있는 심장을 멈추기라도 할 듯 가슴팍의 옷깃을 잡고 있어야 했다. 택시가 행선지를 듣고 유턴을 하기 위해 신호를 기다리다 차를 돌리자 여자의 시선에 네온이 화려한 호텔이 다시 들어왔다. 저기, 저곳의 안쪽에 그가 아직도 있을 텐데.

그 하얀색의 마른 등을 가진 남자가, 저를 안던 억센 팔뚝을 가진 남자가 제가 이렇게 도망치듯 뛰어나온 걸 알까. 갑자기 가볍게 후회가 든 혜원은 차 돌려요, 라는 말이 나올까 봐 억지로 시선을 반대로 돌리고 한동안 있어야만 했다.

"무슨 그런 옷을 입고 일을 해. 와서 갈아입고 가지."

그때까지 텔레비전을 보던 엄마가 혜원의 코트와 목도리를 받아 들면서 하는 말에 혜원은 고개를 숙인 채 돌아섰다.

"오늘도 운전할 때 추웠지?"

요 며칠 잦은 외출 덕에 기분이 좋아진 엄마의 새삼스러운 관심을 느낄 사이도 없었다. 마치 안 들린다는 듯 제가 잠옷으로 입는 옷가지들로 갈아입고 화장실로 들어간 혜원은 막 세수를 하려 하는데 거울에 비친 제 모습을 보고는 넋을 놓고 말았다. 꽉 막히도록 골목길에 가득 주차된 차들 덕에 택시에서 내려 큰길에서부터 걸어 올라오느라 얼어 있는 얼굴에 화장기라고는 한 점도 남아 있지 않았다.

그 이유가 무엇인지 생각난 혜원은 갑자기 얼굴에 다시 열이 올랐다. 그리고 걷잡을 수 없이 떠오르는 방금 전, 방금 몇 시간 전의 기억들이 울컥울컥 쏟아져 내렸다. 혜원은 제 두 다리로 버티지 못하고 좁은 화장실 바닥에 쪼그려 앉고 말았다.

아무리 뜨거운 물을 맞아도, 제 속 따위가 가라앉지 않는다는 것을 알고 젖은 머리카락을 털며 나온 그는 이상스럽게 적막한 공기를 느끼고 여자가 가 버렸다는 것을 알았다. 가 버릴 것이라는 걸 알고 있었음에도 막상 텅 빈 공간에 혼자 서 있다는 게 민망해질 지경이었다. 그저 침대 위에 구겨진 시트가 여자가 그곳에 있었다는 것을 말해 주고 있었다.

한 시가 다 돼 가는 시간. 바깥 공기는 얼어붙어 있을 텐데. 그는 칵테일이지만 그래도 술을 몇 잔 했기에 씻고 정신을 차린 뒤에 탈진한 듯한 여자가 몸을 추스르면 데려다 줄 요량이었다. 구겨진 시트의 흔적을 내려다보던 그는 저도 모르게 그 구김의 옆으로 살그머니 앉고 말았다. 마치 여자가 거기서 기절한 듯 잠이 든 것을 내려다보는 듯, 여자의 흔적이 남아 있는 시트를 내려다볼 뿐이었다.

이제 이 밤이 마지막이었다. 어쩌면 이 밤을 지내고 나면 다시는 이곳에 돌아오지 않을 수도 있다. 여자는 이미 가고 없었다. 그는 자리에서 일어났다. 목욕 가운만 걸쳤지만 실내의 공기는 더없이 쾌적했다. 잠시 서 있던 그는 하얀색과 회색빛의 커튼이 쳐진 창으로 다가가 커튼을 열었다. 마치 추상화가의 작품처럼 검고 공허한 창밖에는 불야성을 이룬 얼어붙은 도시가 펼쳐져 있었다. 제게, 단 한 번도 따뜻한 속살을 내어 준 적 없는 비정한 도시였다. 정말로 이곳에 다시 돌아올 일은 없는 걸까. 그는 차가운 기운이 느껴지는 검은 도시를 내려다보며 생각에 잠겼다.

*　*　*

“영화는 괜찮았는데 남자 주인공이 영 아니다. 너무 늙었어. 조금만 어렸어도 괜찮았을 텐데. 오늘은 날씨가 어제보다 훨 낫다. 그렇지?”

“…….”

“어제하고 그제는 진짜 귀가 떨어져 나갈 것 같더만. 우리 저녁도 먹고 들어가자. 돈…… 모자라니?”

“…….”

“혜원아!”

뭐에 홀린 듯 멍하니 있던 혜원이 옆을 돌아보았다. 제 팔짱을 끼고 있는 엄마의 한심하다는 눈초리를 보고 있던 혜원은 어두워져 차가운 극장의 입구에 서 있는 제 자신을 보고 당황했다. 방금 전에 극장에 들어갔던 거 같은데.

“뭐라고, 엄마?”

“저녁 먹고 가자고.”

“……지금 몇 시지?”

“여섯 시? 여섯 시 반 넘었나?”

엄마가 주섬주섬 백에서 휴대폰을 꺼내 들었다.

“어머, 벌써 일곱 시다. 어쩐지 영화 엄청 길더라니.”

“엄마, 먼저 집에 가. 앞에서 00번 버스 타면 되는 거 알지?”

혜원이 팔짱을 끼고 있던 팔까지 풀면서 말했다. 어쩐지 정신이 나가 보이기도 하고.

"왜? 무슨 일 있어? 전화 온 데도 없잖아."

"잠깐…… 잠깐 갔다 올 데가 있어. 늦을지도 몰라. 엄마 먼저 들어가. 저녁은 내일…… 엄마 먹고 싶어 하는 거 다 사 줄게. 나…… 간다."

당황한 엄마의 목소리를 마치 못 들은 듯 혜원은 주변을 둘러보더니 발걸음을 빨리하기 시작했다. 어디로 가야 하지. 버스를 타고 가는 게 빠를까, 아니면 지하철을 타야 하나…….

하루 종일 잊으려고 했었다. 괜히 차려입고 강남까지 나와서, 근처에도 분명히 극장이 있었지만 강남까지 나와서 비싸기만 하고 맛도 없는 캘리포니아 롤 따위로 점심을 먹고 하하, 호호 웃으면서 영화를 보러 들어갈 때까지만 해도 아무렇지도 않았었다. 그러나 조명이 꺼지고 화면에 집중하느라 엄마의 시선이 벗어난 순간부터 혜원의 머릿속은 멍해지고 있었다. 까맣게 털어 버렸다고 생각했던 남자의 입술, 매끄러운 혀의 감촉, 저를 둘러 안던 팔뚝, 제 손으로 부끄러운 줄도 모르고 부둥켜안고 있던 잔근육이 자리 잡은 잔등까지…….

그가 떠난다. 오늘 11시 30분 비행기라고 했다. 그가 이제 떠나면 언제 다시 올지 모른다. 저는 아직 그의 전화번호도 모르고 그 사람을 잡을 수 있는 그 어떤 것도 없다. 이제, 더 이상 그 사람을 볼 수 없을지도 모른다는 생각이 갑자기 그녀를 미친 듯이 뛰게 만들고 있었다. 그를 본다고 해서 뭐가 바뀔까. 본다고 그에게 무슨 이야기를 할 수 있을까.

그러나…… 그냥 이렇게 있을 수만은 없었다. 미친 듯이 행선지를 찾아 공항행 버스를 찾아 타고 한 시간 30분을 가면서도 내내 혜원의 머릿속은 파도치고 있었다. 가장 밑바닥의 골에서는 당장 버스에서 내려 집으로 돌아가라고 외치기도 했고, 맨 꼭대기 마루에 이르러서는 게이트에 선 그에게 뛰어들어 이제는 제발 나에게 돌아와 줘요, 라고 외치는 철없는 제 모습이 밀려오기도 했다. 그러나 공항에 가까이 다가갈수록, 끝도 없이 이어진 바다 위의 영종대교가 끝날 때 즈음에는 그 파도는 점점 잔잔해졌다.

내가 왜 여기 온 것일까.

그녀가 이용하던 김포 공항 따위하고는 크기부터 다른 어마어마한 공항에 선 버스에서 내린 혜원은 어이가 없어 웃음만 나왔다. 이곳에서 사람을 찾는다는 것도 당황스러웠지만 그 사람을 찾아서 무얼 어찌하려나 하는 생각에 한동안 버스 승강장에 서 있었다. 그러나 막 9시가 넘은 공항의 안에서 혜원은 돌아가는 버스에 곧바로 오르지는 못하고 있었다.

그가…….

정말 이곳에 있는 걸까 하는 헛된 생각에.

“그냥 그렇게 가시려고 했단 말이에요?”

막 공항에 있는 우체국에서 나오는 길이었다. 하도 넓어서 한참이나 찾아 헤맸기에 이렇게 빨리 눈앞에 나타날 줄은 몰랐다. 가운이 아닌 푸른빛이 도는 풍성한 퍼가 달린 가죽 재킷을 입은 여자는 늘씬한 자태를 뽐내면서 서 있었다. 긴 머리를 풀어 늘어뜨린 여자는 병원에서 보는 것과는 완전히 다른 이미지로 보일 만했다. 한눈에 호감이 갈 만큼 여자는 아름답기도 하고 섹시하기도 했다.

"죄송합니다. 번거롭게 해 드려서."

"차, 병원에 두고 가셨더군요."

"네. 그동안의 호의 감사했습니다."

진회색의 말끔한 슈트, 단정한 넥타이, 차가운 금테 안경……. 주희진은 제 생각대로 되지 않는 일이 있다는 것에 대해 신경이 곤두서 있었다. 저를 마다하는 남자라니, 어디 두고 보자 하는 심정이었는지도 몰랐다. 자존심에도 큰 상처를 입은 것이 사실이고. 주 원장님조차 그런 뻣뻣한 남자는 포기하는 게 빠를 거라고 했다. 그리고 제가 출근하기도 전에 병원 주차장에 얌전하게 놓여 있는 포르쉐 파나메라를 보고선, 적어도 그 잘난 얼굴에 날 이렇게 만들면 좋지 않을 거라 경고라도 해 줄 속셈이었다. 그러나 휴대폰 저 너머로 들리는 그 명료하고 차가운 목소리를 듣고선 이렇게 대책 없이 공항까지 와 놓고 온 김에 얼굴이나 한번 보자는 제 심사는 또다시 처참하게 무너지는 듯한 느낌이었다. 대체 뭐가 문제란 말인가, 이 싸늘한 남자의 저 매끈한 얼굴이 문제였던가.

"우리의 제의는 없던 게 되는 건가요?"

"제가 그토록 무례를 범했는데 어찌."

문장만 두고 본다면 남자의 명백한 잘못이 맞았다. 그러나 말하는 어감은 전혀 그렇지 않았다.

"어디 좀 앉죠."

이렇게 번잡한 우체국 앞에서 할 말은 아니었다.

차를 돌려줘야 한다는 것은 생각했지만 연락을 할 거라고는 생각하지 못했었다. 별로 부딪치고 싶지 않은 생각에 지하 주차 팀에게 차 키를 주고 차를 놓고 나온 뒤에도 그리 개운한 기분은 아니었다. 포르쉐는 미국에서도 고가의 차에 속했고 병원에 있을 때 사용하라고 하긴 했지만 주 선생이 직접 차를 골라 구입한 것까지는 알고 있었으므로 직접 돌려줘야 하는 게 도리에 맞는 일이었다. 그러니 그렇지 못한 것이 마음에 걸렸다. 그러다 전화를 받고 이렇게 그냥 말없이 가는 것은 예의가 아니란 생각에 만나기를 청했을 뿐이었다. 주희진을 마주한 그는 달리 할 말이 없었다. 뭐 하나 결정된 것이 없었다. 뭔가 풀리지 않는 매듭이 있는데 당사자는 아무런 소식이 없었다. 솔직히 제 마음조차도 딱 선이 그어지지 않았다.

"어떻게 하실 건가요?"

어둠이 내려앉은 공항 라운지는 인공조명으로 인해 더욱더 화려해 보였다. 그리고 맞은편에 앉은 자연스러운 갈색의 멋스러운 웨이브가 진 머리카락을 한 여자의 지적으로 보이는 얼굴은 뭔가 가득 불만에 차 있었다. 저 여자가 원하는 것은 무엇인가, 아니면 또 제가 원하는 것은 무엇인가.

“우선은 돌아가겠습니다. 원장님 못 뵙고 가는 거 죄송하게 생각합니다. 클리닉에 대한 것은 아무래도 제 자리가 아닌 듯싶습니다.”

여자의 직감은 날카로웠다. 앞에 앉은 남자는 얼굴의 표정에도 전혀 변화가 없었다. 여자가 남자를 처음 보았을 때 느꼈던 당당함이나, 혹은 그것을 넘어서 오만하기까지 한 꼿꼿한 자세나 표정 하나까지 전혀 달라진 것이 없어 보였다. 그러나 그게 다가 아니었다. 분명히 남자에게 다른 뭔가가 있었다.

“단지, 닥터 길의 자리가 아니라고 느껴지신다고요?”

“네. 십여 년 내내 수술실에만 박혀 있던 사람입니다. 사람들 앞에 나서게 된 것도 저번의 Thesis(논문) 때문이고. 그런 사람이 감당하기엔 클리닉이 너무 거대한데다, 의료 쪽의 능력만 가지고 될 일이 아니라는 게 제 판단입니다.”

남자의 딱 부러지는 명료한 말은 제 처지에 대해서 가장 간단하고 명확하게 이야기하고 있었다. 거절이라는 것을 이해할 수 없긴 하지만 이유가 저렇게 명확하다면 이쪽도 수긍을 해야 했다. 그러나 그게 안 되는 이유를 희진은 스스로 찾기 힘들었다.

“그렇군요. 하지만 그건 너무 피상적이고 추상적이에요. 클리닉의 일들은 의외로 생각보다 단순해요. 무엇보다도 이번 일이 이렇게 완벽하게 마무리된 것을 보면 잠재력은 있다고 생각되거든요. 솔직히 원장님은 자리를 마다하는 닥터 길을 이해하시지 못할 뿐더러, 그 자리를 마다한다면 다시 권하실 생각이 없어요. 그만큼 조건이 파격적이라고 생각하시는 거니까요. 그러나 전 그렇게 생각하지 않아요. 제가 먼저 닥터 길을 추천하고 이 일을 추진한 만큼, 병원은 젊은 얼굴이 필요하고 거기에 맞는 명성과 능력을 가진 사람은 닥터 길밖에 없다고 생각하고 있거든요."

다분히, 자신의 사적인 감정이 들어가 있음을 스스로도 잘 깨닫지 못하고 있었다.

"그렇게 봐 주시는 것에 대해서는 더없이 영광으로 생각합니다만, 제가 그 자리에 어울린다고 생각할 수가 없습니다."

그는 거절을 하려 한 것은 아니었다. 그가 이곳에 온 이유가 수술에 대한 막대한 소득도 있었지만 정말로 클리닉에 대해 흥미가 있었던 것은 사실이었다. 그것이 가져다 줄 상상하기 힘든 이익이나 혹은 명성도 그냥 넘기기 아까울 만큼의 매력은 있었다. 그러나 클리닉과 관련된 이 여자, 그리고 또 한 명의 여자. 무엇이든 정리를 해야만 했다. 그리고 제가 이렇게 입 밖으로 내뱉고 나서야 어떤 방법으로 정리를 해야 할지 알 것만 같았다.

"생각할 시간을 드리겠어요. 물론 클리닉의 자리는 시간이 촉박하지만, 우리에게는 다른 조건도 있었잖아요?"

제 입으로 말하기엔 심히 자존심이 상하는 문제였다. 그러나 정말로 시간이 촉박했다. 남자는 이제 이곳을 떠나면 언제 다시 이곳으로 돌아올지 모를 일이었다. 아니 영영 돌아오지 않을 수도 있었다. 제가 알고 있는 찜찜한 일련의 사건들은 생각하기조차 불쾌했다. 어찌 이 빛이 나는 것 같은 오만한 남자에게 그런 추문이 있을 수 있단 말인가. 남자는 제 앞에 놓인 하얀색의 커피 잔을 하얗고 긴 손가락으로 들더니 피식 웃음을 내뱉었다. 진심이 아닌 것이 분명한데도 희진에게는 부글거리는 소유욕에 불만 더 지피는 것이란 걸 그는 전혀 모르고 있었다.

쉴 새 없이 뜨고 내리는 비행기들이 보이는 라운지에서 혜원은 저려 오는 다리의 감각을 잊은 채 유리창 밖만을 응시하고 있었다. 정확히 11시 반. 지금 뜨고 있는 저 비행기들 사이에 있는 그 어떤 비행기 안에 그가, 과거에 잠시 내 남자였던 그가, 무심하게 그 긴 다리를 꼬고 앉아 창밖으로 사라지는 공항의 화려한 불빛을 내려다보면서 저 새카맣고 차가운 겨울 하늘로 사라지고 있을 것이었다. 인생에 있어 후회 없이 사는 사람이 몇이나 있을까. 사람은 누구나 후회를 한다. 옳은 선택을 했더라도, 이 길이 아닌 다른 길을 선택했더라면 어땠을까, 하고 되뇔 때가 있었다.

그 아주 오래전 어린 날에는 선택을 할 수 없었다. 그냥 제게 닥친 일일 뿐이었다.

어제는…… 아니 오늘 새벽에는 선택을 할 수 있었던 거 아닐까. 그 남자는 자신에게 선택을 하라고 기다리고 있었던 거 아닐까. 선택이 옳은 것은 맞았지만, 좋은 것은 아니었다. 아니 그 반대였다. 좋은 게 아니라 나빴다. 아주 나쁜 선택이었다.

가슴 한 귀퉁이가 찢어지도록 나쁜…….

하늘에 다른 비행기들이 계속 뜨고 진 지 한참 뒤에나 혜원은 그곳을 벗어날 수 있었다.

* * *

"혜원 씨, 택배 왔던데."

"네?"

일이 있을지도 모르니 사무실에 나와 보라고 해서 나온 헬스케어 사무실에 들어섰을 때, 회계를 보는 나이 든 직원이 말해 줬다.

"상자가 꽤 크던데. 로커룸에 있을 거야."

의아한 표정으로, 아직도 붓기가 빠지지 않은 것 같아 빡빡한 눈을 누르면서 로커룸에 들어간 순간 커다란 상자를 보고 혜원은 잠시 멍한 표정이었다. 이게 뭐지. 그리고 무심하게 상자에 다가간 순간 혜원은 잠시 숨이 멎어 버리는 것 같은 착각에 들었다.

수취인란에 쓰인 정혜원이라는 이름 위로 발송인란에 쓰인 글자가 제 숨통을 막아 버린 것이었다.

발송인—길재현

목구멍이 말라붙는 것 같은 착각이 들었다. 잊어버리고 있었던 오래된 무엇이 튀어나온 것 같은, 아니 꼭 봉해 놓고 이제 더 이상 열어 볼 일이 없었던 어떤 상자의 뚜껑이 열린 것 같은 그런 느낌. 이제는 현실이 아닌 남자의 과거 이름이 상자에 쓰여져 현실이 되어 있었다. 마치 남자가 눈앞에 서 있는 것 같은 착각은…….

대체 뭔가. 부들거리는 손으로 상자에 봉해진 테이프를 뜯으니 눈에 익숙한 종이가방 두 개가 든 것이 보였다. 하얀색의 고급스러운 백화점의 종이가방……. 이 안에 든 물건이 무엇인지는 금방 알 수 있었다.

"아, 혜원 씨. 전해 줄 말이 있는데. 저기 클리닉에서 닥터 제이슨 길이라는 분이 혜원 씨 계좌번호 묻더라고. 그래서 가르쳐 줬는데……. 뭐 수당 못 받은 거 있어? 팁이라면 환자 보호자가 물어야 하는 건데. 왜 클리닉 담당 의사가 묻는지는 잘 모르겠는데. 뭐 입금하려고 물은 거 같아서 내가 물어보지도 않고 말해 줬어. 괜찮겠지?"

"네?"

정말로……. 정말로 그 남자의 이름을 들었기 때문이었다. 그래서 이 자리에 서 있는 것이었다. 혜원은 현금지급기 앞에 한동안 멍하니 있느라 몇 번이나 줄을 선 뒷사람에게 자리를 양보하다가 떨리는 손으로 현금 카드를 집어넣었다. 조회버튼을 누르는 손이 떨리고 있었다. 한참이나 분주히 반짝거리던 기계에 떠 있는 숫자를 보고는 혜원은 입술을 깨물었다.

24.

"놔, 이년아!"

앙칼진 고함 소리와 함께 짝 하는 마찰음이 울렸다. 우당탕 소리가 요란하자 벌컥 문이 열리는 소리가 났다.

"뭐야?"

마치 시비라도 걸듯이 뛰어 들어왔지만 그 뒤에는 아무 말도 못 붙이는 것은 어쩌면 당연한 결과였다.

"아."

화려한 옷차림으로 얼굴 도장 찍는 것도 귀찮은 게 역력한 젊은 여자는 인상을 찡그렸다. 뒤에 선 중년의 여자 또한 얼굴이 굳어졌다.

병실 안에는 백발이 성성한, 화사한 색상이지만 오물이 묻은 게 분명해 보이는 환자복을 입은 건장한 노파가 씩씩거리고 있었고 알루미늄 쟁반에서 떨어진 물건들이 흐트러져 있는 바닥에는 한눈에 봐도 얻어맞은 게 분명해 보이는 여자가 한쪽 뺨을 가린 채 주저앉아 있었다.

"어디서 네깐 게 감히 손을 대? 죽을래?"

"거봐. 풋내기는 안 된다고 했잖아요!"

맞은 사람 따위는 눈에 보이지 않는 모양이었다.

"아우, 냄새. 올케가 알아서 해요."

젊은 여자는 보기에는 깨끗해 보이지만 좋지 않은 냄새가 가득한 방에서 코를 움켜쥐고 나가 버렸다. 뒤에 서 있던 중년 여자도 이맛살을 찌푸리긴 했다.

"이봐요. 이 시간에는 어머니 컨디션 좋지 않다고 신경 쓰라고 했잖아요."

입안에 찝찔한 맛과 함께 화끈거리는 통증이 느껴졌다. 적어도 사람이 맞아서 넘어졌다면 괜찮다고 묻는 게 먼저 아닐까. 그러나 돈을 충분히 지불하는 것으로 자기들의 의무를 다했다고 하는 사람들이었다. 뭐라 할 말을 잃은 혜원은 치매가 심한 환자의 욕설을 들으면서 잠시 아득했던 정신을 차리려고 애쓰면서 몸을 일으켰다.

"죄송합니다."

"이 나쁜 년, 여우 같은 짓을 해서 우리 회장님을 꼬여 내려고 그러는 거지? 애미야, 저년 쫓아내!"

치매가 심한 환자였다. 이름만 들어도 알 만한 가구 회사 사장의 노모였지만, 병실에서는 터무니없이 건장한 중증 치매 환자일 뿐이었다. 간호사들도 고개를 절레절레 저을 만했고, 사무실에서도 몇 번이나 간병인이 바뀐 터라 페이가 거의 두 배에 달했지만 아무도 지원하는 사람 없던 자리였다. 한 이틀 조용히 잘 넘어가나 했더니 기어이 혜원은 손찌검까지 당하고 말았다. 해질녘에 특히 정서가 불안해진다고 주의 사항을 들었지만 냄새가 진동하는 배설물을 치워야 하기에 그녀는 방심하고 들어갔다가 봉변을 당하고 말았다.

"조심해요. 미리 이야기 들었을 거 아니에요. 어머님, 이쪽으로 좀 와 보세요."

비싼 돈을 지불하니까 알아서 하라는 이야기였다. 그나마, 며느리로 보이는 중년 여인이 코를 막고 노인을 끌어낸 덕에 혜원은 바닥에 떨어진 것들을 치워 나올 수 있었다.

패드를 버리고, 들고 있던 것들에 붙은 오물들을 씻으면서도 혜원은 제 입술 가에 묻은 피를 닦을 생각을 하지는 못했다. 그래도 시설은 좋은 곳이라 뜨거운 물이 펑펑 잘 나와서 다행이라 생각하고는 열심히 씻을 뿐이었다. 단지 너무 아파서, 한 번도 뺨 따위는 맞아 본 적이 없어서……. 그래서 눈가에 열이 차는 것이라 생각할 뿐이었다. 차라리 나이트라면 밤잠은 잘 잔다니까 더 편할 텐데. 오랫동안 이 환자를 담당하던 간병인이 새로 온 신참에게 데이 근무를 훌랑 넘기고 나이트로 제 순번을 정한 건 어쩔 수 없는 것이었다. 그래도 금액이 세서 여럿이 들었다 났다 하던 자리니까.

엄마가 주인집에서 보증금을 올려 달라고 하는 눈치더라 하는 말이 걸렸다. 클리닉에서의 좋은 보수 덕에 저번 달은 너무 방만한 생활을 했는지 가계부가 빠듯해졌고, 이 환자는 저만 잘 견디면 생명과는 지장 없는 일이니 오랫동안 안정적으로 일을 할 수 있을 것이라 안일하게 생각했다.

모든 것을 다 씻고 나서야 혜원은 거울 속의 제 얼굴이 엉망이라는 것을 알았다. 벌겋게 된 한쪽 뺨은 자칫 멍이 들지도 모를 만큼 얼얼했다. 뇌만 망가졌을 뿐이지, 식탐이 심한 노인네는 힘이 좋았다. 그러니 바닥에 쓰러지기까지 한 것이었다. 화장을 다시 하려면 로커까지 갔다 와야 했지만 보호자는 그녀가 병실을 비우는 걸 싫어하는 눈치였다. 바쁘게 씻어야 할 것들을 씻고 나니 울컥했던 감정들이 가라앉은 듯했다. 하루에도 열두 번도 더 그녀는 제 잔고에 차 있는 동그라미들에 대해 유혹을 느껴야만 했다. 그것을 벗어나려고 힘든 일을 택했지만, 이럴 때……. 정말로 그 유혹이 더욱더 심해졌다.

혜원이 막 씻은 쟁반과 다른 것들을 들고 병실로 가려고 할 때였다.

"혜원 씨."

그녀의 잰걸음이 멎었다. 낯선 남자의 목소리가 등 뒤편에서 들리고 있었다.

"정혜원 씨……?"

낯선 남자의 목소리, 아니 또다시 생각해 보니 어디선가 들었던 목소리. 혜원은 제 뒷모습을 보고 약간 헷갈려 하는 듯한 목소리의 주인공의 얼굴이 떠올랐다. 그래서 돌아보지 않고 걸었다. 지금처럼 제 이름이 정혜원인 게 화가 나 본 적이 없었다. 혜원이 아무리 잰걸음으로 걷는다 해도 뛰어서 도망갈 수는 없었다. 그러나 뒤에서 제 이름을 부르는 남자는 성큼거리며 뛰듯이 다가왔다.

"혜원 씨!"

반가워하는 건가.

"……."

대답하기 뭐한 혜원은 아까 거울 속의 제 얼굴을 생각해 내고는 고개를 들지 못했다.

"혜원 씨……. 어?"

그녀가 생각하던 사람이 맞았다. 그런데 왜 이 사람은 여기 있는 걸까.

"안녕하세요."

여긴 웬일이세요, 따위의 말을 하면서 친근감을 드러내고 싶은 생각은 전혀 없었다. 우연히 지나가다가 보았더라도 그냥 지나가 버리길 바라면서 제가 할 수 있는 한 가장 딱딱한 목소리로 말했다.

"어? 얼굴이 왜 이래요?"

저도 모르게 손을 내미는 남자는 정혁이었다. 날이 풀린다고는 했지만 여전히 영하를 밑도는 날씨였다. 그러나 정혁은 얇은 니트와 블레이저 재킷 차림이었다. 한겨울이었지만 어딘지 모르게 그을린 것 같은 얼굴은 아마 설원에서 윈터 레저라도 즐긴 듯해 보였다. 자외선이란 게 한여름에만 작렬하는 것은 아니니까.

"아, 네……. 저 바빠서 이만……."

대답하고 싶은 생각은 없었다. 오로지 창피할 뿐이었다. 제 일에 대해서 이런 감정을 느낀 건 이번이 두 번째였다. 아무리 난 전문적인 일을 하고 정당한 보수를 받고 있다고 스스로 외쳐 봐도 소용이 없었다. 이럴 때는 빨리 사라지는 게 상책이었다. 남자가 왜 여기 있는지 따위가 중요하지 않았다.

막 그녀가 몸을 돌려 병실로 들어가려는데 억센 힘으로 제 손목을 잡아끄는 힘에 손에 들린 것들이 떨어져 내릴 뻔했다. 이것들이 떨어지면 또다시 요란한 소리가 날 것이 뻔했다.

"아, 저기……."

남자의 손아귀 힘이 아프기도 했거니와 당혹스럽기도 했다.

"이게 무슨 짓이에요. 놔주세요."

"얼굴이, 왜 이렇게 된 겁니까. 혹시……."

그때 갑자기 닫혀 있던 문이 열렸다.

"이봐요. 내가 자리 비우지 말라고……."

그나마 늘 교양 있는 얼굴로 앉아 있던 환자의 며느리가 화가 잔뜩 난 얼굴로 밖의 소란에 항의하려고 나선 모양이었다. 그러나 문 앞에는 웬 잘난 남자에게 손목을 잡힌 간병인이 같잖은 모습으로 서 있을 뿐이었다.

“이봐요. 일을 뭐 이따위로 해?”

약속 시간에 늦을까 화가 잔뜩 난 여자의 언성이 높아졌다. 여자가 화가 난 것은 제 이런 행동 때문일 것이었다. 자신이 돈을 주고 쓰는 간병인이 문 앞에서 외간 남자와 실랑이를 벌인다면 불쾌한 것은 당연했다. 그리고 혜원은 이 자리를 얻으려고 무던히도 애를 썼다. 그러니 잘 지켜야만 했다.

“죄송합니다. 사모님. 저기 이 팔…….”

“정혜원 씨 이제 일 안 합니다. 이 얼굴 당신 짓입니까?”

그가 혜원의 얼굴을 가리키자 혜원은 당황해서 얼굴이 새빨갛게 물들었다.

“저기……. 사모님…….”

“뭐 이따위야. 근무 시간에 이게 뭐야? 이 남자는…….”

“여기서 이제 일 안 합니다. 그러니까 사과하시죠!”

“태정혁 씨!”

참다못한 혜원이 소리쳤다.

혜원의 얼굴은 굳어 있었다. 무턱대고 저를 끌고 나오는 남자의 뒤통수에 쏟아지는 욕설들에 혜원은 이제 다시는 이곳에서 일을 할 수 없다는 생각뿐이었다. 클리닉에서 클레임에 걸렸을 때는 그저 보수 좋은 곳에서 더 이상 일을 할 수 없다는 생각이었지 이제 다시는 일을 하지 못할 거라는 생각은 하지 않았었다. 이 일을 하기 위해서 얼마나 힘들게 자격증을 따고 고생을 했는지 따위가 주마등처럼 머릿속을 스치고 지나갔다. 정말, 무심코 던진 돌에 개구리는 맞아 죽는구나 하는 생각 따위까지.

"정말 괜찮은 겁니까?"

괜찮지 않았다. 그냥 아무 생각 없이 치솟는 감정을 쏟으려면 펑펑 울어야겠다는 생각만 들 뿐이었다. 이 며칠……. 이 며칠 정말 제 심정은 어땠는가. 정말로 얼얼한 뺨이 있는 제 살거죽의 통증은 아무것도 아니었다. 오히려 그 잠깐 동안은 아무 생각 없이 아프다는 생각 하나만 할 수 있었기에 더 다행이었는지 몰랐다.

"헬스케어 측에서 안 가르쳐 준다고 몇 번이나 거절하는 걸 겨우 알아내 왔더니……."

왜 그런 짓을 했냐고 묻고 싶은 심정이었다. 그러나 아무 말이 나오지 않았다. 지금 입을 뻥끗했다가 제 입에서 무슨 소리가 나올지 알 수가 없었기 때문이었다. 눈앞에 있는 짙은 쌍꺼풀의 잘난 남자는 진심으로 걱정하는 게 틀림없었다. 그 심정은 십분 이해가 갔다. 눈앞에서 알던 여자가 딴 사람한테 맞아 피를 흘리고 있다면 저 정도의 얼굴이 되는 건, 저런 관대한 감성을 지닌 재벌 3세라면 얼마든지 할 수 있는 동정일 테니까.

병원 앞에 있는 커피숍에는 아무도 없었다. 저녁 시간이 될 무렵이었기 때문인지 유행가가 흘러나오는 커피숍은 적막함마저 느껴졌다.

"제가 무례했다는 건 압니다. 그렇지만 그건 너무한 거 아닙니까."

"……."

"어떻게 사람을 그렇게 만들어 놓고 사과조차 하지 않을 수 있답니까?"

거기에 대고 뭐라 말할 수 있을까. 그 정도는 아무것도 아닌데요, 라고나 해야 하나. 그러나 혜원은 아무런 대답을 하지 않았다. 아니, 대답할 기운도 없었다. 그녀의 머릿속에는 파도처럼 밀려오는 온갖 현실의 문제들이 헤집고 다니고 있었다. 당장 강 팀장에게 들어갈 그 사모님의 격정적인 클레임 하며, 이 일을 그만두었을 때 앞으로 해결해야 할 생계 하며, 엠제이 헬스케어에서 그런 소문으로 일을 그만둔 뒤에는 과연 무슨 일을 해야 하는가에 대한 그런 무지막지한 상념들이…….

이왕 이렇게 다 끝난 거였다. 혜원은 앞에 놓인 커피에 신경을 쏟자라고 마음을 먹을 뿐이었다. 마침 카페인이 필요한 나른한 오후였다. 갈아입지도 못하고 코트만 입은 그녀는 아직도 반팔의 유니폼 차림이었다. 어디 가서 옷이라도 갈아입어야 할 텐데. 그녀는 커피 잔에만 시선을 꽂고 있었다. 건너편에 있는 남자에게 시선을 돌리기 부담스러우니까.

"단도직입적으로 이야기하겠습니다. 전 정혜원 씨가 필요해서 찾아왔습니다."

필요하다니……. 그녀는 작게 한숨을 쉬고는 커피 잔을 들었다.

"농담 아닙니다. 이력서 학력란에 보니까 뉴욕 메리얼 칼리지 중퇴시더군요."

아닌 척하려던 여자의 얼굴이 굳어졌다.

"이번에 SJ 산하에서 리조트 사업을 하는데 저같이 할 일 없는 한량도 일을 하라고 감투를 하나 받았습니다. SJ 마리나라고 뭐 할 일 없는 사람들에게 물놀이용 요트를 매매하거나 임대하는 사업이라고나 할까요. 아직 초기 단계라 인력 충원 받기는 좀 그런 지라 가깝게 아는 사람들에게 부탁 겸 청탁 중인데 영어도 능숙하고 여러 가지 잡무도 봐 줄 말은 비서지만 뒤치다꺼리를 해야 하는 일을 담당할 사람이 필요해서요. 대신 혼자 여러 가지 일을 해야 하니까 몸은 고달프더라도 그만큼 합당한 보수는 지불할 계획입니다. 왠지 이 일에 혜원 씨가 적당할 것 같아서요."

"……네?"

남자의 긴 말에 혜원의 굳은 표정은 더 굳어졌다.

"전……."

"어차피 시작하는 단계입니다. 뭐 배울 일 같은 건 없습니다. 그냥 닥치는 대로 하는 거죠."

남자가 하얀 이를 드러내면서 웃자 진한 쌍꺼풀이 더욱더 깊어졌다.

* * *

"태 이사!"

"놀리지 마십시오, 간지럽습니다."

"간지럼을 다 타다니, 별일이네."

한가한 사무실을 둘러보는 노부인의 얼굴은 평상시보다 밝아 보였다.

"어쩐 일로 제 놀이터에 다 오시고."

집 안에서 보는 얼굴이지만 밖에서 보는 조모가 영 껄끄러운 정혁은 아무런 일거리도 없는 이사를 위한 휘황찬란한 사무실이 오늘따라 더 썰렁하게 보였다. 물론 그는 SJ그룹의 사외 이사 직함을 달고 있었지만 그건 단순히 외국에서 광적으로 요트 경기를 쫓아다니다가 혹 바다에라도 빠져 죽을까 봐 그를 불러들이려고 만든 직함에 불과했다. 그리고 정혁도 솔직히 조부님이 그리 큰 수술을 하지 않았다면 급하게 귀국하지도 않았을 것이었다. 일단 들어오고 나니 나갈 구실이 없어져 할 일이 없으면 만들어 놓은 사무실에 얼굴이나 비추고 하다가 오늘은 미리 예약을 받은 터였다.

"그러게, 놀이터가 맞구나."

아무 할 일이 없는 비서가 지키는 문을 들어오면 전망 좋은 사무실에는 새것임이 분명한 소파 세트와 컴퓨터 하나 달랑 있는 책상, 그리고 한쪽 구석에 골프 퍼팅 연습용 인조 잔디가 깔려 있을 뿐이었다.

"차 한 잔 드시겠습니까?"

소파의 상석에 앉는 노부인 옆에 서서 정혁이 장난스럽게 물었다.

"넌 아직도 단거만 먹는 거니? 건강에 안 좋은 거 잘 알면서."

"기억력도 좋으셔라."

"금방 갈 거야. 정 비서, 그 서류 어딨나?"

하얀색의 부드러운 모피 코트를 갈무리하느라 분주한 정장 차림의 중년 여자에게 노부인은 물었다.

"아, 저 일시키시면 오늘 밤이라도 짐 싸서 야반도주하겠습니다. 할아버지도 이제 뭐 멀쩡하시더만요."

분위기를 눈치챈 정혁이 먼저 말을 꺼냈다.

"딱 너다운 거야. 너 맨날 몰디브에서 배 탄다고 하지 않았었어?"

"말리부예요."

"하여간."

세진그룹의 안주인인 노부인은 가장 총애하지만 가장 겉도는 손자 녀석을 위해 손수 여기까지 왔기에 비서가 내민 서류와 안경을 꺼내 들었다.

"할머니!"

금방 덩치에 안 맞게 어렸을 적 명칭을 꺼내는 막내 손자가 귀여워진 노부인은 만면에 미소가 가득했다.

"너 이 핼미 못 믿냐? 자, 봐라. 너 도망 못 가게 하려고 준비 많이 했어."

아무래도 머리가 아픈 정혁이었다. 이래저래 머릿속이 복잡했는데 또 이건 무슨 족쇄인가 싶었지만 친히 할머니께서 직접 오셨으니 어쩔 수 없었다. 보는 시늉이라도 하는 수밖에.

"이건?"

그러나 시늉은 시늉으로 끝나지 않았다. 마지못해 건네받은 서류를 보는 순간 정혁의 눈이 커지는 게 보일 정도니.

"SJ 레저에서 이번에 사업 확장 계획서 받으면서 꽤 쏠쏠한 아이디어가 많이 나왔더라. 그중에 이거 보고 딱 우리 정혁이가 떠올라서 내가 조 이사한테 이건 나 달라고 했어. 안 주겠다는 걸 억지로 뺏어 온 거니까, 할머니 얼굴에 먹칠하지 말고 잘 해 봐."

"어? SJ 마리나? 요트예요?"

"그래. 이쪽이 경제적으로 타당성 있다고 결과 보고서 올라왔더라. 한번 해 볼까 한다는데 너 이거 잘할 거 같아서. 너 저번에 무슨 대회도 나가지 않았어?"

"그거야 그랬죠."

"너 저번에 헬미한테 와서 배 산다고 징징거렸잖냐."

"아우, 그게 몇 년 전 일인데요."

"그러니까, 니가 젤 잘 알 거 같아서. 그래서 내가 이거 뺏어 가지고 이 추위에 여기까지 온 거잖아. 어때? 괜찮지?"

정혁은 서류를 들고 눈이 커져 있을 뿐이었다.

"정혁아."

"아, 네."

"맘에 들지?"

노부인의 은근한 물음에 고개를 끄덕일 수밖에 없었다. 어린 시절 저를 바람나게 했던 요트, 지금도 말리부의 주마비치에 정박해 놓은 제 요트를 찾으러 갈 생각만 가득 가지고 있었던 터였다.

"대신, 기획부터 판매 렌트 사업까지 다 네가 알아서 해야 해. 너 경영학 배운 거 이런 데 쓰라고. 알았니?"

정혁이 너털웃음을 지었다.

"정말 기억력도 좋으셔라."

"너 이거 망치면 이제 본사 못 들어온다. 알았어? 할머니가 머리를 있는 대로 쓰느라 힘들었는데 그럴듯하게 해라. 알았니?"

이건 정혁에게 기회가 될 수도 있는 일이었다. 매사 저는 경영에서 손을 뗐다 말하긴 했지만 아무런 야망이 없는 인물은 절대 아니었다. 어렸을 적부터 보고 배운 것이 사업이고 일이었는데, 다만 어딘가 얽매이기 싫었고 저와 맞는 일이 없다고 생각했을 뿐이었다. 요트를 타고, 선수로 대회를 출전하고 하면서 한 번쯤은 요트에 대한 사업 따위도 구상은 해 본 적이 있었다. 그러나 그게 어디 개인적으로 가능한 일이었던가. 이렇게 레저 쪽으로 사업을 넓히면서 요트 사업을 하겠다고 생각했다는 건 제게 천우신조일 수도 있었다.

"얼굴 보니, 잘 되겠구나. 잘 되면 나한테 한턱 근사하게 쏴야 한다. 알았니?"

"네. 어련하겠습니까."

"에구, 니가 사업 계획서 들고 웃는 걸 다 보다니 너도 나이가 들긴 들었구나. 그래, 손자는 언제 안겨 줄려니?"

"아이고, 할머니."

"성공해라. 그리고 연애 사업도 좀 성공하고. 알았니?"

"네. 감사합니다."

"그래 간다."

두꺼운 사업 계획 타당성 조사서를 들고 망연하게 있던 그에게 가장 먼저 떠오른 것은 며칠 내내 그의 머릿속에 있던 여자였다. 그는 종종 여자에 대해서 둔하다, 라는 말을 들어온 건 사실이었다. 그러나 어디까지나 둔하다는 것은 관심이 적다라는 것에 대한 표현이었고 관심이 적다라는 것은 세세하게 신경 쓸 만큼 매력을 느끼지 못했다는 게 결론일 것이었다.

물론 제 구미를 당기는 매력적인 여자도 몇 번 만나긴 했었다. 나이가 있으니까. 그러나 그는 몇 번 어긋나면 지레 포기를 하고 달관해 버리는 성격이었다. 늘 넉넉하고, 부족함 없이 자란 낙천적인 성격의 그로서는 이번의 상대가 어긋나 버리면 언젠가 더 좋은 사람이 나타나겠지 하는 생각으로 허허 웃어넘기고 말았기 때문이었다. 게다가 여자에게 얽매이기보다는 망망대해를 헤치고 혼자 고독을 즐기는 요트에 더 관심이 많았기 때문인지도 몰랐다. 많은 사람이 복작거리는 것에 대해 염증을 느낀다고나 할까. 그러나 인연이란 게 이런 건가 싶을 만큼, 그냥 허허, 하고 넘기기엔 뭔가 목구멍에 걸린 가시같이 느껴지는 여자라니.

〈네, 정혜원 씨는 저희 클리닉에서 계약 해지돼서 더 이상 이곳에 파견 근무 하지 않습니다.〉

"이유가 뭡니까?"

〈글쎄요. 여기서는 그런 세세한 것은 잘 모릅니다만, 저희가 워낙에 귀하신 분들만 모시다 보니 사소한 실수라 할지라도 가볍게 넘기지 않기 때문에 조금이라도 불편에 대한 여지가 있다면 그것에 대해 처리를 하는 게 저희 방침입니다. 달리 더 문의하실 것 있으십니까?〉

"아닙니다."

전화를 끊고 나서 내내 기분이 안 좋았었다. 그리고 그가 늘 해왔듯이 인연이 아닌가 보다 하고 그냥 허허 웃어넘기고 마는 것이 평소의 모습이었다. 그러나 제 얼굴에 웃음기가 가시는 것은 왜일까 싶었다.

단순한 수작일 수도 있고, 제가 늘 그렇듯 제 주변에 괜찮은 여자들에 대한 관대한 매너였을 수도 있었다. 직업엔 귀천이 없고, 사람도 그렇다고 생각하고 있는 게 제 주관이라 생각하고 있었다. 간호사들과는 다른 유니폼을 입은 늘씬한 모습과 의외로 뭔가 그늘이 있어 보이는 여자를 처음 보고 그냥 단순히 참 이런 데서 일하기엔 아까운 여자로구나 하고 생각했을 뿐이었다. 그래서 커피를 청하고 달게 마시는 야간 근무자를 위해 그 정도 할 수도 있었다, 라고 생각했을 뿐이었다.

시시껄렁한 친구 녀석의 출판 모임에는 혼자 갈 수도 있었지만, 마침 안내 데스크에 저다운 매너를 날리고 얻은 여자의 전화번호로 혹시나 하고 전화를 해 봤을 뿐이었다. 순순히 응해 온 것에 오히려 그동안 가지고 있던 약간의 흥미가 가셨다고나 해야 할까, 묘하게 튕기는 여자에 매력을 느낀다는 보편적인 남자의 심리는 약간 시들했었던 것 같았다. 비싼 옷에, 맛난 것을 먹고 나면 여자들은 없던 호의도 생기기 마련이었다. 그렇게 생긴 호의로 잠시 뭐 재미있는 시간을 갖는다면 그것도 괜찮을 거라고 생각했을 뿐이었다.

그러나 의외인 것은 고급 클리닉의 간병인이라 할지라도 종종 평범한 사람들이 적응하기 힘든 이런 끼리끼리만의 문화에 대해 전혀 거부감이 없었고 오히려 우아하게 어울렸다는 점이었다. 마치 그게 제 본모습인 양, 적어도 명품관이나 명품 렌탈 숍으로 가면 대부분의 보편적 여자들의 반응은 비슷비슷했다. 그러나 전혀 그런 것들이 보이지 않는다는 게 좀 의아했었다.

여자는 흥미로웠다. 그래서 할 일이 없는 저는 병문안을 핑계로 클리닉을 드나들었고 그 덕에 조모님이 이런 것을 던져 줬는지도 몰랐다. 다만 문제는 뭐였을까.

적어도 여자가 계층 간의 트러블을 문제 삼아 저를 밀어내기만 했다면, 제 무딘 성격에 지레 지쳐 떨어질 수도 있었다. 그러나 왜 여자를 돌아보게 된 것일까. 그건 지하 주차장에서 본 그 조부의 주치의 때문이 아니었을까. 저한테는 그리 의사 표현을 강하게 하던 여자가 아무 말도 없이, 그것도 손을 잡힌 채 하얗게 경직된 얼굴을 하고 그 남자를 쫓아가다니. 두 사람은 무슨 관계인가, 게다가 오랜만에 만난 학교 동창인 희진의 말은 또 무엇인가. 그렇게 콧대 높은 주희진을 온통 뒤흔들어 놓을 만한 그 잘난 의사가 왜 간병인 유니폼을 입은 여자의 손에 난 상처 따위를 신경을 썼으며, 그것을 보고 희진이는 냉큼 그녀를 병원에서 쳐 낸 것일까.

뻔한 이야기였다. 제 조부의 주치의인 남자는 분명히 국적이 미국이었고, 존스홉킨스의 대단한 신경외과 의사였다. 그리고 한국에 온 지 채 열흘도 되지 않았었다. 그러니 두 사람의 관계는 좀 더 오래전 시간으로 거슬러 올라가야 하는 거고, 전에도 알다시피 제 눈에 거슬리는 거 하나 용납 못하는 희진이는 제 앞에 거치적거리는 것을 제가 가진 힘으로 치워 버린 것뿐. 그리고 그걸 옆에서 흥미진진하게 구경한 저도 이야기가 그리 끝났으면 시청을 마감하면 끝이었다. 그런데 문제는 그게 아니었다.

왜, 조모님이 주신 사업 계획서를 보면서 여자를 생각해 냈단 말인가. 머릿속에는 제가 구상하고 있던, 자본이 부족하고 자리가 없어서 하지 못했던 요트 사업에 대한 전개도와 청사진이 줄줄 쏟아져 내려야 했었다. 그러나 왜 영어를 잘 하는 여직원이 필요하다는 생각만 하게 된 것일까, 그리고 그 클리닉의 기본 요건이 유창한 영어 실력이었고, 그 여자는 지금 일자리가 없을 것이라는 생각만 나는 걸까. 물론 여자의 전화번호를 가지고 있으니까 직접 전화를 할 수도 있었다. 하지만 갑자기 나타나 근사한 직장의 자리를 꺼내 놓으면 더 극적이지 않을까 하는 유치한 생각이 먼저 들었을 뿐이었다.

* * *

“말씀은 고맙지만, 이건 아닌 거 같아요.”

한참 동안 침묵을 지키고 옆자리에 앉아 있던 여자가 처음으로 말을 꺼냈다.

“뭐가 아닌 거 같습니까?”

“아까 말씀하신 거 말이에요. 전 한 번도 그런 일을 해 본 적이 없어요.”

오후의 해가 기울어 감에 따라 점점 늘어나는 차들로 인해 차의 속도 또한 느려졌다. 그 덕에 정혁은 고개를 돌려 여자를 돌아볼 수 있었다. 부푼 입술을 한 창백한 여자는 제 손끝만 바라보고 있었다. 연일 맹위를 떨치며 최저 기온을 갱신하는 날씨에 정작 본인은 얇은 니트와 블레이저 차림이었지만 여자의 두터운 패딩 점퍼가 추워 보이는 이유를 알 수가 없었다.

냄새를 뺀다고 뺐지만 새 차에서 나는 휘발성 냄새는 여전히 미미하게 떠다니고 있었다. 문득 핸들에 새겨진 로고를 보고 혼자 실없이 피식 웃음을 내뱉고 말았다. 이런 차라면 차에 대해 아무것도 모르는 여자라 해도 한마디 할 만했다. 그러나 옆에 앉은 여자는 아무런 동요가 없었다.

차 따위에 관심을 가진 적은 한 번도 없는 정혁이었다. 늘 그의 관심사는 망망대해를 가르는 요트뿐이었다고 해도 과언이 아니었다. 그러나 지하 주차장에서 본 그 늘씬하고 새카만 슈트의 날 선 남자와 완벽하게 어울리던 새카만 스포츠카에 올라타는 여자를 본 순간, 뭔가 뱃속에서 움찔거리는 게 느껴져 아무 생각 없이 이런 차를 질러 버렸다고 하면 이 여자가 웃어 주기나 할까 싶었다.

샛노란 페라리 458 이탈리아, 라니. 철없던 20대에도 해 본 적이 없는 짓이었다. 웅웅거리는 엔진음은 모든 남자들의 마음을 설레게 할 만큼 매력적이긴 했다. 도통 땅위를 굴러다니는 것들에 대한 관심 따위는 없던 저도 이 차 키를 받아 쥐고 나서는 제 속에 그런 잠재력이 있다는 걸 처음 알았으니까. 그러나 그것도 잠시. 그는 이 어이없는 차보다 옆에 앉은 여자가 더 신경이 쓰인다는 것을 스스로 깨닫고 있었다. 이것의 정체는 무엇인가.

"오늘 고마웠습니다."

"……?"

잠시 멍한 미망을 헤매던 남자가 정신을 차렸다.

"앞으로도 고마워해 줬으면 좋겠습니다."

"이사님."

"저 이사, 그거 때려치웠습니다."

신호에 걸려 있던 차가 다시 웅웅거리면서 움직이기 시작했다.

"……이사님."

"이사 때려치웠다 했습니다. 그냥 태정혁입니다."

"……."

그냥 여자의 미묘한 침묵이 마음에 들었다. 터무니없이 촐싹거리거나 혹은 제가 갖는 위치, 혹은 이런 껍질이 번드레하고 돈 냄새가 풍기는 페라리 같은 것에 환장하는 여자들은 신물 나도록 보아 왔다. 그리고 그와 반대로 이런 것들에 흥 하고 콧방귀를 뀌는 여자들 또한 수없이 보아 왔다. 그러나 이런 것들이 전혀 하등의 영향을 주지 않는 조용히 고여 있는 물 같은 여자는 처음이었다. 비록 그 여자가 어울리지 않는 유니폼을 입고 어울리지 않게, 사람 같지도 않은 이들에게 뺨을 맞아 가며 일을 한다 해도 이 여자에게는 뭔지 모를 조용한 기품 같은 것이 있었다.

"저는, 정혜원 씨가 필요합니다. 그것뿐입니다."

샛노란 색이 눈이 부신, 한 마리의 매끈한 상어처럼 잘 빠진 최신형의 페라리가 우중충한 동네에 어울리지 않게 으르렁거리는 굉음을 내며 빠져나가는 것을 물끄러미 보고 있던 혜원은 살을 에는 것 같은 바람 덕에 정신을 차리고 발걸음을 옮겼다. 누군가 기댈 사람이 있다는 것은 정말 꿈속같이 나른한 느낌이었다. 마치 저 고급 스포츠카의 매끈한 수제 가죽 시트에 편안하게 기대앉은 것 같은. 그러나 그게 제 몫이 아니라는 것쯤은 너무도 잘 알고 있었다.

대문 앞에 서서, 지금 이 시간이 퇴근 시간이 아니라는 것을 깨달은 혜원은 번쩍 정신을 차린 듯한 느낌이었다. 다시 가야 하는 거 아닐까. 가서 죄송하다고 손이 발이 되도록 빌어야 하는 거 아닐까. 저런, 저런 수 억짜리 차를 그냥 살 수 있는 사람이 생각하는 만큼 세상은 그리 아름답지도, 녹록하지도, 또한 호락호락하지도 않다는 것을 그 누구보다 더 잘 알면서 그리 욱해서 남자의 달콤한 말을 듣고 멍하니 이 시간까지 제가 해야 할 일을 하지 않고 여기 서 있는 건 미친 짓이 아닌가.

혜원은 가방에서 휴대폰을 꺼내 들었다. 일을 할 때 늘 무음으로 해 놓았었고 그걸 풀지 않아서 아무 소리는 들리지 않았었지만, 그녀의 예상대로 수많은 부재중 통화가 떠 있었다. 팀장의 메시지를 읽으면서 이제는 손이 발이 되도록 비는 것도 소용이 없다는 것을 알고는 혜원은 힘없이 계단을 올라갔다.

"……네. 정말 면목이 없습니다. 네. 내일 사무실로 가겠습니다. 정말 죄송합니다. 정말……."

말이 채 끝나기도 전에 휴대폰은 뚜뚜거리는 소리만 낸 채 끊어져 전화기 저편의 사람이 매우 화가 났음을 알려 주었다. 멍하니 서 있는데 저쪽 방에서 엄마의 소리가 났다.

"오늘 일찍 왔네. 우리 저녁 먹기도 그런데 피자 시켜 먹자. 선전 보니까, 피자헛에서 새로 나온 거 좀 가격은 있지만 맛있겠더라."

"……."

무언가 말을 하고 싶지만 그 어느 소리도 목구멍을 넘어 나오지 못하는 느낌이었다. 화장도 지우고 세수도 해야 했다. 그러나 그럴 기운이 없었다. 화장을 지우려고 손을 내밀어 앉은뱅이 화장대의 뚜껑을 열었다. 매일 밖에서 신물이 나도록 정리 정돈을 하는 여자의 화장대 안은 어설프게 종류가 맞지 않는 병들이 두서없이 어수선하게 들어 있었다. 그녀는 멍하니 그것을 보고만 있었다.

"전화할래? 세수하고 할래?"

안방에서 엄마의 목소리가 들렸다. 혜원은 찌근거리는 관자놀이를 누르다가 마치 무심결에 한 듯 손을 내밀어 몇 개의 화장품 병들을 들더니 바닥에 깔린 바래 버린 꽃무늬 장식지를 들어 올렸다. 거기에는 화사한 꽃이 그려진 통장이 비닐 통장 케이스에 든 채 깔려 있었다. 마치 누가 볼까, 망설이는 손길로 그것을 꺼내 들었다. 그리고 한동안 멈춰 있던 손은 천천히 통장의 중간 면을 펼쳤다. 하도 많이 펼쳐 보아서 저절로 열면 펼쳐질 만큼 오목해진 공간……. 그냥 현금지급기 안의 프린터기에서 찍혀 나온 숫자와 글자들로 된 조합일 뿐이었다. 동그라미가 많아 과한 무시무시한 금액의 숫자가 중요한 것은 아니었다. 그 앞에 찍힌 이름…….

사진을 갖고 싶었었다. 그 눈만 감으면 떠올리고 싶었지만 떠올리지 못한 제가 모든 걸 쏟았던 사람의 사진을 가지고 싶었다. 그러나 그러질 못했다. 그런 것 따위는 존재한 적도 없었으니까. 다만 평범한 통장에 찍혀 있는 JASON. GILL이라는 일련의 영

문 조합이 마치 그 남자의 얼굴인 듯, 제 눈엔 그렇게 보이고 있었다. 갑자기, 갑자기 웃음이 나올 것 같은 기분이 돼 버리는 것은, 뭐라 설명할 수 없는 기분이 뭉쳐 떨어져 나와 데굴데굴 굴러가고 있는 것 같아서였다.

제가 한 옳은 선택이, 또다시 미워지는 순간이었다.

* * *

"……이런 무책임한 경우는 처음 봅니다."

30분 전에 똑같은 문장으로 시작된 일장 연설은 똑같은 문장으로 끝났다.

"저희는 신의와 투철한 책임감으로 환자 분들을 돌보는 일을 하는 전문 업체입니다. 도저히 정혜원 씨와는 같이 일을 할 수가 없습니다. 유감입니다."

더 좋은 대우를 위해 미안한 마음으로 일자리를 나온 적은 있었다. 그러나 이렇게 일방적으로 방출된 적은 처음이었다. 그러나 앞으로 어떻게 해야 할지가 막막할 뿐이지 그 외에는 아무런 생각이 나지 않았다.

"네. 그럼 안녕히 계세요. 그동안 감사했습니다."

혜원은 담담하게 인사를 하고 돌아섰다. 살짝 강 팀장의 당황하는 모습이 보이기도 했다. 이런 제 반응이 의외라고 생각했을지도 몰랐다. 돌아서면서 혜원은 이 담담한 제 마음이 혹 어제 그 남자의 이야기를 철석같이 믿고 있어서인가 하고 의심이 들 정도였다.

'순진하긴.'

스스로에게 한마디 하고 싶었다. 그러면서 다들 안됐다는 듯한 눈초리를 담담하게 받아 가며 제 로커로 가서 이미 비워졌지만, 그래도 남아 있는 제 이름표 따위를 꺼내 제 손가방에 넣었다.

이제 여기도 안녕이구나, 그토록 자격증을 따려고 애썼던 걸 생각하고는 이제 뭘 해야 하나 싶다가도 지금 이 순간까지 그런 생각을 하고 싶지는 않았다. 그냥 나가자, 아무 생각 없이 나서자 하고 되뇔 뿐이었다.

"이렇게 돼서 참……."

회계과 직원 둘만 자리를 지키고 있는 사무실에서 나가는 사람을 스적스적 따라나서 하는 말 저 뒤에는 수많은 말들이 생략되어 있었다. 혜원은 괜찮다는 듯 그래도 미소를 띤 채 고갯짓으로 인사를 하고 사무실을 나섰다. 그나마 제가 적을 두었던 곳 중에서는 가장 번듯한 곳이 이곳이었다. 다시 문을 나서면 못 들어오겠다 싶은 실없는 생각을 하며 사무실의 철문을 열고 나오자 갑자기 저 안에서의 담담하던 기운 같은 것들이 후루룩 일거에 빠져나가는 듯했다.

발을 내디딜 기운이 사라져서, 그래서 문을 닫은 채 멍하니 서 있었을 뿐이었다.

"혜원 씨."

결코 저 목소리를 기다린 건 아니었다. 그래서 마치 천둥소리를 들은 것처럼 놀랐지만 고개를 들 수는 없었다. 제가 고개를 든 순간 저 목소리를 기다렸다는 것을 인정하고 마는 듯 보일까 봐.

"오래 기다렸습니다. 우선 우리 뭣 좀 먹을까요?"

그나마 다행이라고 생각하는, 제 알량한 속물근성이 창피했다.

* * *

첫 출근은 누구에게나 두근거리는 일이다. 게다가 엄연하게 블루칼라였던 자신이 화이트칼라가 된다는 건 정말 상상도 해 본 적 없는 일이었다. 늘 반팔에 랩스커트가 달린 반바지가 유니폼이었으므로 두꺼운 옷으로 무장을 하고 출근을 하는 게 일이었던 그녀였지만, 나름대로 정장을 입고 출근한다 해서 입은 스커트와 재킷의 정장에 덧입은 새 코트조차 혼자 겨울을 만난 듯 촌스럽고 둔중해 보이는 것은 아마 화려한 SJ 본사 사옥의 쾌적한 실내 덕분일 것이었다.

게다가 첫 출근인데다 사무실의 위치를 모르니까, 그러니까 아침에 데리러 가겠다는 말을 고마움과 약간의 호감으로 승낙한 것이 얼마나 멍청한 선택이었는지도 금방 알게 되었다. 광활한 지하주차장에 유일한 유색인 샛노란 페라리에서 내려 수많은 멀쩡한 사람들과 경비라는 말이 무색해질 정도로 고급 제복을 잘 차려입은 사람들의 깍듯한 경례를 아무렇지도 않게 받는 SJ의 황태자인 태정혁과 어깨를 나란히 하고 본사에 한 첫 출근은 이미 뭔가 잘못돼도 한참 잘못된 것임을 그 당시에는 당황스러움 때문에 잘 몰랐었다.

“안녕하세요.”

제 목소리가 떨리고 있다는 것쯤은 스스로 알 수 있었다. 24층짜리 건물의 18층에 자리 잡은 SJ 마리나 기획 팀이라는 안내판이 붙어 있는 사무실은 한마디로 광활했다. 어림잡아 4~50평은 돼 보이는 넓은 사무실에는 한쪽 문을 뒤로한 대표의 개인 사무실을 제외하더라도 달랑 저를 포함해서 네 명밖에 없는 직원들만 쓰기에는 너무 낭비가 심해 보였다.

다 같이 처음이라 서로서로에게 존댓말을 써 가며 사무실을 정리하고 해야 할 일을 기다리면서 하루를 같이 보내는 이 단출한 직원들은 다들 희망에 차 있었다. 저를 제외한 갓 대학을 졸업한 여직원 하나와 역시 지루한 취업 준비생 시절을 보냈기에 무슨 일이든 닥치면 그저 열심히 하겠다는 일념 하나로 불끈 솟아 있는 남자 직원, 그리고 조금은 까다로운 이사님을 오랫동안 가까이 한 그의 수행비서가 다이긴 했다. 그러나 첫날 출근부터 혜원의 아무것도 남아 있지 않은 납작한 가슴속에 뭔가 숨을 불어넣어 조금씩 부풀게 만들 만큼의 그 어떤 것이 가득 차 있는 것 같았다.

“안녕하세요. 제가 좀 나이가 많죠.”

이십 대 초, 중반의 풋풋한 신입 사원들 앞에 그야말로 사심 가득 찬 낙하선임에 분명한 혜원은 제 나이나 경력이 조금 창피해졌지만 정말로 열심히 일을 하겠다는 일념으로 밝은 소리로 저답지 않게 인사를 했다. 다만, 그녀가 첫 출근에 입은 옷이……. 그 택배 상자의 하얀색 종이가방에 들어 있던 옷이라는 게 맘에 걸리긴 했지만.

아무래도 노련해 보이는 정혁의 비서가 안내해 준 자리는 젊은 여자의 옆자리였다. 최신형의 컴퓨터와 인체공학적 설비를 했을 법한, 앉으면 등뼈에 착 붙는 훌륭한 사무용 회전의자, 그리고 빈 파일들이 가득 꽂혀 있는 새것임이 분명한 책꽂이, 살짝 열자 소리 없이 열리면서 새로운 사무용 문구들이 가지런히 들어 있는 책상의 서랍까지. 이미 그 누군가가 자신이 이 자리에 앉도록 미리 하나하나 안배한 자리는 그녀의 마음을 한껏 더 불편하게 했다. 뭘 해야 할지, 어찌해야 할지 어색하기만 했다. 그러나 그것은 그녀만이 그런 것은 아니었다. 책상 위에 무엇인가가 쌓여 있고 끊임없이 마우스의 딸깍거리는 소리와 키보드의 나지막한 리듬을 만들어 내는 정장 차림의 나이 든 여자를 빼고는 나머지 새 정장임이 분명하게 보이는 두 사람은 저같이 빈 책상에서 뭔가를 해야 할 것 같은 표정으로 앉아 있을 뿐이었다. 그것이 그나마 위안이 되었다.

"아, 이사님!"

"나 이사님 아닙니다. 이제 SJ 마리나 대표니까, 대표님 해야 하는데 더 이상하네."

어디 나갔다 왔는지 저를 이 사무실에 데려다 놓고 사라졌던 클레식한 슈트 차림의 남자가 들어오자 적막하고 서먹하던 사무실은 금방 활기가 넘쳤다. 늘 블레이저나 혹은 멋스러운 디자이너의 캐주얼 차림이던 남자는 하얀색의 사무실과 어울리게 클레식하고 단정한 그레이의 슈트 차림이었고, 그 때문에 혜원의 눈에는 마치 다른 사람처럼 여겨졌다. 늘 신경이 쓰이지만 의도적으로 외면해야 했던 제게 관심 있는 클라이언트의 식솔이라는 위치에서, 이제 제 상관이 된 남자는 반갑기까지 했다. 게다가 그가 잔뜩 들고 들어온 서류 더미는 드디어 사무실 정리나 청소 말고 일할 것이 생겼다는 데서 기대를 주기에 적당했다.

"이진수 씨, 맞죠? 자, 이진수 씨는 여기 맨 위에 있는 이것들, 무거우니까 조심하세요. 이거 모두 검토해 보고 우리가 우선 해야 할 일이 수입에 관련된 일이니까. 이 자료는 모 여행 업체에서 그 쪽을 이용하는 고객들을 상대로 한 설문에서 어떤 취향을 가졌는지 뽑은 데이터예요. 그걸 연구해서 우리가 수입할 모델을 결정하는 데 중대한 역할을 하게 되는 거니까 정확하게 취합해서 데이터 뽑아 봐요. 일주일 주겠어요. 그리고 시간이 남는다면 우리도 직접 설문을 하는 게 가장 좋은 방법이니까 설문지도 같이 만들어 봅시다. 초안 작성하세요."

"네!"

우렁찬 목소리로 대답하면서 마치 상장을 받듯이 서류 더미를 받아 드는 얼굴은 오히려 신이 난 듯했다.

"우정화 씨, 정화 씨는 지금 이쪽 시장에 들어와 있는 상대 업체들 카탈로그 모은 거니까 이거 분석해서 어떤 게 인기가 있고 어떤 게 인기가 없는지, 그리고 우리가 이쪽 시장에서 틈새를 공략하려면 어떤 쪽으로 특성화해야 할까 하는 걸 연구해 봐요. 이것도 일주일. 그리고 이것 말고도 다른 업체 카탈로그 입수할 수 있다면 능력껏 모아 오길 바랍니다."

"네, 대표님!"

역시 그녀도 화사한 아이보리색 정장을 입은 채 다가와 상장을 받듯이 묵직한 카탈로그들을 받아 들었다.

"거기 없는 건 검색을 하든지 아니면 직접 찾아가던지 해서 웬만하면 다 검토해요. 교통비 같은 거 알아서 청구하고."

"네."

이제 혜원의 차례였다.

"정혜원 씨."

"네. 대표님."

"혜원 씨는 나와 여기 Royal Huiman에서 나온 카탈로그 좀 검토해 봅시다. 우선은 우리가 요청한 자료 온 것이 이곳밖에 없어서 말이죠. 아, 그리고 정 비서, 나 커피. 혜원 씨도 커피 할래요?"

당혹스러워지는 순간이었다. 사무실에 둘을 제외하고 세 사람의 시선이 모두 의아해지는 걸 이 남자는 왜 모르는지 이해할 수 없었다.

"저는……. 아직 그쪽에 대해 잘 몰라서요. 제가 커피를 타 가죠."

혜원이 겨우 대답을 했다. 아마 그쪽이라면 저 노련한 눈을 가진 정 비서가 더 잘 알 것이었다.

"저도 잘 모릅니다. 그리고 커피는 정 비서가 줘야 제 맛이죠. 부탁해요. 들어와요, 혜원 씨."

고민을 더 했어야 했다. 혜원은 제 선택이 경솔한 것이 아닌가 싶었다.

"혜원아, 힘들었어? 오늘은 어땠어?"

엄마의 목소리가 달라졌다는 것만으로도 혜원은 사무실에서 느낀 당혹스러움을 접을 수 있었다. 딸이 번듯한 직장을 다니는 게 그렇게 좋은가. 첫 출근이라고 회식을 해야 한다고 누누이 강조하던 정혁은 더 윗선의 호출을 받고 얼굴을 찡그린 채 퇴근을 했고 정 비서를 제외한 나머지 세 신참은 나이 대가 달라서인지 쭈뼛거리면서 저녁 식사나 하자는 말도 꺼내지 못하고 어정쩡하게 인사를 하고 헤어졌다. 덕분에 정장을 입은 채 이 추위에 퇴근을 하면서 혜원은 지하철역에서 호기롭게, 그 막히는 시간에 택시를 타고 집에 왔다. 그러니 피곤할 일이 없었다.

"하루 종일 앉아서 하는 일이라 하나도 안 피곤해. 괜찮아."

방으로 들어가 코트를 벗으면서 말했다. 명품관의 것은 아니지만, 그래도 제가 선뜻 사기에는 벅찬 가볍고 날씬한 라인이 든 코트, 그리고 아무 생각 없이 '그'의 얼굴을 보느라 고른, 나중에는 후회를 했던 매끈한 정장 재킷을 벗어 옷걸이에 반듯하게 걸었다. 혹 뭔가 묻거나 망가진 곳은 없나 살펴보는데, 하루 종일 앉아 있었기에 등 쪽에 구김이 가 있었다.

씻고 밥을 먹어야 하는데, 혜원은 허기진 제 뱃속도 아랑곳하지 않고 곧장 다리미판과 고급 옷들을 다리기 위해 대고 쓰는 하얀색 면으로 된 천, 분무기를 들고 좁은 식탁 밑에 자리를 폈다. 20살, 제 옷 하나 옷걸이에 제대로 걸어 놓을 줄도 몰랐던 여자는 다트가 들어가 라인이 살아 있는 재킷의 등짝을 매끈하게 다릴 줄 알게 되었다. 벌려 놓은 것들의 번잡스러움 대신 간단하게 끝난 일을 보고선 여자는 벗어 놓았던 스커트의 구김도 펴기 시작했다. 얼마 지나지 않아 마치 매장에서 금방 가져온 것같이 매끈해진 옷을 옷걸이에 걸면서 혜원은 잠시 생각에 잠겼다. 왜 저는 저 옷들을 이리 열심히 다렸을까. 그가, 그 사람이 결제를 했기 때문에? 갑자기 웃음이 피식 새어 나올 것만 같았다.

마치 열병처럼 갑자기 나타난 남자는 이렇게 옷 한 벌과 통장에 찍힌 믿기지 않는 숫자들만 남기고 아무런 소식도 없이 사라져 버렸다. 십이 년 동안 점점 희미해지는 꿈속의 실루엣으로만 남았던 남자는 더 꿈 같은 한 달을 남기고 사라졌다. 그리고 혜원은 자의건 타의건 간에 다른 인생을 살게 되었다. 그 과거는 꿈이 될 수 없었지만, 일주일 전에 있었던 일은 꿈이라고 말할 수 있을 만큼 그렇게 아릿한 아픔만 남긴 채 사라져 버렸다. 그 없이 12년을 살아왔다. 제 삶을 흔들고 사라졌다 해도 다시 12년쯤은 살 수 있다.

살 수 있다…….

"저녁 먹자."

"네."

밖에서 들리는 한 톤쯤 높아진 목소리를 들으며, 혜원은 눈치 보지 않고 빨리 집에 오길 잘했다는 생각이 들었다.

* * *

"이거 이번에 새로 출시한 건데 커닝 검(Cunningghum—돛의 커브를 조절하기 위해서 돛의 앞부분을 밑으로 끌어당기는 장치)을 여자들도 조절하기 쉽게 개조했다고 하더라고요. 거칠게 조종하는 게 묘미이긴 하지만 바람이 셀 때는 벅차니까요."

혜원의 말에 정화 씨가 고개를 끄덕이고 있는데 뒤에서 정혁의 목소리가 들렸다.

"공부 많이 하셨나 봐요."

"적어도 용어는 알아야 해서……."

겸연쩍어진 혜원의 목소리에 그가 생각났다는 듯 말했다. 짙은 감색의 슈트와 잘 어울리는 스트라이프의 넥타이를 맨 정혁은 싸한 스킨 향을 풍기고 있었다.

"음, 날은 좀 춥지만 여의도 마리나에 새로 들어온 요트가 있답니다. 구경하러 갔다가 점심 먹으러 갑시다."

갑자기 생각난 듯했지만 그 누구도 그의 연기가 연기라는 걸 눈치 못 챌 사람이 없을 정도로 어색한 연기였다.

"대표님……."

그러나 뒷말은 차마 나오지 못했다. 그 누구도, 심지어 혜원의 옆자리에 있는 레이저 프린터기조차도 저 잘생긴 바람둥이 기질의 대표님이 나이 든 정혜원 씨에게 사심이 있다는 것을 모를 리가 없을 정도였으니까.

"아, 맨날 놀다가 일이라는 걸 하려니 머리가 빠개지겠습니다."

투정이 분명했다. 배부른 자의 행복한 투정. 그러나 그 상대가 제가 월급을 주는 상사라면 이의를 제기할 만큼 용감해질 수는 없었다. 잠자코 얼어붙은 한강변이 내다보이는 스카이라운지에서 터무니없는 가격의 파스타를 먹는 손길은 느긋했다.

"여권 있습니까?"

아무 대답이 없는 혜원에게 그가 물었다.

"네?"

여자의 커지는 눈을 보곤, 정혁은 제가 밤새 짜낸 제 아이디어에 스스로 감탄하면서 아무렇지도 않은 듯 가장을 하고 툭 내뱉었다.

"다음 주쯤에 암스테르담에 갈 계획입니다. 없다면 만들어요."

"아…… 저기."

"통역으로 가는 거예요. 일하러. 알죠?"

혜원의 표정을 보고 약간 찔린 정혁은 정색을 하며 덧붙였다. 당혹스러운 혜원이 말했다.

"저는 네덜란드 어 모르는데요."

"우린 바이어니까 영어로 하면 됩니다. 걱정하지 말아요."

외국 생활은 이 남자가 더 많이 했을 것이었다. 전에 얼핏 들었듯 예일대를 졸업했다고 하지 않았나. 그런데 웬 통역.

"대표님, 저는……. 그런 비즈니스 영어는 서툴어요. 차라리 정 비서님이."

"내가 하면 되니까. 그냥 가요."

결국 그렇게 제 본심을 드러내고 나서는 얼른 표정을 수습하려 앞에 놓인 물 잔을 들어 얼굴을 가려 보지만 유리잔 너머의 여자의 표정은 당혹스러움이 가득했다.

"대표님……."

"정 비서랑 열 몇 시간 비행기를 타라고? 아우, 그런 끔찍한 일이! 됐어요. 그냥 가요. 놀러 가는 거라 생각합시다. 암스테르담 볼 거 많아요. 한 일주일 넉넉하게 잡아 가지 뭐."

그제야 하얗게 이를 드러내며 웃는 남자를 쳐다보는 혜원의 얼굴은 더욱더 굳어졌다.

"저기……."

"까놓고 말할까요? 아니 됐습니다. 그냥 일이니까. 저 상삽니다. 제가 가라면 가는 거죠. 출장입니다. 해외 출장. 알았어요?"

"……."

일어나는데 코트까지 어깨에 걸쳐 주는 건, 상사와 부하 직원이라고 하기에는 지나치게 부적절한 모습이었다. 아무 생각 없이 일어났지만 남자의 손이 더 빨랐다.

"이러지 않으셔도 돼요."

"그냥 손에 익은 버릇이라. 하하."

너털스럽게 웃고 마는 남자에게 더 이상 뭐라 하기도 그런 혜원은 입을 다물 수밖에 없었다. 요트를 보러 왔지만 너무 추운데다 바람이 분다고 차 안에서 흘끗 보고는 느긋하게 점심을 먹고 침묵 속에 커피를 마시다 일어나는 참이었다. 막 계산을 마치고 나서는데 여자의 목소리가 들렸다.

"어? 정혁 씨?"

어디서 들었던 것 같은 명료하고 깨끗한 여자의 목소리였다. 혜원이 무의식적으로 둘러봤을 때 반가운 표정과 함께 눈이 마주친 혜원을 쳐다보는 묘한 눈길을 가진 여자는 낯이 익었지만 언뜻 누구인지 기억이 안 나는 얼굴이었다.

"어? 희진이가 여긴 웬일이야?"

마침 우르르 나가는 정장 차림의 남자들이 보였다.

"병원 회식. 정혁 씨야말로 이 시간에 데이트야? 요즘 새로 사업 시작해서 바쁘다던데……. 누구?"

라고 묻고 있었지만 그 여자는 자신을 알고 있는 눈치였다. 병원 회식이라는 말에서 혜원은 저 여자가 누구인지 알게 되었다. 혜원은 저도 모르게 까딱하며 고개를 숙였다.

"일하는 중이라니까. 아, 우리의 잠재 고객이네. 요트 장만하려면 꼭 나한테 해."

"물론이지. 그럼 열심히 해. 언제 한잔하자고. 조만간."

"그러지. 추운데 조심해서 가라."

그녀다……. 혜원은 왜 제 얼굴이 굳어 가는지 알 수가 없었다.

25.

장소를 다른 곳으로 고를 걸 잘못했다는 생각이 든 건 제 기우일지도 몰랐다. 제 입맛에 맞고 분위기가 좋아서 그냥 습관적으로 오는 곳이었지만 옆에 있는 빈자리는 뭔가 울컥하는 그런 기분을 느끼게 해 주었다. 절대로 제가 거절당한 게 아니라고 생각하는 것은 제 착각일까.

"어, 벌써 와 있었네."

익숙한 목소리가 들리자 고개를 돌린 희진은 아까 낮에 보았던 건장한 남자가 하얀 이를 드러내며 웃는 게 보였다.

"앉아."

옆에 앉으며 처음 보는 바텐더에게도 낮고 굵직한 목소리로 대꾸를 하는 남자는 제 것이 아니라도 매력적이었다. 물론 제 스타

일은 아니지만. 게다가 제계에서도 알아주는 그야말로 SJ의 숨어 있는 황태자 아닌가. 저런 태정혁이 왜, 아니 그 남자가 왜…….

"무슨 바람이 불어서 이리 바로 만나자는 거야?"

물론 겉으로야 혜원이 엄마가 편찮으시다고 먼저 퇴근하겠다고 가 버리는 걸 닭 쫓던 개 쳐다보듯 망연한 마음으로 보고 있을 때 전화가 오긴 했었다. 그러나 굳이 주희진을 만날 필요는 없었다. 하지만 뭔가 공모자가 같은 예감은 사적으로 만날 일이 없는 옛 친구를 만나러 이 번잡한 곳까지 오게 만들었다.

"난 시원한 맥주나 하나 줘 봐요."

아직은 저녁때라 한가한 칵테일 바 안은 사람이 별로 없었다. 빈속에 술이라니, 막 제 앞에 놓인 싸늘한 맥주병을 보고는 고개를 돌렸다. 벌써 마티니 잔을 들고 있는 희진의 얼굴은 여전히 웃는 낯이었지만 그게 진심으로 느껴질 리는 없었다.

"내가 보고 싶었던 건 아닐 거고."

"너도 내가 보고 싶어서 나온 건 아니잖아. 피장파장이지."

둘 다 할 말이 있었지만 앞에 놓인 것들을 마실 뿐이었다.

"이야기해 봐. 뜸 들이지 말고."

어차피 한 손에 들어올 만큼 조그만 맥주병이었다. 단숨에 한 병을 비워 버린 그가 새 병을 청하면서 말했다.

"우리 둘이 만나야 될 이유가 뭘까. 딱 한 가지 아니겠어? 그래 뭐 우리가 웃으면서 술 마실 사이는 아니고. 본론 이야기하지. 그 여자 내가 잘랐어."

알고는 있었다. 그러나 그걸 본인의 입으로 들으니 마음이 착잡해졌다. 물론 그 덕에 제가 매일 사무실에서 합법적으로 그 여자를 볼 수 있게 됐지만.

"고맙다고 해야 해? 그 말 듣고 싶은 거라면, 고맙긴 한데. 왜?"

단순히, 자신이 좋아하는 남자가 다른 여자의 손가락에 밴드 좀 붙여 줬다고 일자리를 잃게 한다면 그건 심한 경우였다. 게다가 그 남자는 직업이 의사 아니던가.

"그냥. 그 여자가 우리 제이슨 곁에 얼찡거리는 게 싫었어. 그게 다야."

"그건 인권위에 회부될 만한 이유인데? 단지 그런 이유로 남의 일자리를 뺏을 수는 없는 거 아냐?"

"그래? 그럴 수도 있지. 하지만 난 일자리를 뺏은 게 아니라 우리 클리닉하고 계약을 해지했을 뿐이야. 그렇다고 그 여자가 간병인 일을 때려치우고 너한테 간 거야?"

생각해 보면 희진의 말이 맞기는 했다. 워낙에 폐쇄적이고 고위층을 상대하니까 별 일 같지도 않은 일로도 그런 작은 실수도, 아니 뭐 단순히 용모가 너무 단정하다는 이유 같은 것으로도 하찮은 자리의 사람들은 수시로 제 일자리를 잃곤 하는 걸 너무 많이 보아 왔다. 그러나 결정적으로 여자가 '일자리'를 잃게 된 건 자신의 탓이 컸다. 그리고 그걸 후회하지는 않았다. 하지만, 정말 클리닉에서 계약 해지하게 된 것이 그 때문일까. 아직도 그 지하 주차장에서 태연하게 여자의 손을 잡고 가 버린 그 잘난 남자의 얼굴이 잊히지 않으니까. 솔직히 낯선 여자와의 원나잇조차 아무것도 아닌 제가 이제껏 한번 잡아 보지 못한 여자의 손목 아니었던가. 그 생각을 하니 갑자기 웃음이 나올 것 같았다.

"뭐, 거기에는 여러 가지 공교로운 일이 있긴 했어. 왜, 간병인을 하던 사람은 사무직에 있으면 안 되는 건가? 그걸 따지고 싶은 건 아니잖아. 네가 클리닉에서 일을 못하게 한 사람을 내가 쓰는 게 잘못인 거야?"

희진이 피식 웃음을 내뱉더니 새 잔을 청했다. 문득 왜 이 초저녁부터 이런 컴컴한 데 앉아 제정신이 아닌 태정혁 따위와 술을 마셔야 하는가 하는 생각이 들었을지도 몰랐다.

"나 다음 주에 미국 갈 거야. 볼티모어로 말이지."

"그래서?"

왜 그걸 저한테 말하는지 이해를 못하는 정혁이 말했다.

"제이슨 말이야, 네 할아버지 주치의. 그 사람 부원장 자리가 부담스럽다고 가 버렸어. 그걸 이해는 하는데, 용서가 안 돼서 말이지. 그냥 이 상태로 있는 게 찜찜해서 뭔가 결론을 내야 할 것만 같아서 말이야."

그리 친하지 않았을 때도, 정혁의 기억에 주희진이라는 여자는 대단한 소유욕을 가졌다는 것만 남아 있을 정도였다. 제가 가지고 싶은 건 가져야 하는 거. 그것 때문에 그 모임에서도 뭔가 껄끄러운 문제가 있었던 게 어렴풋이 기억에 남아 있을 정도였다. 그리고 입장을 바꿔서 봐도, 그 대단한 닥터는 저 안하무인의 주희진에게 딱 떨어질 만큼 구미가 당길 만한 매력적인 남자이긴 했다. 그 정도는 돼야 저 여자가 저리 마음을 쓸 만할 거라 생각이 될 정도로 급이 높긴 했다.

"그런데, 왜 내가 여기 있는 거야? 뭐 그 닥터 선생님이 안 된다면 그다음은 내 차례라도 된다는 거야?"

정혁이 제 딴엔 농담이라고 하는 말이었지만 여자의 얼굴에는 전혀 제가 의도한 표정이 떠오르지 않았다.

"재미없어. 본론으로 들어갈게. 그 여자 정말 좋아해?"

"뭘?"

의도하는 게 뭔 진 알고 있었지만 그는 쉽게 대답하기는 싫었다.

"여자란 동물은 쓸데없이 민감하고, 또 그 민감한 예감이 종종 들어맞는 경우가 있어서 말이지."

그는 잠자코 있을 뿐이었다.

"네가, 그 여자를 데려가서 그렇게 애지중지하는 거. 너도 처음 아니야? 너 그런 사람 아니잖아."

"우린 서로에 대해서 알 만큼 오랫동안 알고 지내진 않았어. 그러니 이거 하나 가지고 날 결론지을 수 없는 거 아닌가?"

"음, 그럼 마음에 드는 여잔 모조리 그렇게 사무실로 데려가 일자리를 주고 일할 시간에 그런 한적한 데 가서 비싼 점심을 먹고 코트도 입혀 주는 거야?"

그녀의 정확한 지적에 더 이상 변명 거리가 없어진 정혁이 다시 너털웃음을 터트렸다.

"좋아. 정확하네. 맞아. 맘에 있어. 그런데 그거하고 무슨 상관인데?"

"너 내 편이지?"

"그건 또 무슨 뚱딴지같은 소리야."

"내가 헛짚은 것일 수도 있어. 하지만 난 조금이라도 신경이 거슬리는 건 그냥 못 넘겨. 그 여자, 제이슨하고 알고 있는 사이 같아서 말이지. 그냥 알고 있는 거 말고. 여자의 예감이란 게 쓰잘데기 없으면서도 의외로 민감하거든."

저도 하고 싶은 말이 있지만, 그는 입을 다물고 희진의 이야기를 경청할 뿐이었다.

"난, 그 남자와 약혼할 거고 결혼도 할 거야. 옛 여자……. 물론 있을 수도 있어. 그게 현재만 아니면 다 인정할 수 있다고. 그러나 과거는 과거로만 존재해야지 현재가 되면 재미없는 거 아니겠어? 비약일지 모르겠지만, 제이슨이 명확하게 예스라고 말하지 않는 것은 자존심 상하는 일이야. 만에 하나라도 그 여자와 관계가 있다면……."

희진은 잠시 말을 멈췄다. 그 뒤에 생략된 말들은 뭘까 궁금해지는 정혁이었다.

"난 티끌이라도 떨어져 있는 거 싫어. 아무것도 아닐 수도 있어. 그렇지만 기분이 깨끗하지 않아. 만약에 너 그 여자한테 관심 있다면, 네 선에서 알아서 해. '네 여자' 관리 잘 하라고."

말을 하면서도 희진은 제가 과했다는 것을 알고 있었다. 그러나 그게 잘못됐다고는 생각하지 않았다.

'네 여자라…….'

갑자기 맥주에 쓴맛이 느껴졌다.

"내가 제이슨을 선택하고 그가 날 선택하는 데 있어서 그 여자가 거치적거리지 않았으면 해. 네가 아는 여자니까, 아니 네가 그런 멍청한 짓을 하면서까지 공을 들이는 여자니까. 네가 옆에 두지 않았다면, 난 내 나름대로 그 여자가 이곳에서 얼쩡거리지 않도록 하고 떠날 계획이었어. 그런데 가드가 있잖아. 태정혁이라는. 그러니까 네가 어설프게 해서 그 여자 내가 데려온 제이슨한테 눈치 따위 주게 만들지 말라고."

"경고인 거야?"

"글쎄. 그런가? 그건 아닌 거 같은데. 잘 모르겠네."

"결론은, 네 남자 옆에 얼쩡거리는 게 싫으니까, 네가 치워 버릴 생각이었는데 마침 그 옆에 내가 있으니 안 건드리는 거니까 니가 해결해라 그건가?"

"태정혁도 예일의 수재 소리는 들었던 거 같네."

정혁이 자리에서 일어났다.

"거절한다."

원하지 않는 대답이 분명했지만, 희진의 얼굴에는 여전히 미소가 떠나지 않았다.

"세상에는 네 맘대로 할 수 없는 것도 있어. 사람의 마음도 그 중 하나야. 제 남자 옆에서 얼쩡거린다고 치워 버린다니. 그런 말은 대체 어디서 배우는 거냐? 네 일은 네가 알아서 해. 다만 엄한 사람 건들지 마라. 그러다 벌 받는다. 네 연애사는 잘 되길 빌어주겠다. 그러나 이런 작당 모의하러 다시 만나지는 말자. 네 약혼식이나 결혼식에는 꼭 가겠어. 축의금 두둑이 낼 테니까. 그전에는 연락하지 마라."

말은 그렇게 했지만, 마음 한구석은 왜 주희진의 말을 따르고 싶은 걸까. 그는 그런 제 생각이 희진에게 읽혀지는 듯해서 재빨리 컴컴한 바를 나섰다.

* * *

"음, 여기 거 맛이 괜찮다. 현대 백화점 지하 매장이야?"

"네."

"내 입맛에 딱이다, 얘."

딱인 것은 알고 있지만 그만큼 만만치 않은 가격이란 건 이야기하고 싶지 않았다.

"시장 표는 어딘지 맛조차 천박스럽다니까. 다 물엿 투성이야."

혜원은 묵묵히 비어 가는 밑반찬 접시에 아까 덜어 놓았던 백화점 반찬 팩에서 반찬을 더 덜어 놓았다.

"아…… 아! 머리야."

"또 머리 아파? 날씨도 좋아졌는데 맨날 집에만 있지 말고 구청 문화원에라도 가라니까."

"싫어. 거기 여자들 개뿔도 없는 것들이 천박하게 차리고 와서 떠들어 대는 거 보면 진짜 재수 없어."

엄마는 관자놀이를 붙잡고 찡그리면서도 한마디 했다. 개뿔도 없는 건…… 우린데. 혜원은 작게 한숨을 내쉬고 말했다.

"엄마, 병원에 가 볼까?"

"됐어."

일언지하에 거절한 경숙이 혜원의 눈치를 보는 듯하더니 말을 꺼냈다.

"엄마 내일 백화점 좀 가게 카드 좀 주면 안 돼? 날도 풀리고, 세일도 많이 하잖아. 집에만 있으니까 갑갑해서 머리만 아프다니까."

"……엄마, 아랫집에서 보증금 올려 달라고 했다면서……. 그리고 나 여기서 월급 얼마 받는지도 아직 몰라. 우리 저번에 카드값도……."

혜원이 지나가는 듯 내뱉었을 뿐이었다.

"내가 뭐 많이 쓴데니? 관둬!"

갑자기 밥을 먹던 젓가락까지 집어 던진 엄마가 벌떡 일어나더니 방으로 들어가 버렸다.

"엄마!"

매번 백화점만 가면 십 개월, 십이 개월로 긁어 오는 고가의 옷들이 이제는 지긋지긋했다. 매번 딱딱 맞춰서 계획을 하고 적금을 부어도 매번 펑크 나는 것들은 저런 의외의 것들이니.

"한 번쯤 나가서 돈 버는 사람도 이해 좀 해 줘. 매번 그런 식이잖아. 한 번이라도 혼자 가서 옷 안 산 적 있어?"

"너랑 이야기하고 싶지 않아! 안 가면 되잖아!"

병원에서 나온 지 이 년이었다. 정신과의 병원비도 만만치 않았지만 매번 면회를 가면 집에 가고 싶다고 울기만 하던 엄마였다. 같이 사는 것은 좋았지만 아무래도 지금 다니는 직장은 오래 있어서는 안 될 것만 같았다. 아침 일찍 출근해야 하니 대리를 할 수도 없는 거였고. 혜원은 눈물이 고인 채 꾸역꾸역 남은 밥을 먹기 시작했다.

*　　*　　*

저는 복잡해서 쓰기도 힘든 거 같은데, 이것저것 조심스럽게 메뉴창을 보던 여자는 메뉴판에 있는 버튼을 심각한 표정으로 누르더니 이내 기계는 종이들을 토해 내고 여자는 그것들을 가지런히 들고 가 스티커를 붙이고 파일에 넣어 정리를 하기 시작했다.

"대표님, 커피 가져왔는데요?"

"아, 고마워요."

정 비서가 제 앞에 향기만 기가 막힌 커피를 내려놓자 여자가 가려졌다.

"대표님."

"왜요?"

그의 목소리가 설핏 짜증스럽게 들린 정 비서의 눈이 동그랗게 떠지는 걸 보자 정혁은 제가 정신줄을 놓고 있었다는 걸 알고는 황급히 제 목소리를 수습하려고 되물었다.

"뭐 때문에 그래요?"

"오후에 기획이사님이 중간보고서 부탁하셨는데요."

"아, 그거."

그걸 누구한테 맡겼더라. 워낙에 휑하고 넓고 조용한 곳이라 누구에게도 다 들렸다.

"지금 정리 중입니다. 점심시간 전에 다 될 거예요."

혜원이 고개를 들더니 대답했다. 아, 그래서 저렇게 서류에 얼굴을 박고 있었구나.

"그거 정혜원 씨한테 맡긴 거 같지 않은데."

그런 골 아픈 일을 그녀에게 맡길 리가 없다고 굳게 믿고 있기에 그가 주위를 둘러보며 말했다. 그걸 보고 혜원이 조심스럽게 말을 꺼냈다.

"아, 이진수 씨가 지금 외근 중이거든요. 크루저 투어에서 한 설문조사서 종합자료 얻으러 나갔거든요. 게다가 정화 씨는 카탈로그 분류 작업 때문에 바빠서 제가 하는 중인데요."

제 입으로 말을 하기 껄끄러웠다. 다들 혼자 하기 벅찬 일들을 몇 개나 맡아서 요 이틀 거의 야근을 하고 집에 일을 가져가는 것을 보고 있었지만, 혜원이 한 일이라고는 대표인 정혁과 요트를 구경 다닌다거나 혹은 가서 찍어 온 사진을 출력해 파일에 끼우는 일 따위밖에 없었다.

"제가 일을 분배한 대로 하고 있지 않은 겁니까?"

싸늘한 그의 말에 옆에 있던 젊은 신입 사원인 우정화 씨와 정 비서의 얼굴이 굳어졌다. 갑자기 싸해진 분위기가 민망해진 그가 맛없는 커피를 놔두고는 자리에서 일어났다. 그러고는 제 방으로 들어가 버렸다. 혜원은 겨우 어제 밤새 다른 직원이 해 놓은 보고서를 출력해서 파일에 끼우는 것밖에는 하지 않고 있었다. 그러나 그것도 뭔가 할 것이 있어서 다행이라 생각하고 열심히 하고 있는 중이었다. 대체 이 사무실에 저는 왜 있는 걸까.

정화가 흘끗 저를 쳐다보더니 다시 제 컴퓨터에 시선을 내리깔았다. 노련한 정 비서는 얼굴에 전혀 표정이 없었지만 온몸으로 그럼 그렇지 하고 혀를 차는 소리가 들리는 것 같았다. 굳은 얼굴로 있던 혜원은 자리에서 일어났다. 아닌 건 아닌 거였다. 한번 깊이 숨을 들이쉬고는 정혁이 들어간 방의 문으로 똑바로 가더니 가볍게 노크를 했다. 안에서 들어오라는 소리가 들리자 조심스럽게 문을 열고 들어섰다.

제가 한 말이 좀 바보스럽긴 했다. 하지만 해야 할 일들이 거의 다 외근이었고, 차도 없는 혜원이 이 추위에 밖에 나가는 것도 싫었다. 차를 사 주기도 아직은 좀 그랬다. 그렇다고 대표인 저와 함께 다닐 수는 없는 거 아닌가. 게다가 보고서는 잘못해서 위에서 깨지기라도 한다면 그것 또한 못 볼 일이었다. 그걸 왜 혜원이 하고 있단 말인가. 갑자기 단것이 확 당긴 그가 막 인터폰을 누르려는데 노크 소리가 들렸다.

"들어와요."

정 비서에게 핫초코 한 잔을 청하려 하는데 들어온 것은 의외로 혜원이었다. 어제도 입고 온 검은색의 딱 떨어지는 정장. 얼굴빛이 창백한 그녀가 저렇게 짙은 색의 옷을 입으니 얼굴이 더 차갑게만 보였다. 좀 더 밝은 색의 옷을 입으면 화사해 보일 텐데. 항상 저 옷이라니.

"대표님!"

얼굴이 굳어 있는 건 옷 탓이라고 생각하고 있었다.

"다른 색 옷은 안 입어요?"

"네?"

"아, 아닙니다. 무슨 일이에요? 커피 마셨어요? 커피 한 잔 할래요?"

이 천진난만한 건지 아니면 멍청한 건지 헷갈리는 남자에게 할 말은 해야만 했다.

"제가 보고서 쓰면 안 되는 이유라도 있나요?"

"네?"

정혁의 눈이 커졌다.

"제가 학교를 중퇴했기 때문에 보고서를 쓰면 안 되는 건가요?"

"무슨 소리예요?"

"아니면, 제가 전에 간병인 같은 일을 했기 때문에 이런 사무직에서는 서류 따위 건드려서 안 되는 건가요?"

"혜원 씨……."

"저는 그렇게밖에 안 들리는데요."

"그게……."

정혁은 갑자기 뭐라 해야 할지 할 말이 생각나지 않았다.

"그거, 골 아프잖아요. 그리고 혜원 씨는 달리 할 일이 있으니까……."

"뭐요? 대표님하고 요트 구경이나 다니면서 빈둥거리는 거요?"

여자의 얼굴이 결연하게 보였다. 그리고 또, 한편으로는 피곤해 보였다. 여자의 얼굴을 보느라, 제 앞에 똑바로 저를 쳐다보는 여자를 보느라 제가 해야 할 말을 또 잊어버리고 말았다.

"차라리 커피나 타고, 청소나 할까요?"

"그건 힘들잖아요."

"……."

할 말이 없어졌다.

"보고서 쓰고 싶으면 써요. 난 하기 싫어하는 줄 알았죠. 난 그런 거 하기 싫던데. 하고 싶으면 해요, 혜원 씨가."

남자는 하얀 이를 드러내며 웃을 뿐이었다.

대표실은 나온 혜원은 막 외근에서 돌아온 이진수가 곤란한 표정으로 저를 보고 있는 걸 보고 더욱더 머리가 아파졌다.

"저기……."

"괜찮아요. 이거 제가 마저 정리할게요."

그러나 그의 표정을 보고 이게 더 잘못된 거라는 걸 알게 되었다. 앞으로는 이렇게 다른 사람이 보는 앞에서 이 사람의 방으로 들어가는 일도 하지 말아야겠다는 생각이 들었다.

아침부터 카드 때문에 싸운 엄마는 집에 들어가도 냉전이었다. 하루 종일 집 안에만 있으면 그 생각이 더해질 것이 뻔했다. 전에는 나이트 근무면 낮에는 시간이 나서 근처 마트라도 같이 다닐 수 있었는데 지금은 사무실이 멀어서 아침에 출근했다 정시에 퇴근을 하더라도 집에 들어오면 밖에 나가기엔 늦은 시간이 돼 있었다.

"엄마, 나 왔는데."

"알아. 머리 아프니까 말 시키지 마."

회사에서 유쾌하지 않은 하루를 보낸 후였다. 혜원은 멍하니 서 있다가 또다시 다리미판을 꺼내 놓았다. 여전히 세수도 하지 않은 채, 옷의 구김을 펴는 데 온 신경을 쏟을 뿐이었다.

그렇지만, 혜원은 또다시 그 방으로 들어가야 했다.

"이거…… 뭔가요, 대표님."

"안 열어 봤어요?"

열심히 서류를 넘기고 있는 그가 혜원에게 시선도 두지 않고 말했다.

"열어 봤으니까 하는 말이죠."

"백화점 상품권이잖아요."

"그런데 이걸 왜 주시는 건데요."

다음 날 아침에 그가 서류철 사이에 끼워서 던져 준 것은 고급스러운 종이 봉투였다. 그리고 그 안에는 백화점 상품권이 들어 있었다. 물론 돈 십만 원짜리였다면 기쁘게 받을 수도 있었다. 그도 아니라면, 모든 직원에게 준 거라면 놀라면서도 감사하다고 생각할 수 있었다. 무려 백만 원짜리 상품권이 다섯 장이나 들어 있는 봉투를 자신에게만 줬다는 것은 아무래도 문제가 있는 거였다.

"나랑 다닐 때 많잖아요. 우리 고객들도 뭐 다 눈들은 높은 사람이니까. 피복비로 써요. 혜원 씨 고급스러운 거 잘 어울리는 사람이니까. 뭐 옷 몇 벌 살 만큼도 안 되잖아요. 그냥 유니폼 사 입는 셈 치고 사요. 이왕이면 좀 밝은 색으로."

"대표님."

그녀의 싸늘한 말에 정혁이 고개를 들어 혜원을 쳐다보았다.

"저를 일을 시키시려는 건가요, 아니면 여기 데려다 놀림감으로 만들려고 하시는 건가요."

"누가 놀립니까?"

철이 없는 건가. 이해를 못하는 건가. 혜원은 어제부터 기분이 좋지 않았었다. 그리고 오늘 아침은 정말 최악이었다.

"……하여튼 이거 돌려드립니다. 제 옷이 마음에 안 드신다면 정 비서님이랑 다니세요."

혜원이 획 몸을 돌렸는데 뒤에서 그가 말했다.

"아직도 그렇게 모릅니까? 아니면 모른 척하는 겁니까?"

"……."

"나 이런 거 안 해도 먹고사는 데 지장 없습니다. 내가 왜 이런 골 아픈 일을 하려고 하는 건지 몰라주는 겁니까? 혜원 씨?"

혜원이 입술을 깨물었다. 어느새인가부터 생긴 버릇이었다. 그녀는 돌아섰다. 자신을 뻔히 보고 있는 남자의 얼굴은 오히려 미소가 서려 있었다.

"이 사무실이 존재하는 이유가 저 때문이라고 말씀하시는 건가요?"

"아니, 이 사무실 같은 것보다 내겐 정혜원 씨가 중요하다는 걸 말하고 싶은 겁니다."

제 자리에 앉은 혜원은 다들 제 할 일을 하고 있지만 고개를 숙인 사람들의 시선이 제 이마에 꽂혀 있는 것 같은 느낌이었다. 정말로 생각 같아서는 사무실을 박차고 나가고 싶은 심정이었다. 그러나 그녀는 이번 달에 내야 할 고지서와 쌓여 있는 카드값, 들어가야 할 생활비가 산재해 있었다. 혼자라면, 그냥 제 혼자라면 이 모든 것을 박차고 나갈 수 있을 것이었다. 그러나 이렇게도 저렇게도 할 수 없는 제 신세가 답답해졌다. 가시방석 같은 자리에서 시간은 지루하게 기어가고 있을 뿐이었다.

〈아까는 미안했습니다. 할 말 있으니 지하 주차장으로 와요.〉

한참 들여다보던 휴대폰은 곧 화면이 꺼져 버렸다. 지루하도록 기어가듯 시간이 흘러 퇴근 시간이 될 무렵이었다. 이대로는 안 되는 거였다. 무언가를 정해야만 했다. 아무리 자리가 좋고 보수가 좋다고 하더라도 이런 식으로 이 일을 얼마나 더 할 수 있을지는 딱 봐도 답이 나오지 않았다. 그러니 뭔가 정해야만 했다. 혜원은 화면을 켜고 답장을 보냈다.

〈장소 정하세요. 택시 타고 가겠습니다.〉

여기는 SJ의 본사 사옥이었다. 건물 전체가 SJ의 사람들로 가득 차 있는데 거기서 태 회장의 막내 손자가 모는 페라리를 타고 나가는 어리석은 일 따위는 하고 싶지 않았다.

“저녁 먹어야죠?”

아무렇지도 않은 표정이었다. 느긋하고 고급스러운 레스토랑 안은 잔잔한 피아노음이 연주되고 있었다.

“아뇨. 하실 말씀 하세요. 집에 가 봐야 해요.”

아침에 문 닫고 들어가 버린 엄마가 걱정스러웠다. 점심은 찾아 드셨을까. 머리가 아프다던데 병원에 가 봐야 하는 거 아닐까. 그러나 제 머리도 욱신거리고 있었다.

“그래요? 그럼 먼저 할 이야기 해 보세요.”

먼저 할 말이 있다고 하지 않았던가. 혜원은 갈증이 나는 것 같은 목을 침을 삼켜 축여야 했다.

"전, 일을 그만두어야 할 것 같습니다."

정혁은 전혀 동요가 없는 표정이었다. 오히려 약간의 옅은 미소마저 떠올라 있는 얼굴이었다.

"왜요? 일이 힘듭니까?"

그 반대입니다. 라고 말하고 싶었다.

"제가 사무실에 굳이 있어야 할 이유가 없는 것 같습니다. 경력도 없고, 스펙도 없고 게다가 학력도 미미하고 나이도 많습니다. 경쟁이 되지 않는 처지에 낙하산이라고 하기도 당혹스러운데 할 일도 없는 사무실에서 하루 종일 앉아 있다는 것은 괴로운 일입니다."

"그랬군요. 그럼 그만두십시오."

저 말을 들으려고 온 것이었지만, 막상 남자가 아무렇지도 않게 내뱉자 머릿속이, 눈앞이 노랗게 되는 것 같은 느낌이었다. 이렇게 호기를 부려도 되는 걸까. 차라리 죄송합니다 제가 잘못했으니 열심히 일하게 해 주십시오, 월급만 꼬박꼬박 주십시오 하는 말이 목구멍에서 딱 걸려 있는 것 같았다.

"힘들다면 그만두세요. 저 혜원 씨 힘든 모습 보고 싶지 않습니다."

혜원은 할 말을 잃었다. 자, 이제 어떻게 수습한다…….

"제가 할 말이 있다는 것은. 좀 흥미로운 사실을 알게 돼서 말입니다. 제가 묻는 말에 대답해 주시겠습니까?"

"……."

혜원은 뭐라 딱히 할 말이 없어서 가만히 침묵을 지킬 뿐이었다. 누군가 시켰는지 종업원이 들고 가는 크림 스프에서 식욕을 돋우는 향긋한 냄새가 스쳐 갔다. 급격하게 허기가 몰려오는 것 같았다.

"혜원 씨 이력서를…… 제가 다시 보게 됐는데요. 돌아가신 아버님 성함이 정 석 자, 호 자 되십니까?"

"……네?"

갑자기 허기가 사라질 만큼 놀란 혜원이 고개를 들었다.

"쉘튼 호텔의 전 사장님이신 정석호 사장님 맞으신 겁니까?"

혜원은 갑자기 온몸이 굳어 버릴 것만 같았다. 그러나 이내…… 이내 찡한 관자놀이와 함께 정신을 차렸다. 그게 뭐 숨길 일인가, 아니면 창피한 일인가.

"맞습니다."

혜원의 담담한 대답에 이번에는 정혁의 웃음이 머금어 있던 얼굴이 굳어졌다. 뭐라 말을 꺼내야 하는데 차마 말을 하지 못하는 그런 상황에 한동안 침묵이 가득했다.

"그랬군요. 혜원 씨는 정말로 그 혜원 씨가 맞았군요. 제가 던진 그 농담이 얼마나 상처가 됐을지, 정말 죄송합니다."

죄송할 것까지는 없었다. 그냥 재미있는…… 재미있는 농담일 뿐이었다.

"그렇지 않습니다. 그렇게 생각하지 않았어요. 그렇다고 해도 뭐 달라질 것은 없습니다."

"어쩌다가……. 어쩌다가 이렇게 되신 겁니까. 아무리 회사가 부도가 나고……."

"이미 오래전 일이에요. 그게 지금 뭐 문제 될 것은 없습니다. 그거하고 제가 회사를 그만두는 것하고는 상관없는 일 아니에요?"

"아뇨. 상관있습니다. 아, 사무실하고는 관계없더라도 저하고는 관계있습니다. 혜원 씨는 진짜 제 약혼녀니까요."

갑자기 웃음소리가 울렸다. 혜원의 신경질적인 웃음소리가 적막하던 테이블 위에 쏟아졌다. 어리둥절한 정혁의 시선이 제 얼굴에 꽂히는 게 느껴졌다.

"대표님 약혼녀는 쉘튼 호텔의 무남독녀이지 말단 사원 정혜원은 아닙니다. 너무 심한 농담 아니세요?"

제 입에서 이런 말이 나올 수 있다는 게 감사했다. 제가 정신을 차릴 수 있다는 것에 대해, 그리고 이런 고약한 인연에 대해 웃을 수 있다는 것도.

"사무실은…… 제가 조심할 테니 나오십시오. 그리고 식사합시다. 우린…… 풀어 가야 할 것이 많은 사이예요. 안 그렇습니까?"

무너지고 싶지는 않았다. 그동안 그 오랜 시간 동안 하루에도 열두 번씩 허물어지던 정혜원의 정신은 가끔 그 얼굴도 기억 안 나는 대기업의 약혼자가 갑자기 나타나 휘황찬란한 벤츠 같은 곳에 저를 태워 이제 고생은 끝났습니다. 그동안 얼마나 찾았는지 모릅니다, 하고 속삭이는 꿈도 꾸곤 했었다.

이 얼마나 재미있는 일인가, 제 덕에 쫓기듯 이 땅을 떠난 남자는 금의환향을 해 돌아와 어마어마한 금액이 든 통장을 던져 주었고, 옛 약혼자는 눈앞에 나타나 손을 내밀고 있다. 그동안 고생만 죽어라 하다 착한 남자 만나 평범한 주부가 되지 않았던 것에 대한 대가인가.

"전 그런 거 없습니다. 엄마가 집에서 기다리셔서요."

혜원은 자리에서 일어났다. 레스토랑에 가득한 향긋한 음식 냄새만큼이나 태정혁이라는 유혹도 참으로 참기 힘들었다. 그러나 참는 것 하나는 자신 있게 살아온 그녀였다. 정혁은 재빨리 자리에서 일어나 손을 내밀었다. 한 번도 잡아 본 적 없는 여자의 가느다랗고 차가운 손목이 제 손에 들어왔다.

"혜원 씨!"

여자가 돌아섰다. 그는 아직도 이 여자에게 묻지 못한 것이 있었다. 어떤 대답이 나올지 무서워서일 수도 있었다. 제 나이에, 이런 순진한 소년처럼 한없이 조심스러워지는 마음이 아직도 남아 있을 거라고 생각해 본 적도 없었다. 그러니 이런 제 맘을 돌려준 여자를 놓치고 싶진 않았다. 그러나 돌아보는 여자의 눈이 여자의 손목을 잡은 제 손에 힘을 빼 버리고 말았다.

차갑고, 아무런 감정이 없어 보이는 무심한 여자의 눈빛이…….

*　*　*

"출근 안 해?"

엄마의 짜증스러운 목소리가 들렸다. 안 하는 게 아니라 못 하는 거야. 혜원은 말도 없이 컴퓨터의 구직란을 뒤질 뿐이었다. 일자리는 많았다. 그러나 이 생활을 지탱할 만큼 보수가 좋은 곳은 없었다.

"안 하냐고!"

"안 해."

한 번쯤……. 그녀도 엄마에게 짜증을 부려 보고 싶었는지도 몰랐다. 투정을 부리던 시절은 20살에 끝나 버렸다. 아주 오랜만에 들은 아버지의 이름만큼 제 어린 시절도 참 오래전에도 지나가 버렸구나 싶었다. 아, 생각해 보니 아버지 기일이 얼마 남지 않았구나.

"백화점 안 가면 될 거 아니야. 출근하라구. 그렇게 안 지키고 있어도 안 나가! 아이구, 머리야."

"나도 머리 아파. 그러니까 오늘 그냥 좀 놔둬."

라고 했지만 혜원은 컴퓨터를 끄고 자리에서 일어났다. 벽에 걸린 구김 없는 검은색의 정장이 저를 물끄러미 쳐다보는 것 같았다.

출근 시간이 한참이나 지나 있었다. 휴대폰에는 쉴 새 없이 불이 깜빡이고 있었다. 혜원은 휴대폰을 가방에 넣어 버리고는 아직도 찬바람이 가득한 길을 걷기 시작했다. 이미 출근 시간이 지났지만 수많은 사람들이 바쁘게 어디론가 가고 있었다. 도로 위의 끝없이 늘어선 차들조차 느릿느릿, 조금의 틈만 있다면 그 틈을 타고 재빠르게 끼어들기를 반복하고 그것에 대해 클랙슨을 울려 대고……. 추위 때문일지도 모르겠지만 그 누구 하나 저처럼 갈 곳 없는 사람은 없어 보였다.

추위 때문에 커다란 상가 건물로 들어선 혜원은 마치 낯선 사람처럼 아직도 한겨울인데 화사한 봄옷으로 가득한 보세 옷 상가를 둘러보기도 했고 짧은 제 머리를 묶으려고 한 개에 천 원씩 하는 머리 끈도 두어 개 골라 들었다. 저가 화장품 가게에 들어가서는 몇 천 원 하는 섀도우와 립스틱도 심각하게 일일이 손등에 칠해 가며 골랐다. 그렇지만 그것도 한때, 한참이나 돌아다닌 혜원은 다리가 아픈데다 허기가 몰려와 지하상가의 가운데 마련된 화단 옆의 의자에 앉았다.

다들 바쁘게, 즐거운 표정으로 지나가는 사람들 속에서 혜원은 멍하니 앉아 있을 뿐이었다. 한동안 앉아 있다가 휴대폰을 꺼내 들었다. 아직도 폴더를 열어야 하는 그녀의 2G 폰의 화면에는 수많은 부재중 통화가 떠 있었다.

〈혜원 씨 어딥니까? 제가 사과할 테니 연락 좀 하십시오.〉

이 사람이 사과할 것이 뭐가 있단 말인가.

혜원은 자리에서 일어났다. 이제 가야지……. 혼자 있을 엄마 생각이 났다. 머리가 아프다니, 두통약이 다 떨어졌으니까 약을 사야지. 막 지하상가에서 약국을 본 듯해서 그녀는 고개를 두리번거리고 있었다. 그때 아까부터 흘러나오던 노래의 가사가 갑자기 귀에 들어왔다.

잊으려 했지만 잊혀지지 않는 네 모습
지우려 했지만 지워지지 않는 네 이름
이제는 끝이라고 말하면서도
넌 나를 안아 주었지.

하고픈 말은 그 맘속에 꼭꼭 감춘 채
돌아서는 네 발걸음 뒤로
난 차마 하지 못한 말을 다시 묻고 말았어.

시간이 흘러 너를 다시 만나면
그때는 사랑했었다 말해 줄 수 있을까.

그러나 무심한 시간은 흐르고,
모든 것이 변했는데
어느 날 난 홀로 울어 버렸지.

다시 너를 본다면 말할 거야.

널 사랑했노라고.

그러나 지금 내 곁엔 아무도 없네.

자리에 다시 주저앉아 버린 것은, 그리고 저도 모르게 주르륵 소리가 날 만큼 눈물을 흘린 건. 열흘이 다 되도록 단 한 번도 꺼내지 않으려고 꾹꾹 밟아 넣어 버린 옛…… 사람에 대한 기억 때문일까. 그를 보지도 못하고 그렇게 공항을 떠나와 마치 지난 12년 동안 그래 왔듯이 아무렇지도 않은 듯 그 사람을 잊어버린 듯 살았었다.

무심한 시간이 흐른 것 일 텐데. 12년이면 모든 것이 변할 만큼 무심한 시간이 흐른 것일 텐데. 아니 다시 만나도 그 사람은 저를 사랑하지 않았었기 때문에 말 한마디 남기지 않고 가 버린 건데……. 유행가 가사보다도 못한 제 처지가 슬퍼서일까. 사랑했다 말을 해 준다 한들 바뀌는 것이 무엇이 있을까. 그래도……. 그래도 그 한마디가 듣고 싶었던 걸까. 바보같이…….

지나가는 사람들의 흘끗거리는 시선을 느끼고서야 혜원은 주섬주섬 가방 구석에 오랜 시간 동안 처박혀 있던 그리 향긋하지 못한 손수건을 꺼내 얼굴을 닦고 자리에서 일어났다. 제가 저도 모르게 눈물을 쏟았던 시간이 꽤 됐었는지, 다행히 노래는 전자음 가득한 최신가요로 바뀌어 있었다. 바로 앞에 약국이 있는 것을 보고 혜원은 종종거리면서 약국으로 가 넉넉히 두통약 두 갑을 사고 막 지갑을 꺼내 드는 순간이었다. 윙 하는 소리와 함께 딸려 나온 휴대폰이 울리는 것을 무의식적으로 받은 혜원은 순간적으로 후회했다. 대체 대표님한테 무슨 소리를 해야 한단 말인가. 그러나 휴대폰 저편에서는 다른 목소리가 흘러나왔다.

〈어디야?〉

"……."

하마터면 휴대폰을 떨어뜨릴 뻔했다.

〈일하는 중인가?〉

그의…… 목소리가 단조롭게 전화기 저편에서 울려 나왔다.

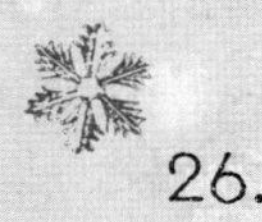

26.

그는…… 왜 왔을까. 헛된 희망을 가지라고 왜 자신을 보자고 하는 걸까.

몇 번이나 버스에서 내리고 싶은 심정이었다. 그 사람을 봐서 무얼 하나. 그 먼 훗날도 지나 버렸는데, 이제 다 끝나 버렸는데. 혹 자기 결혼식에 오라고 청첩장이라도 건네주려는 건가. 아, 통장이 있었구나. 혜원은 그제야 통장에 정신이 갔다.

이억이라니…….

그래, 그것을 돌려줘야 했다. 지금 통장을 가지고 있는 건 아니지만 그건 받을 수 없는 거였다. 그가 돈을 준 이유도 알 수 없을 뿐더러 그걸 받을 만한 사이도 아니었다. 단지 지금 제가 사는 꼴이 이렇고 그가 그런 돈이 별로 의미 없다 할지라도 그에게 그런

불쌍한 여자로 보이고 싶은 생각은 없었다. 큰 유혹일 수도 있었다. 남자의 측은지심을 그냥 받아들인다면 당장 그 사무실을 나가지 않아도 될 것이고 지금 있는 곳보다는 조금 나은 곳으로 이사도 가고 매일 우울해하는 엄마에게 좋은 기분으로 카드를 내밀 수도 있을 것이다……. 그러나 사진처럼 통장에 찍힌 남자의 이름만이 그녀에게 필요할 뿐이었다.

그러나 그 사람한테 그럴 수 있을까. 마음이란 건, 물 같은 것이었다. 조금의 틈이라도 있으면 새 버리고, 조금이라도 기울어져 있으면 흐르기 마련인……. 이제 그 기울어진 틈을 바로 세워야 했다. 아니 이제는 흐를 물조차 없게 다 쏟아 버려야겠다.

왜 또 여기일까.

아마 그 사람은 다른 곳을 잘 모르니까 그럴 것이라고 생각했지만 가슴 한구석이 욱신거리는 건 어쩔 수 없었다. 혜원은 버스에서 내려 찬바람을 뚫고 걸었다. 빈속이 쓰렸지만 뭔가 목구멍으로 넘어갈 것이라고는 생각되지 않았다. 쓰디쓴 입안처럼, 회전문을 지나 들어가는 화려한 호텔 로비로 들어가는 혜원의 마음 한구석도 씁쓸함이 가득 찼다. 오크 색조의 벽이라든지 혹은 둥근 천으로 된 커다란 가리개가 있는 화려한 샹들리에도 변함없었지만 제 처지만, 아니 제 마음도 또 달라져 있었다.

그냥 바깥을 싸돌아다닐 생각으로 입고 나온 청바지와 가벼운 패딩 점퍼, 그리고 어그 부츠 차림에 손에 든 화장품이 든 비닐봉지는 화려한 호텔 로비와 전혀 어울리지 않았다. 늘 이럴 때만, 이럴 때만 이렇게 어울리지도 않게 이런 장소에 있는 건지. 문득 남자의 목소리를 듣고 헛되이 두근거린 마음과는 반대로 남자가 이곳에 없었으면 좋겠다는 생각이 들었을 때 그가 호텔의 로비에 앉아 있다 저를 보고 일어서는 게 보였다.

가슴 한구석이 싸하게 내려앉아 저절로 눈이 찌푸려졌다. 남자는 제가 그토록 열심히 명품관에서 고르고 골랐던 진회색의 슈트와 진청의 넥타이를 매고 한 손에 읽고 있던 신문을 접어 옆에 있던 신문 꽂이에 꽂아 두고 자신이 있는 쪽으로 천천히 걸어왔다.

분명히 괜찮다고 했었다. 그는 어차피 떠날 것이라고, 그리고 십이 년이나 흘렀고 저 남자는 저를 잊은 채 성공해서 제 분야의 우뚝 선 사람이 되었다. 그저 아주 어린 날의 상처가 되었을 뿐이었다. 그리고 짧은 해후도 그냥 그렇게 어떤 의미도 찾지 못한 채, 아니 찾지 않은 채 이제는 다시 마주칠 일이 없을 거라 생각하고 각자의 길로 갔었다. 그런데 왜, 왜 이제 아무런 관계도 없을 저 남자가 천천히 제 앞으로 걸어오는 것만 보아도 가슴이 옥죄이듯 저려 오는 건지…….

스스로도 이해할 수 없었다.

제 앞까지 다가온 남자는 아무것도 하지 않고 서 있을 뿐이었다. 한가한 로비에는 이리저리 제 갈 길과 이유가 있는 사람들이 스쳐 지나고 있었지만 남자는 아무 말도 아무것도 하지 않고 여자를 내려다만 보았다. 여자가 스스로를 짓이겨 가며 가슴속에 외치는 소리를 듣지 못하고.

제발…….

이제 이 사람을 그만 사랑하게 해 주세요.

낮고 조용히 흐르는 음악 소리, 그리고 늘 그렇듯 로비까지 뻥 뚫려 있는 개방된 공간인 호텔의 커피숍은 대낮인데도 불구하고 면식을 차려야 하는 사람들이 여럿 포진하고 있었다. 그러나 터무니없는 가격의, 맛도 없는 블랙커피 두 잔을 마주한 두 사람은 말이 없었다. 두 손으로 감싸 안아도 따뜻할 만큼, 뜨거운 커피가 식을 정도의 시간이 흘렀지만 그는 저를 쳐다보기만 할 뿐이었다. 말을 해야만 했다.

"언제 온 거예요."

"두 시간 전쯤에."

왜 왔어요……라고 묻고 싶었지만, 자신이 듣고 싶지 않은 대답을 할까 봐 혜원의 입은 다시 닫혀 버렸다. 그가 커피 잔을 들어 커피를 마셨다. 달칵하는 소리가 나자 혜원은 그제야 저도 갈증이 느껴졌다. 이제 허기는 어디로 가 버렸는지 아무런 느낌이 나지 않을 정도였다. 혜원이 막 커피 잔을 들어 뜨거운 커피가 목구멍에 넘어갈 때였다.

"내가 다시 온 이유는 당신도 알 거야."

커피의 쓴맛이 입안에 가득 찼다. 아마…… 그 사극 드라마에 나오는 먹으면 피를 토하는 사약이 이런 맛이지 않을까 싶을 만큼…… 썼다.

"어마어마한 수입의 클리닉의 부원장 자리……. 참 매력적이지."

그 이야기를 왜 제게 하는 건가요, 그러나 역시 그 말은 제 입 밖에 나서지 못했다.

"그러나 볼티모어에서도 내가 채 쓰러 다닐 시간도 없을 만큼의 수입은 생겨."

헛된…… 꿈을 꾸지 않게. 제발 이 남자가 그냥 가 주었으면 좋겠다 싶다. 혜원은 자리에서 일어나고 싶었지만 몸은 굳은 것처럼 움직이지 않았다.

"다시는, 다시는 여기 돌아오지 않으려고 했어."

그 이유가 무엇 때문인지 잘 아는 혜원은 고개를 떨굴 뿐이었다.

"이해할 수 있었어, 당신 부모의 입장 같은 거. 그리고 어차피 비행기가 뜨는 순간 다 잊어버렸으니까."

지극히 사무적이고 명료한 목소리였다. 그 전화속의 목소리 빼고는 단 한 번도 이 남자가 제 의견을 내거나 제 감정을 이야기하는 것에 대한 기억이 없었다. 그만큼 그 어린 시절의 남자는 모든 것에 대해 제 생각을 내비추지 않았었다. 아니 비추지 못했을 것이다. 무조건 좋다고 달려드는 저를 거절하지 못한 것처럼. 그리고 자신의 엄마한테 그토록 모질게 당하기만 했던 것처럼.

여자가 커피 잔을 꼭 잡고 고개를 숙이고 있었다. 자초지종을 말해야 하는데 왜 태 회장의 수술을 맡게 됐는지 말이 나오지 않았다. 실은 저도 그 이유를 알 수가 없었으니까. 그러나 중요한 건 그것이 아니었다. 지금 이 자리에 있다는 것이 중요하니까.

"내 생활로 돌아간 것, 내가 있어야 할 자리로 돌아가니 모든 것이 다 제자리에 있는 것 같았어. 내가 쉽게 한국 국적을 포기했듯이 이 땅에 더 이상 아무런 미련이 없다고 생각했으니까. 내가 이 땅이 싫었던 건…… 나에게 좋은 기억을 준 모든 것이 사라졌으니까. 내가 지켜야 할 것들이 더 이상 없어졌으니까."

모든 것이 다 제 잘못만 같았다. 오히려 자신이 잃어버린 것들이 더 많은데, 아무것도 손에 남은 것 없는 처지는 저인데, 왜 저 남자의 담담한 이야기를 들으면서 죄인 같은 생각이 드는가. 혜원은 눈물을 흘리지 않았다. 그가 모든 것을 담담하게 다 포기하고 새로 시작했듯 자신도 그러면 되는 거였다. 새 직장, 새 보금자리……. 어차피 그 SJ의 화려한 사무실로 다시 출근할 만큼 뻔뻔하지는 않으니 새 직장을 알아봐야 했다. 그리고 올린 보증금을 댈 수가 없으니 새 집으로 이사를 가야 할 것이다. 그녀는 갑자기, 그 옛날 어느 코미디 프로에 나왔던 코미디언처럼 그래 결심했어, 하고 스스로 외치고 있는 자신을 보았다. 그래, 이 자리에서 일어나면, 이 하얀 호텔 로비를 지나 다시 차디찬 오후의 공기 속으로 나가면 새로 시작하자.

제 속에 있는 말을 하는 게 익숙지 않았다. 무언가 말을 해야 하는데, 무엇부터 말을 해야 할지 스스로도 알 수가 없었다. 수술의 방식이라든지 혹은 새로운 방식의 치료 방법이라든지, 일에 대한 말은 누구에게 지지 않을 만큼 유창했다. 그러나 아직도 알 수 없는 제 마음은 스스로도 헤아리기조차 힘들었다. 그러나 눈앞에 커피 잔을 감싼 채 창백하게 굳은 얼굴로 있는 여자에게 제가 모든 것을 다 팽개치고 17시간을 날아와 여기 앉아 있는 이유를 이야기해야 했다.

“단 한 번도, 내 평생 단 한 번도 이런 식의 이야기를 해 본 적 없어. 그래……. 평탄하던 내 생활로 돌아가지 못한 건, 내 생각과는 전혀 다른 당신 모습 때문이야. 당신이 잘 살길 원했어. 아니 어쩌면 그게 사실이 아닐지도 모르지. 당신의 마음이야 어떻든 간에, 날 그렇게 쓰레기 버리듯 치워 버렸으면 적어도 내부의 불화가 있든 없든 간에 바깥으로는 잘 차려입고 우아한 척하는 재벌가의 사모님이 되어 우울한 표정으로 살길 원했지. 잘난 남편하고 행복하게 사는 것까지 봤다면 아마 잊었다고 치부하더라도 기분이 더러워질 만큼은 당신과의 어렸을 적 추억 따위 기억나니까.”

그래요? 적어도 그만큼은 감정이 남아 있었군요……. 혜원은 단 한 번도 엿본 적 없는 비밀스러운 무엇이가를 본 듯 갑자기 가슴 한구석이 저려 왔다. 제가 행복하게 살았다면 기분이 더러워질 만큼은 적어도 이 남자의 마음속에 남아 있다는 사실이, 그 아무것도 아닌 사실이 갑자기 피식 웃음이 새어 나올 것 같은 기분으로 만들어 준다는 것이 바보 같기만 했다. 그러나 그 기분은 아주 잠깐 동안이었다. 남자의 말이 그녀를 다시 저 밑으로 곤두박질치게 했으니까.

"적어도, 그렇게 내 앞에 나타나지 말았어야 했어."

어떻게요, 손을 베인 채 피를 뚝뚝 흘리면서 카펫을 닦고 있지는 말았어야 했다는 거죠. 그냥 그 호텔 로비에서 눈이 마주친 채로 영원히 잊혔어야 했다는 거죠……. 그녀의 기분은 순식간에 싸늘하게 식었다.

"그 사실을 다시 말해 주시려고 여기 절 불러낸 거라면, 어쩔 수 없다고 말할 수밖에 없네요. 그건 우연이니까, 제가 그 클리닉에서 일을 한 것이나 당신이 그곳에 초청으로 오게 된 것이나……. 전에도 말했듯이 당신이 떳떳한 의사로서 거기 있는 것처럼 저도 떳떳한 간병인으로서 있었던 거예요."

마음 한구석이 기쁘지만 그만큼 아팠다. 그러니까 용건만 이야기하고 새 세상을 향해 가고 싶었다. 그리고 할 말도 해야만 했다.

"입금하신 돈, 전 영문을 모르겠네요. 제가 그걸 받아야 할 이유도 없구요."

이왕 떼기 힘든 입을 떼자 말들은 가속도가 붙었다.

"그렇게 큰돈을 주지 않으셔도, 전 당신 앞에 나타나서 예전의 추억 따위 구걸하지 않아요."

남자의 표정은 변함이 없었다. 혜원은 더 비참해지기 전에 이곳에서 사라지고 싶었다.

"계좌번호 불러 주세요. 다시 보낼게요."

그래도 남자의 표정은 변함없었다.

"당신 어머니가 날 미국으로 떠밀어 보내면서 준 돈이라고 생각해. 어차피 나도 그걸로 미국에 갈 수 있었으니까. 내겐 그 돈조차 없었어. 금액이 다르다 해도 내가 느끼는 가치는 그만큼이었어. 그러니까 그냥 받아."

돈을 받으면서…… 당신은 이만큼 아프던가요? 그래서, 그 아픔까지 돌려주는 건가요.

혜원은 자리에서 일어났다. 더 이상 이 남자 앞에 있어서는 안 될 것 같았다.

"앉아. 아직 말 안 끝났어."

더 이상 들을 수가 없었다. 아니 듣고 싶지 않았다. 엄마는 머리가 아프다고 늘 적자가 나는 가계부 따위 신경도 안 쓰면서 사는 게 갑갑하다고 짜증만 냈다. 급료가 좋던 직장에서는 쫓겨났고, 불 보듯 엔딩이 뻔한 일방적인 관심을 갖는 옛날의 약혼자 때문에 가시방석 같은 의자에 앉아 할 일도 없는 하루를 보내는 것도 힘에 부쳤다.

몇 년만 젊었더라면 그런 시선 따위 즐길 수도 있었을지도 모른다. 십이 년간 그냥 마음속에 묻어 두었던 남자가 내미는 돈을 가지고 이렇게 고민하고 슬퍼해야 하는 것도 억울했다. 저가 조금만 더 사는 게 덜 팍팍했다면 남자의 금의환향을 기쁘게 반길 수도 있었을 것이다. 아까 앉아 청승맞게 울어 버리느라 두 눈은 퉁퉁 부어 있었고 화장도 못한 까칠한 제 얼굴이 어떤 꼴일지 보지 않아도 알 수 있었다. 눈앞에 앉은, 이 호텔의 고급스러운 커피숍과 어울리는 명품 슈트를 차려입은 이 남자는 왜 자신에게 이리 가혹한지 알 수가 없었다.

"난 끝났어요. 더 이상 아무 말도 듣고 싶지 않아요. 어차피 여기 온 것이 나 때문도 아니잖아요. 그래요, 그깟 돈이 당신에게 아무런 의미가 되지 않는다면 잘 쓸게요. 그러면 되잖아요. 내가 이렇게 산다고 해서 날……."

날 더 아프게 하지 말란 말이에요……. 그러나 차마 그 말을 하지 못하고 그녀는 울컥 솟아오르는 것 때문에 말을 잇지 못했다. 볼썽사납게 뻥 뚫린 커피숍에 서서 울먹이고 소리치고 있다는 것도 알지 못했다. 이제 뒤로 돌아서 빳빳이 나가야 하는데 거기까지가 힘에 겨웠다. 금방이라도 쓰러질 것 같은 그녀는 지금까지 말을 하느라 제 기운을 다 쏟은 것 같았다. 그래도 가야만 했다. 막 몸을 돌려 나가려고 했을 때, 그때 그가 일어났다. 그리고 그가 다가오더니 후들거리는 여자를 감싸 안았다.

"됐어. 더 이상 아무 말도 하지 마. 당신 때문에 온 거야."

27.

얼마나 이 호텔의 커피숍에 서 있었을까. 또 얼마나 울었을까…….

12년 동안 가누지 못한 제 마음이 모두 물이 되어 흐를 때까지였을지도 몰랐다. 그는, 제 가슴을 내어 준 남자는 아무 말 없이, 그저 그녀를 가볍게 안은 채 묵묵히 기다렸다. 여자의 응어리가 소리 없는 이 통곡으로 풀릴 수는 없었겠지만 그래도 울고 싶을 만큼 울게 그는 기다렸다.

한 번도 이렇게 울어 본 적이 없었다. 아버지가 돌아가셨을 때도 저 때문이라는 죄책감으로 얼굴도 들지 못한 채 울면서 뒤로 넘어가는 엄마를 붙들어야만 했다. 제 표정이 울적해지면 덩달아 우울증이 심해지는 엄마 덕에 집에서는 늘 밝은 낯을 꾸며야 했고, 밖에서 일을 할 때 서러움에 차 있어도 이를 악물고 참아야 했다. 그리고 가끔 저를 두고 어딘가 낯선 땅에서 살고 있을 남자가 생각날 때는 저가 왜 그 남자를 사랑해서 이 땅을 버리고 가도록 했어야만 했나 하는 미안함에 눈물을 삼켜야 했다.

더 이상 눈물이 나지 않을 만큼, 아니 서 있을 기운이 없을 만큼 됐을 때, 남자는 흥건히 젖은 와이셔츠 자락을 하고 자신을 내려다보고 있었다.

"……."

저 때문에 엉망이 되어 버린 이 옷의 가격을 잘 알고 있기에 혜원은 뭐라 한마디 하려고 했지만 말라붙은 목에서는 꺽꺽거리는 소리만 날 뿐이었다. 남자는 급한 대로 테이블에 있던 냅킨 몇 장을 꺼내 여자의 눈물과 콧물이 범벅이 된 얼굴을 닦고선 여자를 이끌고 자리를 떠났다.

눈처럼 하얀 욕실의 세면대에서 손이 빨갛게 얼도록 찬물로 여러 번 세수를 했지만 시린 손만큼 빨갛게 부풀어 오른 얼굴은 진정이 되지 않았다. 그가 무슨 말을 했기에 이렇게 바보처럼 울어 버린 걸까. 갑자기 아무런 기억이 나지 않았다. 뭐라고 했었지……. 이 욕실 밖을 나서면 대체 저 남자를 어떻게 보아야 하는 거지. 흉하게 젖은 와이셔츠는 둘째 치고 슈트 상의도 얼룩이 졌던데. 혜원은 이렇게 정신줄을 놓아 버린 저를 탓하면서 한 번 더 찬물로 세수를 하고 얼굴을 닦고 욕실을 나왔다. 고요하고 하얀 거실의 저쪽에 막 새 셔츠를 입고 넥타이를 손에 든 남자의 목소리가 들렸다.

"……Do not worry if the problem……. here to solve a problem……. Thank you for your concern."

간간이 귀에 들리는 그의 낮은 목소리가 만들어 내는 단어들이, 그가 있어야 할 곳이 이곳이 아니라는 생각이 드는 것은 기우일까.

"괜찮아?"

멍하니 서 있던 그녀를 보고 그가 그답지 않게 물었다. 고요한 하얀색의 호텔 객실같이 창백한 얼굴을 한 그가 어색한 미소 같은 것을 만들려 애쓰는 게 보였다. 지금 이 상황이 왠지 현실 같지가 않은 혜원은 그가 한 손에 들고 있는 넥타이를 보고 그에게 다가갔다.

"내가 해 줄게요."

늘 하던 것처럼 익숙하게 그가 와이셔츠의 깃을 올리고 넥타이를 목에 두른 채 그녀가 매기 쉽게 고개를 조금 숙였다. 이제는 길이감이 잘 느껴지지 않았지만 그래도 키가 큰 그를 위해서 길게 내려오게 천천히, 그리고 매듭 모양이 봉긋하게 잘 잡히도록 느릿느릿 넥타이를 휘감았다. 나른한 호텔 방 안의 온기가 손등 위에 내려앉는 것같이 느릿느릿 돌아가는 넥타이 아래로 느긋하게 들썩이는 남자의 하얀색 와이셔츠 밑의 가슴이 느껴졌다. 아,

아까 여기 안겨 그렇게 울었었나. 아무리 천천히 매려고 해도 두 번만 두르면 넥타이 매기는 끝나 버린다. 아쉬운 듯 그녀는 꼼꼼하게 제 자리에 넥타이 매듭을 놓고 그의 와이셔츠 깃까지 내려 모양을 잡았다. 퉁퉁 부어 흉한 제 얼굴이 보이지 않도록 고개를 숙인 채.

그때, 그가 손을 내밀어 천천히 그녀의 흘러내린 앞머리를 쓸어 올렸다. 이마에 닿는 남자의 따뜻하고 긴 손가락이 그리는 궤적 때문에 팔에 쫘르르 소름이 돋았다. 그리고 그 따뜻한 손은 그녀의 두 손을 감싸 쥐었다. 찬물에 세수를 하느라 새빨갛게 언 차가운 손이 느껴지자 그가 더 힘을 주었다. 늘 피하려고만 했던 건 무엇 때문이었을까. 제가 가진 것이 차고 넘쳤던 시절에도, 남자는 항상 제가 건넨, 싸느라 하루 종일 걸린 도시락도 예쁘다 맛있다 말 한마디 없이 허겁지겁 먹기만 하고 한마디 말도 없었었다. 아무리 예쁜 옷을 입고 아무리 곱게 화장을 하고 가도 예쁘단 말 한마디 없던 사람이었다. 그런 그가 너무 대단한 사람이 되어 돌아왔기 때문에, 그에 비해 가진 것 하나 없이 남의 밑에서 일하는데 인이 박여 버렸기 때문에 이 남자 앞에 서면 아무 말도, 아무것도 할 수 없었을까.

그녀가 고개를 들어 그를 올려다보았다. 퉁퉁 부어 눈이 아팠지만 제 얼굴을 내려다보는 남자의 처음 보는 이 묘한 표정은 뭐라 표현해야 할지 모를 듯했다. 그때 남자가 고개를 숙였다. 무엇을 하는 것일까. 제 손이 들어 올려졌다. 차가운 손가락 위에 화인같이 뜨거운 남자의 입술이 찍혔다. 덜컥 하는 소리가 저 밑바닥에서 날 만큼 놀랐지만 손을 빼지는 않았다. 그가 고개를 들었다. 그리고 손을 놓더니 그녀의 어깨를 둘러 안았다. 새 와이셔츠에서 나는 깨끗한 세제 향이 콧속에 확 밀려 들어왔다. 그리고 따뜻하고 심장이 두근거림이 느껴지는 탄탄한 가슴이 볼에 닿았다. 저도 모르게 혜원은 손을 들어 남자의 허리를 감싸 안았다. 천천히 무게를 실어 힘을 주는 느낌이…… 그치려고 애썼던 눈물을 다시 솟게 만들 만큼, 기뻤다.

제 동그란 뒤통수를 쓰다듬는 커다란 손이 무언의 말을 하고 있었다. 이제 그만 슬퍼도 된다고…….

그 손은 천천히 가슴에 폭 파묻히듯 안긴 여자의 얼굴을 찾았다. 아직도 붉은 기가 가시지 않은 눈으로 자신을 올려다보는 푸석한 여자의 볼을 천천히 쓰다듬던 남자는 다시 고개를 숙였다. 세수를 하고 나서 아무것도 바르지 않아 퍼석한 얼굴을 감싸 안고, 까칠하고 바싹 마른 입술을 천천히 제 입술로 적셔 갔다. 이제는 잊어버려 기억도 나지 않는다고 손사래를 칠 수 있을 것만 같았던, 그 새빨간 포르쉐 박스터에서 내려서던 뽀로통한 복숭아 같은 얼굴을 한 노랑머리의 그 아름다운 소녀는 이제 바싹 마른 얼굴을 한 채 돌아서려고 했었다. 늦지 않은 걸까. 그 보랏빛 꽃향기를 여자에게 돌려줄 수 있을까.

바싹 마른 입술을 천천히 물어 가던 그를 여자는 조심스럽게 받아들였다. 꿈일 수도 있다. 잠시 그 지하상가의 차가운 벤치에 앉아 졸고 있는 것일지도 몰랐다. 그러나 꿈답지 않게 뜨겁게 감아 돌아 제 구석구석을 빨아들이는 격한 입맞춤에 그녀는 저도 모르게 그의 와이셔츠를 움켜쥐었다. 오랜 시간 맴돌기만 했던 마음을 다잡기에는 숨이 차오를 뿐이었다.

호텔 한식당의 갈비탕은 보기보다 맛이 없었다. 아무것도 먹지 않은 그녀가 기운이 모자라 벅차 하지 않았더라면 얼마나 더 오랫동안 지속되었을지 모를 입맞춤을 뒤로하고 내려온 호텔의 점심은 무슨 맛인지 알 수가 없을 정도였다. 그러나 따뜻한 국물이 들어가자 차츰 기운이 나는 것 같았다. 건너편에 앉은 그도 몇 술 뜨기는 했지만 영 내기키 않는 듯했다.

"진짜 맛이 없네요."

"그러네. 이따 저녁에는 맛있는 걸 먹자고."

처음 들어 보는 남자의 부드러운 목소리에 괜히 웃음이 날 것만 같았다.

"점심 먹고……. 뭐 할 거예요?"

그녀가 용기를 내서 물었다. 나랑 같이 있을 거죠, 라고 말하고 싶었는지도 몰랐다.

"당신이 하고 싶은 거."

저렇게 차가운 얼굴을 하고 덤덤하게 말하는 것이 어울리지 않아 어색할 지경이었다. 혜원은 정말로 웃음이 쏟아졌다.

"왜?"

"아니에요."

입을 가리면서 다시 웃을 뿐이었다.

"뭐 하고 싶어?"

"음……."

뭘 해야 할까.

"옷 좀 사 줄래요?"

혜원이 말했다. 단지 추위 속에 걸어 다니려고 입고 나온 패딩 점퍼와 기모 안감이 든 두껍기만 한 바지를 입은 제 모습이 싫었다. 건너편에 앉아만 있어도 저리 잘나 보이는 남자와 나란히 걷기도 미안해지는 제 꼴이 싫어서 이런 어이없는 소리를 하는 제 자신이 정신 나간 것만 같았다.

"그래. 그러지. 예쁜 옷으로 사."

어깨를 살짝 덮는 새카만 단발머리에 화장기 없는 얼굴을 한 여자는 저가 얼마나 아름다운지 모르고 저런 소리를 하고 있었다. 무엇을 걸치고 있던지 간에 제 속을 간질이는 것 같은 하얀 얼굴을 모른 체하기가 힘에 겹다는 것도 모르고 있었다.

"저기…… 여긴 호텔이니까. 차 렌트할까요. 운전은 내가 할게요."

이 남자를 데리고 볼썽사납게 길가에서 손을 흔들면서 택시 따위를 잡고 싶지는 않았다. 모직이라지만 남자는 여전히 매끄러운 슈트와 하의, 정장 차림이었다. 여태껏 이 추운 날씨에 코트 한번 덧걸친 걸 본 적이 없었다.

"그래, 좋을 대로 해."

"고마워요."

여자가 미소를 지으면서 웃었다. 미안하다는 말 대신 처음 듣는 말이었다. 저 말을 듣기 위해 그 오랜 시간 그 힘든 시간을 견뎌 내면서 여기까지 왔구나, 싶은 그였다.

유통기한 같은 것을 따지고 싶지 않았다. 신데렐라가 열두 시 종이 치고 난 뒤에 누더기를 걸치고 계단에서 뛰어 내려가 파티의 종말을 생각하지 않고 호박마차에 올랐듯이 그녀도 벨보이가 내 주는 허로 시작하는 야한 빛의 회색 에쿠스 승용차의 원격 시동키를 받으면서 생각은 멎어 버린 듯했다. 아침부터 울증이 심해진 엄마가 내내 혼자 집에 있다는 것도 잠시 잊어버렸다. 잔뜩 부재중 통화가 찍힌 휴대폰조차 꺼 버렸다.

십여 년간 짓누르던 당장 저녁엔 무슨 반찬을 해야 할까, 세탁소에서 옷을 찾아올 잔돈은 있는가, 신용카드 대신 쓰는 직불 카드에 잔금은 얼마나 남았는가 따위의 생각들을 접어 버린 그녀의 머릿속은 어떤 옷을 입어야 이 남자와 어울릴 수 있을까, 그런 옷을 사려면 어디로 가야 하고 지금 어디로 가야 길이 막히지 않을까 하는 생각뿐이었다.

"기분 좋아 보여."

그가 옆에 타 안전벨트를 매면서 말했다.

"그래요. 좋아요."

얼마나 좋은지……. 남자는 아마 꿈에서도 모를 것이다. 자꾸만 피식거리면서 새는 웃음을 막을 수가 없었다.

"이리 와 봐요."

한 번쯤은 이 남자에게도 근사한 가죽 재킷이나 매끄러운 니트셔츠 같은 것을 입혀 보고 싶었었다. 그 옛날에는 그가 지금 이것보다 훨씬 어린 얼굴을 하고 있었지만 훨씬 더 나이 든 것 같은 표정으로 명확하게 자신에게 손을 대지 말라고 했었다. 그래서 그녀의 기억 속 남자는 스티브 잡스도 아닌데 늘 어정쩡한 길이의 통 넓은 청바지에 회색 사파리 파카 차림이었다.

터무니없는 가격의 스키니 진과 여우털 베스트를 덧입는 양가죽 재킷에 화려한 캐시미어 니트를 고른 건 적어도 서너 살쯤 어려 보이고 싶은 마음에서였을 것이었다. 어느새 나이를 너무 먹어버렸다는 생각을 한 것일까. 화장품 코너에서 어려 보이게 해 달라는 당부를 하면서 메이크업부터 받고 나니 어정쩡한 길이의 머리가 마음에 안 들었지만 이 금쪽같은 시간을 머리 모양을 바꾸는 데 허비하고 싶지는 않았다. 게다가 화려한 장식이 달린 높은 굽의 워커 부츠를 신은 것도 이 장신의 남자 곁에 어울리고 싶어서였다. 마치 그 어린 시절처럼 가격표 따위를 생각하지 않고 제 마음껏 옷을 고른다는 건 정말로 자아를 잃어버릴 만큼의 짜릿한 기분이었다.

어리둥절한 표정으로 서 있는 단정하고 맵시 있는 슈트를 차려입은 남자를 끌어들이는 여자의 얼굴은 샛노란 긴 머리카락만 있다면 그 옛날 제게 이런 슈트를 사 입히던 그때와 똑같아 보였다.

"이거 입고 나와요."

여자가 내미는 한 보따리의 옷을 보고 피식 한숨을 내쉬긴 했지만 그는 기꺼이 그것들을 들고 피팅룸으로 들어갔다. 후덥지근한 백화점의 실내 공기 덕에 거추장스러운 폭스 재킷 따위를 벗어 놓고 쉴 새 없이 거울을 바라보고 있는 여자는 아까까지의 정혜원이 아닌 듯했다. 1분마다 이래도 되는 걸까 하는 생각이 스멀스멀 기어 올라오는 것을 억눌러야만 했다. 정말 이건 꿈이 아니라 사실일까, 제 몸에서 나는 이 새 옷 냄새들을 어찌해야 하는 걸까.

그러나 그녀의 그런 생각은 피팅룸에서 그녀가 생각한 것보다 훨씬 더 근사한 모습이지만 쭈뼛거림이 가득한 남자가 나옴으로써 공기 중에 후루룩 흩어져 버렸다.

"진짜 잘 어울리시네요. 밑단도 손볼 일이 없고."

매장 매니저의 요란한 칭찬 소리가 없더라도 니트 셔츠에 진한 프리미엄 진을 입고 들고 있던 재킷까지 걸쳐 입은 모습은 정말로 상상 이상이었다.

"이상한가."

"그럴 리가요."

병원에서 인턴 과정에 들어가면서부터 입어 본 적이 없는 빳빳한 진이 조금 거슬리긴 했다. 그렇지만 시간을 되돌리고 싶은 그녀의 마음을 그는 알 수 있었다. 여자의 활짝 웃는 모습을 보는 것으로 제 불편함 따위는 다 잊어버렸다.

대충 골라 든 옷 몇 벌을 마저 사서 차에 넣고 오면서도 잠깐 그가 결제한 카드값을 생각해 보는 마음이 불편한 건 지극히 현실적으로 살아왔기 때문이라고 생각했다. 그러나 저도 아주 오래 전에는 그런 것 따위를 생각해 본 적이 없다는 것에 위안을 삼았다.

의도적으로 창문 따위는 없는 백화점 덕에 두 사람은 나오면서 시간이 이렇게 지났다는 것에 놀랐다. 마치 오늘밖에 없는 사람들처럼 이 귀중한 시간을 쇼핑에 썼다는 사실이 당황스러울 지경이었다.

"시간은 많아."

물론 자기 할 나름이라는 것은 잘 알고 있었지만 서운해 하는 여자에게 한마디 했다. 그가 병원에 낸 휴가 기간은 열흘이었다.

* * *

"길, 한 달이야, 그런데 또 휴가라니."

신경3외과 책임자인 닥터 노스먼이 안경을 올려 쓰면서 말했다.

"제가 언제 휴가 한번 쓴 적 있습니까?"

한국에 다녀오고 나서 다른 사람이 된 듯 보였다. 저 얼굴에 조크라니.

"그거야 그렇지만. 공백이 너무 커. 담당 환자들을 나 몰라라 하는 경우는 내가 자네를 지켜본 5년간 단 한 번도 없었잖아."

저도 그렇게 생각하지만 더 큰일이 생겼습니다……. 라고 말하고 싶었다.

"물론 제 환자들이 소중한 것은 맞습니다. 하지만 꼭 해결해야 할 일이 생겨서요. 갔다 오는 데만 해도 삼 일인데 사 일 정도 휴가도 어렵겠습니까?"

"꼭 해결할 일이라……. 그게 어느 정도 중요한가? 그다지 중요한 일이 아니라면, 닥터 하우저가 돌아온 뒤로 미뤄 줬으면 하네. 그때는 좀 더 시간을 줄 수도 있네. 아내와 출산의 순간을 같이한다는 건 그 사람에게도 소중한 추억이니까."

신경3외과에 전문의가 두 명이나 자리를 비운다는 것이 얼마나 크게 지장이 있을 일인지는 잘 알고 있었다. 저의 그 한 달이라는 클리닉의 '대여' 기간이 지나자마자 아내가 네 번째 출산을 기다리고 있는 하우저가 휴가를 맡은 건 당연한 일이었다. 그러나 자신에게도 이건 중요한 일이었다.

"아이의 탄생을 맞는 것도 중요한 일이지만, 제 인생에서도 중요한 일이 있습니다."

"그게 뭔지 물어봐도 되겠는가?"

“결혼입니다.”

노의사의 눈이 커졌다.

“이런, 축하하네. 그렇다면 막을 수가 없겠구먼. 그런데 일주일로 되겠나?”

“해 봐야겠죠. 감사합니다. 닥터 노스먼.”

*　*　*

“저녁 메뉴는 당신이 정해.”

그 한마디에 골똘히 생각에 잠겨 러시아워 속으로 꽉 막힌 차의 운전대를 잡고 있는 여자의 모습을 보면서 그는 뭔지 모를 묘한 감정에 빠져 있었다. 다시는 여자를 기억나지도 않을 만큼 잊었다고 생각하고 있었었다. 그 프랑스의 공항에서 스쳐 지나가는 낯선 서양 여자에게서 나던 향수 냄새에 이끌려 서툰 프랑스 어로 지금 나간 여자가 쓴 향수를 사고 싶다고 했던 그때도 그는 자신이 잠시 미친 거라고 생각했었다.

그리고 그 미친 기억은 한국에서 막강한 재력을 과시하는 노회장의 수술을 맡을 전문의가 필요한데 네가 한국계이니 한번 여행차 다녀오라고 웃으면서 건넨 농담 속에서, 저도 모르게 굳어 있는 제 주먹 쥔 손을 보고 충동적으로 제가 가겠다고 한 것에서 더해졌었다. 그러나 이제 그는 깨달을 수 있었다. 아무리 잊으려고 했다 하더라도 여자는 제 밑바닥에 가라앉아 영원히 지워지지 않는 앙금으로 남아 있었음을. 그리고 그걸 깨닫게 되는 데 아주 오랜 시간이 걸렸지만, 그건 정말로 다행스러운 일이라고.

두 사람의 저녁 식사는…… 여전히 어색했다. 아주 예전에는 천진난만한 자신감으로 똘똘 뭉친 혜원의 일방적인 리드였고, 그는 묵묵히 따르기만 했었다. 그러나 지금의 혜원은 천진난만함도 세상 물정 모르는 자신감도 없었다. 남을 배려하고 남들 뒤에 조용히 서 있는 게 익숙해진 그녀로서는 원래부터 과묵하고 말이 없는 차가운 인상의 그를 이끌기 힘들었다.

그러나 그렇다고 해서 마냥 두 사람의 시간이 불편하거나 힘겹지는 않았다. 멀리 돌아온 30대의 두 연인은 말을 하지 않아도, 그냥 같은 공간에 있다는 것 자체로 만족했다. 상대방이 저를 밀어내거나 거부하지 않고, 그 사람의 마음속에 자신들이 있다는 것을 서로 깨달았기에 가끔 뜨겁네요, 후추를 쳐야 하는가 따위의 어색한 대화뿐인데도 맛나고 배부르고 편한 저녁 식사를 즐겼다. 그리고 결국 그들은 다시 호텔로 돌아오고 말았다. 추운 날씨에 딱히 어딘가를 돌아다닐 것도 아닌 두 사람은 말은 하지 않았지만 같이 있고 싶을 뿐이었다.

트렁크에 가득한 백화점의 짐들을 객실에 올려 보내고 두 사람은 또다시 그 재즈 바로 갔다. 저번과는 달리 진과 가죽 재킷이라는 커플룩을 한 채 여전히 구석 자리에 앉았지만 슬그머니 잡아끄는 남자의 손에 의해 혜원은 그의 옆에 앉게 되었다. 두꺼운 윗

옷을 벗고 얇은 니트를 걸친 여자의 나긋한 어깨가 주는 가냘픈 선은 의미도 없는 재즈 가수의 노랫소리나 연주가 전혀 마음에 와 닿지 않는다는 부작용을 줄 뿐이었다.

"올라가지."

그가 여자의 귓가에 속삭이자, 귓가까지 새빨갛게 물든 그녀는 수줍게 고개를 끄덕였다.

전에 있던 그 숫자는 아니었던 것 같았다. 그러나 그런 것이 중요하지는 않았다. 문에 들어서자마자 두 사람은 약속이나 한 것처럼 서로에게 매달렸다. 이 세상에 연고 하나 없이 낯선 땅에서 그동안 살아왔던 삶의 반을 홀로 살아온 남자와 헤아릴 수 없이 가지고 있던 것들을 하루아침에 전부 잃어버리고 하루하루를 살아온 여자였다. 피하고만 싶었던 지난날들하고는 달랐다. 엔딩이 어떻게 날 것인지도 알고 싶지 않았다. 오늘 하루만, 오늘 하루뿐이라 할지라도 제 마음 깊숙이 가라앉아 있던 남자에게 매달리는 여자의 숨결이 거칠어지는 것은 어쩔 수 없었다. 그의 입술이 깊게 내려앉았다. 조급함이라고는 전혀 찾아볼 수 없는 느긋하지만 깊은 열망이 느껴지는.

그가 손을 놀려 그녀의 재킷을 벗겼다. 그러고는 자신의 낯선 재킷도 벗어 바닥에 떨구었다. 그의 입술이 그녀의 목을 타고 내려오자 숨이 막힐 듯한 그녀는 그의 어깨를 붙잡으면서 작은 목소리로 속삭였다.

"씻고 올게요……."

화장품이 범벅이 되고, 하루 종일 돌아다닌 걸 잊어버리지 않을 만큼의 이성은 아직 있었다. 그의 숙인 얼굴이 올라왔다.

"그래."

예전하고 비슷한 듯하지만 달라진 파우더 룸. 예전 그녀의 기억에 있던 화장품이나 혹은 빗 같은 것들은 훨씬 더 세련되고 깨끗하게 놓여 있었다. 마음에 들었던 화장을 지우고 욕실 문을 여니 저의 안방보다 넓은, 월풀 욕조와 유리로 된 샤워 부스가 있는 하얀색의 욕실이 드러났다. 병원에도 호화찬란한 욕실이 있었지만 그것을 사용할 일은 없었었다. 샤워를 하려고 샤워 부스 속의 샤워기를 틀자 부드러운 소리를 내며 따뜻한 물이 금방 쏟아져 내렸다. 이런 기분이었을까. 그때 그도 이런 기분이었을까…….

샤워를 하고 뚝뚝 떨어지는 머리카락의 물을 호텔의 부드러운 고급 수건으로 감싸고 나온 그녀는 문득 거울을 보고 멈춰 서고 말았다. 호텔 파우더 룸의 거울 속에 제 모습이라니……. 이건 대체 몇 년 만일까. 아니 이런 시간이 다시 올 거라고, 그 어린 시절 허겁지겁 샤워를 하고 나올 때는 알았을까. 그리고 갑자기 이 파우더 룸을 나가면 어떻게 해야 하는가 생각하니 얼굴에 확 열기가 올라오고 있었다. 정말 이건 현실일까, 이 머리카락에서 뚝뚝 떨어지는 물기는 사실인가. 그냥 제가 저의 침침한 방에서 까무룩 자다 꾼 꿈이 아닐까…….

그러나 잘 말려진 보송보송한 호텔의 샤워 가운의 감촉이 제 몸에 감기고 있고, 향긋한 파우더 룸에 있는 화장품들의 향기가 꿈이라고 하기엔 너무나 사실적이었다. 깊이 숨을 들이쉬고 조용히 문을 열고 나오는데 저쪽에 여전히 적응이 안 되는 검은색 니트를 입은 그가 그의 캐리어에서 무언가를 꺼내면서 서 있는 게 보였다. 문을 여는 소리를 들었는지 그가 고개를 돌렸다.

"저기……."

새삼스레 얼굴이 붉어진 그녀를 보고 그가 어색한 미소를 짓는 게 느껴졌다.

"이거."

뭔가 포장이 돼 있는 작은 상자를 꺼내 탁자 위에 올려놓더니 그녀를 스쳐 그가 욕실로 들어갔다. 혜원은 한동안 가만히 서 있다가 물소리를 듣고 그가 올려놓은 상자 쪽으로 갔다. 하얀색의 고급스러운 면세점 포장지로 포장된 상자. 약간의 무게가 느껴지는 상자의 포장을 뜯을까 말까 고민하고 있다가 손을 내밀어 포장을 뜯어내던 그녀의 손이 잠시 멎었다.

이럴 수가…….

익숙한 벨벳 상자. 그리고 그 상자를 여니 나오는 익숙한 크리스털 볼. 섬세한 크리스털 뚜껑 옆에, 좁은 상자 덕에 접혀진 깃털들……. 상자에서 꺼내니 하얀색의 점무늬가 있는 검은색의 장식 깃털들이 꽃잎처럼 펴졌다. 크리스털 빼흘레……. 투명하고 차가운 크리스털 병이 손에 닿자 가슴 한구석이 욱신거리는 것 같은 느낌에 그녀는 눈을 감았다.

한 번이라도 남자에게 이 향수 이야기를 한 적이 있었나, 그녀가 뉴욕 공항 면세점에서 가장 비쌌기 때문에 아무 생각 없이 골라 샀던 향수였다. 그리고 의외로 다채로운 향이 마음에 들어서 항상 그를 만날 때마다 뿌리고 다녔던 향이었다. 그가 이걸 어떻게 알았을까. 그리고 지금은 완전히 잊어버려 다시는 기억조차 나지 않는다고 생각하고 회상하기조차 포기했던 이 향수와 함께한 날들이 마치 어제 일인 양 떠올랐다. 그가 알고 있었구나…….

망연히 향수병을 내려다보고 있었을 때였다. 뒤에서 둘러지는 커다란 팔이 느껴졌다. 문소리도, 비누 향도 모를 만큼 그녀는 향수를 내려다보고 있었다. 남자가 고개를 숙여 여자의 목에 입을 맞추었다.

"이……건."

"제대로 산 건지 기억이 가물거려."

어쩌면……. 어쩌면 이러려고, 이 순간을 위해서 그 수많은 하루하루를, 지겹도록 끝없이 돌아가는 밤낮들을 포기하고 싶었던 유혹들을 이겨 내며 견뎌 왔던 것일까. 지금 떨어지는 물방울은 제대로 닦지 않은 머리카락에서 떨어지는 건지 아니면 다른 곳에서 떨어지는 건지 알 수가 없었다. 포장지에 얼룩이 졌다. 그러자, 뒤에서 감싸 안는 팔에는 조금 더 힘이 들어갔다. 그리고 뜨거운 입술은 귓가에 머물렀다.

"아직 늦진 않았을 거야."

그가 손을 내밀어 여자가 들고 있던 향수병을 내려놓았다. 그리고 화가 날 만큼 가벼워진 여자를 들춰 안았다. 약간의 짠맛이 나는 여자의 입술에 가볍게 입을 맞추고는 침대로 향했다. 여자를 조심스럽게 침대 위에 내려놓는 그의 손길은 조심스럽기 그지없었다. 침대 옆의 협탁에 있는 리모컨을 누르자 환하게 밝혀져 있던 불들은 일제히 꺼지고 침대 옆에 있는 노란 취침 등만이 남았다.

아주 오랜 시간이 지났다. 그리고 완전히 잊어버리려고 생각했고, 완전히 잊어버렸다고 자신했다. 그러나 그건 착각에 불과했다. 저를 올려다보는 새까만 머리카락을 한, 새카만 눈동자는 깊고 맑았다. 잠시 슬퍼 보이는 것은 제 착각이라 믿고 싶었다.

그는 천천히 여자의 입술을 물었다. 바싹 메말라 보였지만, 놀랄 만큼 따뜻하고 부드럽고 그리고 달았다. 그리고 이제는 적어도 벗어났다고 생각했던 제 정염에 화르륵 불을 붙일 수 있을 만큼 매혹적이었다. 아무것도 모르던 제게 처음으로 딥키스란 걸 가르쳐 준 여자의 매끄럽고 부드러운 혀를 물어 갔다. 마치 그때 배운 것을 다시 돌려주려는 듯.

부드럽게 제 목을 끌어안는 여자의 가느다란 팔. 화답하듯 그도 다른 쪽 팔을 내밀어 부드러운 샤워 가운이 감싼 여자의 허리를 안아 갔다. 잊었다고 생각했지만 딱 맞는 자리에 맞춰진 퍼즐 조각처럼, 제 무의식이 기억하고 그리워하고 있던 여자의 몸은 한 치의 어긋남도 없이 제게 맞춰져 있었다. 그리고 늘 제 성급한 욕망과 탐욕에 대해 실망과 후회만 하느라 매번 허겁지겁 도망치기만 했던 여자와의 관계, 그 아래쪽에 깊이 가라앉아 있던 이 여자에 대한 그리움의 감정이 갑자기 울컥 솟아났다. 그는 깊은 입맞춤을 하던 입술을 떼고 다시 여자를 내려다보았다. 제 격한 입맞춤에 빨갛게 부푼 입술을 한 여자가 저를 올려다보고 있었다. 이렇게 만날 거였다. 수많은, 괴롭던 날들을 지나도 다시 만날 거였다. 이 여자는, 그 벼랑 끝에 찬란하게 빛나던 화려한 꽃 같던 여자는 결국 제게 내려진 여자였다.

잠시 멈춰졌던 남자의 입맞춤은 다시 짙어졌다. 그리고 더 깊어졌다. 가지고 있던 깊은 욕망이 흘러넘치듯 여자의 혀를 빨아들이고 입술을 삼켰다. 그리고 여자를 안고 있던 손은 부드러운 샤워 가운 위에 곱게 매어져 있던 매듭을 풀기 시작했다. 따뜻하고 쾌적한 공기지만 드러난 여자의 어깨는 노란 조명 밑에 시리게 보였다. 그것이 안쓰러운 남자는 제 입술로 그것을 막으려는 듯 깊은 입맞춤으로 여자의 드러난 어깨를 적셔 갔다. 그리고 마른 여자의 쇄골에 깊이 입을 맞추면서 거치적거리는 속옷을 벗기고 하얀색 가운을 벗겨 내렸다. 순순히 제 몸을 내주는 여자도 손을 내밀어 그의 가운을 벗겨 냈다.

기억 속에만 있던, 가끔씩 저를 괴롭히던 여자의 매끈한 나신은 지금, 환상이나 기억이 아니라 실재였다. 여자의 잘록한 허리를 껴안는 남자의 팔엔 힘줄이 솟아올랐다. 격한 입맞춤은 금방 하얗고 동그란 여자의 가슴 위를 배회했고 여자의 입에서는 작은 신음 소리가 터져 나왔다. 마셔도 마셔도 풀릴 것 같지 않은 남자의 깊은 갈증은 짙은 입맞춤에 되어 여자의 하얗고 마른 몸 위를 배회했고, 여자는 격하게 온몸을 휩싸고 도는 감각들 때문에 저도 모르게 새어 나오는 소리들을 삼키느라 애쓰고 있었다. 실컷 여자의 동그랗고 아름다운 가슴을 맛보아도 제 속을 채울 수 없는 남자의 뜨거운 입술은 동그랗고 납작한 배 위를 지나 아래로 향했다. 밀려오는 과한 감각들이 여자의 등이 동그랗게 휘게 만들었다.

여자의 기억 속에 있던 섣부르게 제 욕정만 채울 줄 알았던 서투른 마른 몸의 남자는 없었다. 느긋하기까지 한 남자의 뜨거운 입술과 부드러운 긴 손가락은 여자의 메말라 있던 온몸을 충분히, 그리고 깊이 젖게 만들어 주고 있었다. 꼭 다문 입술 사이로 저도 모르게 새어 나오는 소리를 참고 있던 입술에 몸을 일으킨 남자의 입술이 다시 덮어졌다. 여자의 마른 어깨를 감싸 안은 남자의 손에 힘이 들어갔다. 그리고 천천히 여자의 젖은 몸으로 천천히 그가 들어왔다.

저도 모르게 손을 내밀어 남자의 잔근육이 잡힌 어깨에 손을 두른 여자의 입술이 남자의 목덜미를 물었다. 여자의 입술이 닿자 남자의 목울대에는 굵은 심줄이 돋았다. 그러곤 더 깊이 여자의 속으로 들어가고만 싶었다. 아주 오래전에 제게 밝은 노랑머리의 여자가 주었던, 격한 가질 수 없는 욕망에 대한 분노는 이제 이 새까만 머리의 여자에 대한 뜨거운 입맞춤으로 녹아 사라졌다. 격한 몸짓으로 절정을 향해 치닫던 남자는 파정의 순간에 느꼈다. 이제야 여자는 내게 돌아왔다고.

28.

취침 등만 밝혀진 방 안은 온통 가라앉은 노란빛이었다. 하얀색의 침대 시트도 마음마저 느긋하게 내려앉을 것 같은 노란빛으로 물들어 있는 것 같았다. 그리고 제 어깨에 둘려져 있는 하얀 팔뚝조차도…….

"가야 해요."

"조금만 더 있어."

아무 소리도 없기에 잠든 줄 알았다. 그래서 작게 속삭였다. 그러나 침대 헤드에 기댄 채 여자의 어깨를 감싸 안고 아무 말 없이 있던 남자는 잠든 게 아니었다. 여자의 목소리를 듣고 다른 쪽 팔까지 둘러 여자를 꼭 품에 안는 남자의 체온에 제가 할 말을 잠시 잊어버리고 말았다.

"……."

그러나 가야 했다. 아침에 나올 때도 별로 좋은 상황은 아니었다. 격정이 한숨 가라앉고 나니 저를 떠밀고 있던 것들이 하나둘 떠올랐다. 그리고 아까까지만 해도 현실이 아니라고 느꼈었지만 제 몸을 덮고 있는 남자의 뜨거운 맨몸이 이게 꿈이 아니라고 말해 주기에, 저를 누르고 있는 현실이 떠오르는 것인지도 몰랐다.

"아직도, 일하고 있는 거야?"

귓가에 울리는 목소리는 기분이 좋았지만 별로 기분 좋게 대답할 말은 없었다.

"병원 일은…… 당분간 그만뒀어요."

"그럼 아무것도 안 하고 있었나?"

남자의 심장 박동이 느껴지는 탄탄한 맨가슴에 볼이 닿자 여자는 입을 맞추고 싶다고 생각했지만 남자의 물음을 생각해 내고는 멈춰야만 했다. 그러고는 태정혁의 사무실에서 일했었다는 사실을 이야기해야 할까 말아야 할까 잠시 고민했다.

"일반 사무실에서 일했었어요."

그녀를 안은 그의 팔이 좀 더 힘을 주어 당기는 게 느껴졌다.

"왜 과거형이야?"

푹 파묻혀 있는 게 좋았지만 일어나야 했다. 그녀가 몸을 빼려고 움찔거리면서 말했다.

"어제 그만뒀어요."

여자의 나긋한 몸이 자꾸만 움찔거리자 그는 고개를 돌려 그녀를 푹 안은 손길에 더 힘을 주었다. 매끄러운 여자의 몸이 주는 달큰한 향기는 가라앉은 열기를 다시 피울 수도 있을 거 같았다. 그러나 남자의 안아 오는 품이 따뜻할수록 그녀는 가야 한다는 생각이 더 커졌다. 그러니 사실대로 이야기하는 수밖에.

"나, 진짜 가야 해요. 엄마가…… 혼자 있어요."

엄마가 혼자 있다……. 묘한 느낌이었다. 여자의 엄마라……. 그 여자? 자기더러 그 검은 종이 속에 있던 하얀 동그라미로밖에 남아 있지 않은 아이를 지우라고 네 입으로 전화하라던? 평생 처음으로 남에게 뺨을 맞아 본 기억을 준 사람? 제게 누군가를 미워하다 못해 증오하는 것을 가르쳐 준 사람……. 다시 넘어야 할 사람일까.

그의 몸이 굳어지는 게 느껴졌다. 혜원도 전부 다는 아니지만 알고는 있었다. 아니, 이 사람이 그런 목소리로 전화를 할 때는 이미 일련의 일들이 일어났다는 것을 알 수 있었다. 그 과거의 길재현이라는 사람이 그런 말을 하기까지 어떤 일들을 겪었을까 생각해 본다면……. 게다가 엄마의 울증이 심해지면 그에게 내가 이렇게 저렇게 해서 쫓아 보냈다고 악담을 퍼붓는 것을 귀에 딱지가 앉도록 들어 왔다. 이 사람이 마음을 열었고, 제가 원한다 해도 아직 넘어야 할 것들은 이렇게 많았다.

굳어진 그의 몸을 열고 혜원이 몸을 일으켰다. 그러자 그도 따라 상체를 들었다. 아무것도 없는 맨몸이 드러날까 그녀는 매끄러운 시트로 몸을 가렸다.

"상처 받은 거 알고 있어요."

제 말 한마디에 굳어지는 걸 보면 그 상처는 긴 세월이 지나도 없어지지 못할 만큼 깊었을 것이었다.

여자의 매끈한 등줄기와 동그란 어깨가 노란색의 취침 등 밑으로 보였다. 물끄러미 보고 있던 그는 한동안 말이 없다가 천천히 대답했다.

"기억나지 않아."

기억나지 않는다……. 이 말은 제 스스로에게 한 것일지도 몰랐다. 천천히 마치 주문처럼, 이 말로서 그는 자신에게 수많은 것들을 포기하게 하고, 낯선 세상에서 주저앉고 싶을 만큼 고생스러웠던 삶을 주었던 그 상처를 정말로 기억나지 않는 것마냥 지워버렸다. 그럴 수도 있는 거였다, 그가 생각하기에도. 그리고 이제 정말로 기억나지도 않을 만큼 많은 시간이 지났다.

기억나지 않는다니……. 눈물이 날 것만 같았다. 그래서 더욱 더 미안해졌다. 그러나 미안하다는 말을 하고 싶지는 않았다.

"고마워요."

혜원이 겨우 한참 만에 대답했다.

침대 헤드에 기대 자신을 보는 차가운 남자의 따뜻한 눈빛을 보면서 혜원은 진심으로 행복이라는 것을 느꼈다. 몇 년 만일까, 아니 제 삶에 있어서 행복이라는 단어가 존재했던가. 여자는 저도 모르게 고개를 내밀어 저를 보고 있는 남자의 그 끝이 살짝 올라

간 그림 같은 입술에 살짝 입을 맞췄다. 고마움이 섞인 따뜻한 입맞춤이었다. 남자도 살짝 턱을 움직여 여자의 입맞춤에 화답했다. 고개를 든 여자가 흐트러진 침대 시트를 추스르며 밑에 떨어진 샤워 가운을 집어 들려는데 그가 말했다.

"……난 다음 주에 볼티모어로 돌아가야 해. 이곳 정리해. 그리고 당신도 같이 가. 당신 어머니도."

그의 말에 혜원은 내밀었던 손을 멈추었다. 그리고 그를 돌아보았다. 그녀의 표정은 여러 가지의 표정이 뒤섞여 있었다.

"당신을……. 그래. 당신을 잊어버리려고 했어. 그러나 그러질 못했어. 당신도 그렇게 하지 못하잖아. 그러니까 이제 다시 시작하자고. 개업의는 못하지만 그래도 이곳보다는 의사라는 직업 그쪽에서는 훨씬 더 안정적이야. 그리고 달리 돈 쓸 데가 없어서 주식 투자 같은 거 아는 사람한테 했는데 좀 재미를 봤어. 가면 넉넉지는 못해도 당신 하고 싶은 거 하면서 살 만큼은 돼. 집에 가서 말씀 드려. 나도 오후쯤에 가서 찾아뵐 테니까. 그리고 빨리 정리하고 수속 밟아."

"……재현 씨……."

끝내 나오지 않던 그의 이름이 작게 그녀의 입술에서 흘러나왔다.

"그…… 그럴 순 없어요. 어떻게 내가……."

지금 저 남자의 입에서 흘러나온 말들은 대체 뭘까. 혜원은 들은 것 같은데 허공에 붕 떠서 흩어진 것 같은 그의 말들을 다시 조각조각 모으면서도 도저히 믿겨지지 않았다.

"딴생각 같은 거 하지 마. 그냥 내 말대로 해. 그럼 돼. 가자. 가서 잘 살자. 이제……."

그가 다시 손을 내밀어 그녀의 매끄러운 어깨를 안았다. 부드럽고 따뜻한 가슴속에서는 두근거리는 심장의 고동이 있었다. 땀에 섞인 남자의 체취가 그녀의 눈에 다시 열기를 이끌어냈다. 혜원은 미안하고도 고마운 마음에 시트가 미끄러지는 것을 아랑곳하지 않고 손을 내밀어 남자의 목에 손을 둘러 그를 안았다. 그가 자신의 마른 허리를 안고 드러난 척추 뼈를 쓰다듬는 게 느껴졌다.

"너무…… 오랜 시간이 지났어. 이젠 우리에게 남은 시간, 낭비하며 살지 말자."

"고마워요……. 고마워요. 재현 씨. 정말로……."

정말로 할 말이 그것밖에 없었다. 사랑한다는 말 따위가 사치처럼 느껴졌다. 그것보다 더한 말이 있다면 발가벗고 저 추운 밖에 나가 외치라고 해도 그럴 수 있을 것만 같았다. 그러나 끊임없이 되뇌려는 그녀의 입을 그의 뜨거운 입술이 막고 있었다.

복도를 걷는 그녀의 손은 따뜻한 온기가 있는 남자의 커다란 손으로 감싸져 있었다. 분명히 아까까지만 해도 맨몸으로 안겨 있던 사람이었는데 얼굴을 들어 쳐다볼 수도 없는 것은 이 복도 때문인지도 몰랐다. 제가 어떤 마음들을 가지고 이 복도를 걸었던

가. 남자의 손에는 힘이 들어가 있었다.

"차 가져가."

엘리베이터에서 내려 휑한 복도의 새벽 공기가 닿자 그가 말했다.

"아니에요. 그냥 택시 타고 갈게요. 내일 타고 와요."

혜원이 수줍게 웃으면서 말했다.

"그래 좋을 대로 해. 가서 좀 자고. 시간 되면 연락해. 같이 점심 먹던지."

"……고마워요."

혜원이 올려다보며 말했다. 화장기 없는 말간 얼굴이 왠지 슬프게 보이는 건 제 기분 탓이라고 느꼈다. 이제 저 얼굴에 웃음만 피어날 거라 생각하고 위안을 삼아야 했다.

"추운데, 조심해서 가."

그가 풍성한 여우털이 둘러진 자켓의 깃을 올려 주었다. 그러고는 여자의 손이 식을세라 꼭 잡았다. 호텔의 둥근 회전문 밖으로 여자를 기다리고 있는 택시가 보였다.

"추운데 들어가요."

"가는 거 보고."

남자의 말에 괜히 얼굴이 붉어졌다.

택시의 백미러 밖으로 남아 있던 남자의 모습이 사라진 뒤에도 오랫동안 보고 있던 혜원은 짙은 어둠이 깔린 새벽에 집에 들어왔다. 어떻게 이야기를 해야 할까, 이음새를 알 수 없는 퍼즐 조각처럼 흩어진 말들을 이리저리 끼워 맞추느라 머리가 아팠다. 제 행복만큼 행복한 소식인데도 말을 꺼내기가 조심스러울 것이었다.

문을 열고 들어가자 여전히 후끈한 집 안의 공기가 느껴졌다. 혜원은 살그머니 가서 보일러를 내리고 방문을 열었다. 텔레비전이 켜져 있고 리모컨을 든 채 잠든 엄마의 뒷모습이 보이자 제가 오늘 느꼈던 그 행복한 시간만큼 혼자 이 갑갑한 집에 있었을 엄마에게 미안함이 느껴졌다. 그러나 혹시 깰까 문을 닫고 조심스럽게 주방으로 나왔다. 도저히 잠이 올 것 같지 않았지만 그만큼 피곤이 몰려왔다. 이 갑갑하고 낡은 집과도 웃으면서 안녕 할 수 있는 날이 정말 올까? 지금까지 있었던 일은 전부 다 꿈일까……. 똑똑 하는 소리가 울렸다. 그녀의 휴대폰에서 울리는 소리, 문자 수신음이었다. 저도 모르게 순식간에 휴대폰을 열어 본 그녀는 저도 모르게 입가에 미소가 떠돌았다. 정말로 아주 오랜만에 절로 떠오르는 미소…….

〈잘 자. 이따 봐.〉

평생…… 처음인 듯했다. 이 남자의 다정한 이 한마디. 남들이 보기에는 아무렇지도 않을 말이지만 그에게서, 그에게서 온 이 밋밋한 메시지는 더할 나위 없이 달콤했다.

늘 알람을 두세 번씩 일 분 단위로 맞춰 놓고 잠을 자야만 했었다. 수시로 밤낮이 바뀌는 병원 근무, 낮에 퇴근한 날에 쪽잠을 자고 대리기사를 뛰고 나서 다시 잠드는 삶. 그녀는 늘 수면 부족에 시달리며 혹시 정해진 시간에 늦을까 자다 깨다를 반복하면서 살아왔었다. 그러나 깨날 시간을 정해 놓은 것도 아니고 마치 마법 같은 그의 주문을 눈으로 보고 청한 잠은 마치 기절한 듯 깊었고, 달디단 맛이 나는 것만 같았다. 그러나 버릇처럼 채 9시를 넘기지 못하고 그녀는 깨났다. 처음에는 시계를 보고 깜짝 놀랐지만 곧 새벽에 보았던 메시지가 찍혀 있는 것을 보고는 웃음 지을 수밖에 없었다. 그 모든 것이 꿈이 아니고 현실이라고 이야기해 주는 휴대폰 속의 문자가 이리 반가울 수 없었다. 전화를 할까. 잠시 고민하던 그녀는 자리에서 일어났다. 여전히 틀어져 있는 텔레비전은 아침 드라마가 나오고 있었다. 시끄러워 끄려고만 하면 잠자던 엄마는 보고 있는데 왜 그러니 하고 핀잔을 주기 십상이었다. 혜원은 조심스럽게 일어나 방을 나왔다.

어제와 다른 하루였다. 늘 똑같은 괴괴한, 볕도 잘 안 드는 빌라 2층, 좁은 공간에 쌓여 있는 짐들. 살림에는 도통 재주가 없는 '사모님' 이셨던 엄마와 일 때문에 몸이 두 개라도 모자랄 그녀 덕에 달랑 두 식구밖에 없지만 너저분한 집 안이 한눈에 들어왔다. 그러나 그 너저분한 집 안마저도 달리 보이는 건 아마 제 눈에 뭔가가 한 꺼풀 씌었기 때문이라고 생각했다.

아니 뭐래도 좋았다. 하여튼 어제와는 다른 하루였다. 그동안 매일 하루하루를 살기 위해 몸부림을 치는 날들이었다. 그러나 이

제 이 생활도 해피엔딩으로 끝나게 되는 걸까. 해피엔딩이라는 게 제 힘으로는, 밤낮 없이 동동거리면서 뛰어도 그 엔딩 따위는 제게 모습을 비출 만한 것이 아니었다. 그러나 마치 백마 탄 왕자님처럼 그가 나타나 제 손을 잡아끌고 있었다. 너무 염치없는 게 아닐까, 너무 파렴치한 건 아닌가, 그토록 심한 짓을 한 엄마까지 업고 그에게 매달릴 수 있는 건가……. 이를 닦으면서 혜원은 거울 속의 자신에게 물어야 했다. 과연 이게 옳은 일일까. 우선은 부딪쳐야 했다. 말을 꺼내는 게 힘든 법이니까.

*　*　*

아침부터 금방이라도 진눈깨비라도 날릴 것 같은 스산한 날씨였다. 이력서에 쓰여 있는 주소는 대충 여기가 맞는 거 같았는데 그다음이 문제였다. 어제부터 전화도 안 받고 메시지에도 반응이 없었다. 솔직히 한 번도 이런 짓을 해 본 적은 없었다. 저 싫다고 연락 안 하는 여자에게 처음 먼저 연락을 한 것은 몰디브에서 만났던 어떤 현지의 여자였고, 그 뒤로 흐지부지하게 넘어갔던 거 같았다.

그러나 이 여자에게서 느낀 것은 뭐였을까. 단순한 호기심과 호감, 그리고 그 차가운 눈초리의 잘난 조부의 주치의 때문에 느꼈던 어떤 승부욕, 그리고 그녀가 정말로 제가 수작을 걸려고 했던 진짜 몰락한 약혼녀였다는 기가 막힌 우연과 함께 주희진이라는 여자가 던져 준 '네 여자'라는 명칭이 저를 이 시간에 여기까지 이끌고 왔는지도 몰랐다. 그냥, 이렇게 막연하게 여자가 자취를 감추는 걸로 이 게임을 끝낼 수는 없었다.

사람이 안 된다고 하면 더 되게 해야겠다는 심리 때문인지, 적어도 여자 얼굴을 한 번은 더 봐야겠다는 생각뿐이었다. 그래서 그는 이력서에 적힌 주소를 들고 여기까지 와 이러고 있는 거 아닌가. 막 출근 시간이 지나서 한가한 골목에는 띄엄띄엄 차들이 주차되어 있었지만 이 비싸 빠진 차를 몰고 저 사이로 비집고 들어갈 자신은 없었다. 내비게이션이 가르쳐 준 주소까지 찾아온 그는 제 나름대로 옆에 있는 슈퍼에 들어가 번지수를 물어 봤지만 피곤하고 사나운 얼굴의 주인 여자는 모르겠다고 한마디 하고는 들어가 버린 후였다. 전화를 하면서도 여자가 전화를 받을 거라고는 생각하지 않았다. 이제 어찌해야 하나 하고 자포자기하는 심정으로 건 전화 저편에서 누군가 대답을 하니 반가울 뿐이었다. 그럼 그렇지.

* * *

세수를 하고 뻑뻑한 얼굴에 스킨로션을 바르고 우선 부엌으로 가서 쌀을 씻어 안쳤다. 매번 찬물에 쌀을 씻을 때면 몸서리가 쳐졌지만 지금은 그 찬물마저 온기가 느껴지는 듯했다. 그리고 조용히 된장찌개를 끓였다. 된장을 풀고, 나박나박 호박을 썰어 놓고,

야채들을 넣으면서 엄마가 좋아하는 김치찌개를 끓일 걸 하는 후회를 했지만 휘황찬란할 점심을 생각하고 혜원은 방으로 들어갔다.

아직도 잠들었나. 늘 얕은 잠을 자는 엄마는 잠에서 완전히 깨기는 힘들었지만 제가 기척을 내면 눈을 감고라도 뭐라 한마디씩 하곤 했었다. 늘 집에만 있으니 깊이 잠들 만큼 피곤한 일도 없으니까. 깔깔거리고 웃는 아침 교양 프로가 나오는 방 안은 텔레비전 소리 말고는 적막했다. 왠지 오늘은 이상해 보였다.

"엄마, 엄마……."

괜히 잠을 깨우면 짜증을 더 하는 엄마를 조심스럽게 깨웠다. 최대한 기분을 거슬리지 않고 싶었다.

"엄마, 아침 먹고 다시 눕더라도 일어나요. 엄마…… 엄마?"

조심스럽게 흔들었을 때 맥없이 돌아눕는 경숙의 얼굴이…… 하얗게 굳어 있었다. 게다가 입가에는 말라붙어 있는 토사물의 흔적까지…….

"엄마!"

혜원의 목소리가 비명으로 바뀌었다.

"엄마! 정신 차려 봐요! 엄마!"

간호 교육을 받은 그녀가 소리를 지르면서 경숙의 맥을 짚었다. 미약하게나마 맥은 있는데 몸은 뻣뻣이 굳어 있었다.

"엄마!"

빨리 119에 연락을 해야 하는데……. 혜원이 창출 간에 휴대폰을 찾았다. 아까, 아까 어디다 뒀었지. 그때 마침 전화벨이 울리기 시작했다. 화장대 옆에 놓인 전화기를 뛰어가 받다가 무릎을 부딪쳤다. 우당탕 소리와 함께 뭔가가 넘어갔지만 그게 뭔지 살필 수가 없었다. 통증이 몰려왔지만 그녀는 전화를 받았다.

"여보세요!"

〈혜원 씨? 출근을 안 해서…….〉

"누구세요?"

그녀의 목소리에 놀란 전화기 저편에서 소리쳤다.

〈혜원 씨 무슨 일 있어요? 저 태정혁입니다. 연락이 안 돼서, 지금 혜원 씨 집 근처인데. 무슨 일입니까?〉

"도와줘요! 엄마가…… 엄마가 쓰러지셨어요!"

정신이 없는 혜원은 전화기를 붙들고 다시 엄마에게 뛰어 들어갔다. 여전히 눈을 허옇게 뜬 경숙의 맥박은 점점 약해지고 있었다.

〈어디예요? 나 여기 주소에 있는 골목인데……. 창원 슈퍼라고 보이는데.〉

"빨리! 빨리요. 그 옆에 파란 지붕 있는 삼층집요. 거기에 이층요. 빨리 도와주세요……."

울먹이는 혜원은 소리를 지를 뿐이었다.

"우리…… 우리 엄마 어때요? 괜찮은 거죠? 선생님!"

"보호자 분 잠깐 나가 계세요. 진정하시구요."

사무적인 목소리의 간호사의 얼굴에 성가신 표정이 역력했다. 울고 있는 혜원을 끌고 응급실 밖으로 나온 건 정혁이었다.

"언제부터 그러신 겁니까? 아까 보니까 맥도 있고 체온도 더 이상 떨어지지 않는다고 했어요. 진정해요. 혜원 씨."

입고 있던 트레이닝복에 벽에 걸려 있던 패딩 점퍼만 걸친 채 양말도 신지 못하고 맨발로 슬리퍼만 신은 차림으로 벽에 줄지어 있는 플라스틱 의자에 주저앉은 혜원의 얼굴은 눈물로 범벅이 되어 있었다.

"나…… 나 때문이에요. 나 때문에……."

"그런 게 어디 있습니까. 진정해요. 혜원 씨가 진정해야 합니다."

그러나 머리를 감싸 쥐고 울음을 그치지 못하는 혜원이었다. 겨우 연락이 된 혜원이 처한 상황이 당황스럽기는 그도 마찬가지였다. 엄마가 아프시다, 혹은 혼자 계시니 가야 한다는 말을 들었을 때는 저를 피하기 위한 궁색한 변명인 줄 알았었다. 그러나 그건 어느 정도 사실이었음을 알게 된 정혁은 당황해서 어쩔 줄 모르는 혜원 앞에서 침착한 척을 하고 있긴 했지만 어찌해야 할지 대책이 안 서는 것은 그도 마찬가지였다. 응급실은 혜원 같은 사람들로 넘쳐 났다. 쏟아져 들어오는 교통사고 환자, 뇌졸중 환자, 열에 들뜬 아이를 들쳐 업은 젊은 부모의 통곡, 아수라장이 따로 없었다. 부들부들 떨고 있는 혜원의 곁에 제가 있는 게 다행이라고 여길 정도였다.

저가 행복에 들떠 그와 호텔 방에서 시간을 보낸 사이에, 수없이 찍힌 엄마의 부재중 통화 따위는 다 무시하고 쾌락에 들떠 있는 동안 엄마는 쓰러져 토사물이 굳어 버리도록 방치되어 있었다니……. 혜원은 이 모든 것이 다 제 잘못이라는 것을 알고 있었다. 미국이라니, 그와 함께하는 미래라니, 엄마가, 이제 단 하나 남은 혈육인 엄마가 저렇게 되도록 모르고 있었다니……. 혜원의 눈에서 흐르는 눈물은 가슴이 베이는 듯한 자책의 눈물이었다.

"진정해요. 혜원 씨. 진정해야 한다니까요."

정혁의 낮은 목소리가 끊임없이 울렸다. 그 목소리로 인해 혜원은 겨우 눈물을 거둘 수 있었다. 그때 안쪽에서 사람이 나왔다.

"박경숙 씨 보호자 분!"

"우리 엄마…… 괜찮은 거죠?"

혜원이 벌떡 일어나 뛰듯이 다가가 다급하게 물었다. 의사 가운을 입었지만 젊고 피곤해 보이는 사람은 영 미덥게 보이지 않았다.

"검사를 하게 동의서 써 주시고 수납하십시오. 아무래도 뇌 MRI 찍어 봐야 합니다. 언제부터 저런 상태셨습니까?"

"그게……. 잘 모르겠어요. 그냥 주무시는 줄 알아서……."

"구토 흔적도 있는데 그 시간도 모르시는 거예요?"

"……네."

참았던 눈물이 다시 떨어져 내렸다. 죄책감에 후들거리는 다리는 다시 그녀를 휘청거리게 하고 있었다. 그때 그녀의 어깨를 감싸면서 정혁이 물었다.

"수납 어디 가서 하면 됩니까?"

"저쪽으로 돌아가시면 창구 있습니다."

이러면 안 된다는 것을 잘 알고 있었다. 그러나 기운이 없는 그녀는 제 힘으로 일어나 있을 수 없었다.

"우선 혜원 씨가 정신을 차려야 합니다. 수납하고 올 테니까 여기 앉아 있어요."

정혁의 목소리가 혜원을 정신 차리게 했다.

"아…… 아니에요. 대표님. 이제 괜찮으니 그만 가세요."

"가긴 어딜 갑니까? 지금 그 정신에 뭘 하시겠다고 그래요. 그냥 거기 있어요. 내 다녀올 테니까."

혜원을 대기실 의자에 앉혀 놓고 정혁은 진짜 수납 창구로 가 버렸다. 생각해 보니 너무 창졸간이라 가방조차 들고 오지 않은 게 생각났다. 다시 집에 갔다 와야 하나. 그때 그녀의 휴대폰이 울렸다. 주머니에 휴대폰만 넣고 온 그녀는 급하게 전화를 받았다.

"여보세요?"

〈나야. 잠은 잘 잤어?〉

평온하고 담담한 목소리.

그의 목소리를 듣자 갑자기 온갖 상념으로 머릿속이 복잡해졌다. 지금 뭐라 대답해야 하는 거지.

"그게……."

〈언제쯤 시간 돼?〉

약간의 긴장감마저 든 목소리. 그가 뜻하는 것이 무엇인지 이제야 알게 된 혜원은 당황스러웠다.

"당분간은……. 안 되겠어요."

〈왜? 무슨 일 있어?〉

뭐라고 이야기를 해야 하나, 이 상황에서. 그러나 상황이 다급했다. 그리고 갑자기 요란한 앰뷸런스의 경고음이 들리더니 우르르 사람들이 몰려 나가느라 소란스러워졌다.

〈어디야? 집이 아닌가? 무슨 소리지?〉

"그게…… 여기 병원이에요. 엄마가…… 혼수상태여서 응급실에 왔어요."

〈뭐? 무엇 때문에? 어디 병원이야?〉

그의 목소리를 듣고 그가 그 유명한 병원의 신경외과 의사라는 것이 그제야 생각났다. 그러나 그렇다고 무슨 일이 생길까.

"여기가……."

"괜찮아요? 혜원 씨?"

정말 수납을 하고 온 건가. 그의 손에는 영수증이 들려 있었다. 멍하니 기다리던 혜원의 얼굴이 굳어졌다.

"대표님, 정말 고맙습니다. 하지만 이제는 가셔도 돼요. 그리고 병원비는…….”

“괜찮아요. 나 할 일 없는 거, 제일 잘 알면서 그러시네. 이런 상황에 어떻게 혼자 두고 갑니까. 조금 있으면 결과 나올 거고, 병실로 올라가시던지 해야 할 테니까 기다렸다 안정되면 식사도 좀 하고 그럽시다. 옆에 있는 사람이 기운 차려야 합니다.”

말만 들어도 고마울 정도였다. 그러나 조금 있으면 그가 여기 올 것이었다. 두 사람이 서로 마주쳐서 좋을 일은 없을 것 같았다. 그리고 이 사람이 여기 있다는 거야말로 비정상적이니까.

“저기 아는 사람이 오기로 했어요. 이제 가셔도 돼요.”

“가족이 없는 거 잘 압니다. 누가 오던지 차라리 내가 있는 게 나을걸요.”

“대표님…….”

제 곤란함 따위 전혀 아무렇지도 않은 듯 남자는 더욱더 다정스럽게 말했다.

“여기 사무실 아닙니다. 그 명칭 상당히 거슬립니다. 제 이름 모르는 것도 아닐 테고.”

사무실에 출근하다 온 건가. 그제야 말쑥하게 잘 차려입은 정장 바지와 넥타이, 그리고 그가 좋아하는 블레이저 차림의 정혁이 눈에 들어왔다. 거기에 비하면 자다 일어나 세수만 하고 잠옷으로 입는 트레이닝복을 입고 머리도 묶은 채 패딩 점퍼만 입은 맨발의 자신이라니. 그러나 중요한 건 저 불투명한 유리 문 뒤의 엄마 아닐까.

그나마 응급실 안에 들어간 게 다행인가. 기다리고 있는 사이에도 아픈 사람들은 쉴 새 없이 들어왔다. 곧 복도에 놓여 있던 빈 침상에도 사람들이 눕기 시작했다. 그 덕에 닫혀 있던 문은 열리고 안쪽을 들여다볼 수가 있었지만 다들 커튼이 쳐진 채였고 간호사들과 의사들이 바쁘게 돌아다니고 있는 게 보였다. 막 드나드는 사람들 사이에 어떻게 들어가 볼까 하고 몸을 일으킨 혜원의 눈에 한 사람이 들어왔다. 어제 저와 같이 골랐던 가죽 재킷을 입은 키 큰 남자……. 어떻게 이렇게 빨리 왔을까.

"재현 씨."

반가운 건지 아니면 그 반대인지. 혜원은 알 수 없었다. 그래도 제가 기대야 하는 사람은 옆에 의아한 얼굴로 서 있는 정혁은 아닐 테니까.

"무슨 일이야? 어떻게 된 거지? 당신은 괜찮은 거야?"

혜원의 모습을 보고 그가 물었다. 그렇지만 그의 목소리는 차분했고 어수선한 응급실과는 전혀 어울리지 않을 만큼 담담했다.

혜원의 당황하는 모습을 보고 고개를 돌린 정혁은 들어선 사람을 보고 잠시 멈칫했다. 그러고는 미미한 미소를 지었지만 얼굴은 굳어 있었다. 그 또한 정혁을 보고는 의아하다는 얼굴이었다. 그렇지만 그 이유를 묻기보다는 중요한 일이 있었다. 그는 곧 혜원의 손을 잡으면서 물었다.

"증세가 어땠는데. 환자는?"

"모르겠어요. 뇌 MRI 찍으러 간다고 했는데……."

혜원의 울먹이는 목소리를 듣고는 그는 자연스럽게 그녀의 어깨를 감쌌다. 그것을 보는 정혁의 얼굴은 굳어졌다. 굳어진 얼굴로 그가 말을 꺼냈다.

"저기 혹시……."

그러나 그는 말을 끝까지 하지 못했다. 저쪽에서 침대에 실려 나오는 사람이 바로 경숙이기 때문이었다.

"엄마!"

그녀의 외침에 재현이 고개를 돌렸다. 여전히 잠옷 차림으로 누워 있는 초췌한 여자가 수액을 꽂은 채 검사실에서 나오고 있었다. 그의 머릿속에 떠오르던 모습과는 완전히 다른 비쩍 마른 중년의 여자를 보고는 그는 재빨리 다가갔다.

"나가 계세요."

그러나 그는 다가가 경숙의 감겨진 눈꺼풀을 올렸다.

"재현 씨!"

"펜라이트 좀 쓰겠습니다."

"아, 뭡니까?"

피곤에 절어 있는 의사의 윗주머니에 꽂혀 있던 손전등을 재빨리 빼낸 그가 침대를 잡은 채 경숙의 눈꺼풀을 뒤집고 안을 살폈다.

"뭐 하시는 겁니까?"

"그분, 존스홉킨스 의대 신경외과 선생님입니다."

"네?"

뒤에서 정혁이 하는 말에 기껏해야 레지던트로밖에 보이지 않는 젊은 의사가 고개를 들었다.

"Pupilreflex(동공 반사)에 이상이 있군요."

"이보세요."

뭐라 하려는 간호사의 말에 재현이 고개를 들었다.

"MRI 촬영했습니까? 담당 선생님 좀 뵙고 싶습니다만."

"재현 씨."

혜원이 뒤에서 그를 불렀지만 그는 원래 있던 자리로 가는 경숙의 침대를 쫓아가고 있었다.

"박경숙 씨 보호자 분 되십니까?"

아까보다는 나이 들어 보이는 응급의가 안경을 끌어 올리면서 물었다.

"네, 우리 엄마 괜찮으신 거죠?"

옆에선 키 큰 남자가 신경 쓰이는 정혁은 굳은 얼굴로 뒤쪽에서 있을 뿐이었다. 선뜻 자리를 뜰 수 없는 건 저 남자가 왜 여기 있는지 알 수가 없기 때문이었다. 분명히 저번 주에 귀국했다고 희진이가 투덜거리는 걸 보았었다. 그리고 저 남자를 찾아 볼티모어에 간다고 하지 않았나. 희진이 아무 말도 하지 않았는데 혼자 개인적으로 온 것인가. 그리고 왜 여기 있는 걸까.

"박경숙 환자 응급 검사 결과가 나왔는데요. 아무래도 정밀하게 해 봐야 할 것 같습니다. 지금 의식은 돌아온 듯한데, 말하는 데도 이상이 좀 있어 보이고……."

컴퓨터에 떠 있는 MRI 결과 영상을 보고는 인상을 찌푸리는 의사를 날카롭게 보고 있던 재현이 갑자기 고개를 들이밀었다.

"제가 좀 봐도 되겠습니까?"

"네?"

손을 내밀어 데스크 안쪽에 있는 화면을 제 쪽으로 돌린 그의 얼굴이 굳어졌다.

"뭐 하시는 겁니까."

"17번 영상. Glioma(신경교종:뇌종양의 한 종류)로 의심되는 거 아닙니까?"

"네?"

의사의 얼굴도 구겨졌다. 의심이 가긴 했지만 상대의 입에서 나오는 말이 의외였는지 구겨진 인상은 쉬이 펴지지 않았다.

"응급 수술 해야 하겠습니다. Glioma보다도 Cerebral Edema(뇌부종) 증상이 뇌량에 보입니다. 예후가 좋지 않습니다."

눈을 감고 들으면 분명히 이 가죽 재킷 차림의 키 큰 남자가 담당 의사로 여겨질 만했다.

"흠, 그렇습니다만. 우선 병실로 올라가십시오. 추가 검사하고 수술실 스케줄을 봐야겠습니다. 저기 김의수 선생."

옆에서 이야기를 듣던 혜원이 이게 무슨 일인가 싶어 앞으로 나왔다.

"저기, 선생님! 재현 씨, 이게 무슨 일이에요. 우리 엄마 어떻게 된 거예요? 상태가 나빠요?"

"뇌종양으로 인한 뇌부종인데 상태도 안 좋고 부종 상태도 심각해. 수술해야 해. 당장."

"아……."

다리에 힘이 풀린 혜원이 갑자기 주저앉으려 하자 그가 손을 내밀어 그녀를 붙잡았다. 급하게 MRI 영상을 판독하느라 환자의 상태를 이야기한 것인데, 금방이라도 쓰러질 듯 보이는 혜원을 보고는 그는 제가 말을 잘못했다는 것을 깨달았다. 혜원은 환자의 유일한 보호자가 아닌가. 물론 뒤에 서 있던 정혁도 손을 내밀려 했지만 그가 빨랐다.

"상태가 좋지는 않지만 수술하면 괜찮아질 거야."

그는 재빨리 덧붙였다. 하지만 그도 장담할 수 없을 듯했다. 영상만 잠깐 봐도 위치가 안 좋았기 때문이었다.

"이쪽으로 와 보십시오."

무미건조한 의사의 목소리가 들렸다.

"우리…… 우리 엄마 어떻게 되시는 거예요. 수술하면 괜찮겠죠? 네?"

겨우 제 힘으로 다시 선 혜원이 애원하듯 말했다. 그녀는 대체 누구한테 이야기를 하는지 의사와 재현을 돌아보면서 소리쳤다. 그러나 앞에 있던 의사는 가 버리고 뒤쪽에서 호명돼 다가온 의사는 젊은 의사는 전공의임이 분명해 보였다.

"저기, 우선 병실 올라가셔서 정밀 검사를 하셔야 합니다. 수술은 바로 하기는 힘들고, 워낙 응급하긴 한데 금방 되지는 않습니다. 우선 나가셔서 입원 수속하시고 빈 병실이 있으면 저희가 올려 보낼 테니까 기다리세요."

그냥 이 상태로? 옷도 갈아입지 못하고 막 정신이 깨난 환자가 겨우 링거로 수액이나 맞고 있는 응급실은 아수라장이었다. 당장 정밀 검사를 하고 수술을 해야 할 판이었는데…….

"김재원 선생, Cerebral Edema(뇌부종) 환자인데 수술방 알아봐요."

"방금 전화해 봤는데 다 찼어요. 오후까지 다 찼는데요."

"환자 급해! 얼른 다른 과에 가 봐!"

분명히 잠도 못 잔 것이 확실해 보이는 구겨진 가운에 말라붙은 피가 튄 흔적이 역력한 소맷부리를 한 의사가 부지런히 전화를 하고 있었다.

"수술방 빈 데 있습니까?"

그러나 대답 따위가 들리지는 않았다. 오로지 소란스러운 소음만 가득할 뿐이었다.

"다른 병원으로 가야겠어. 이렇게 급한데."

오로지 동동 발을 구르는 혜원을 앞에 두고 지금 얼마나 위중한 상황인지 알고 있는 그가 다급하게 말했다. 전화를 하던 레지던트의 입에서 욕설이 튀어나오는 것을 보고만 있던 정혁이 말했다.

"다른 데 가도 똑같아요. 여기가 제일 큰 대학 병원입니다."

뒤에 있던 정혁이 재현의 말에 대답했다. 오로지 정신을 못 차리는 경숙을 쳐다보던 혜원은 갑자기 고개를 돌려 남자의 옷자락에 매달렸다.

"재현 씨, 재현 씨가 수술해 주면 안 돼요? 우리 엄마 어떡해요. 우리 엄마 저대로 어떡해요!"

"나가세요. 보호자 분들 나가 주세요. 가서 수속하시고 기다리세요."

간호사가 소리를 질렀다. 또다시 사이렌 소리가 요란하더니 교통사고를 당했는지 피 범벅이 된 남자가 실려 들어오는 게 보였다. 또다시 아수라장이 되려는 듯 의사와 간호사 몇 명이 뛰어나가는 게 보였다. 그것을 보고 있던 정혁이 고개를 돌리자 눈물이 범벅이 된 여자가 인상을 찌푸린 남자의 팔에 매달린 게 보였다. 저도 모르게 한숨을 내쉰 정혁이 말했다.

"갑시다. K&J 클리닉으로."

그의 말에 혜원이 고개를 돌렸다. 거기에 가면 모든 것이 다 있긴 했지만, 결코 일반인은 갈 수 없는 곳이 아니던가. 재현의 머릿속도 마찬가지였다. 그곳에 가야 했다. 그래야 이 환자는 살 수 있었다. 그곳의 수술실이면 바로 수술을 할 수 있을 터였다. 한시가 급했다. 그런데 어찌 갈 수 있단 말인가. 희진은 자기가 여기 온 줄도 모르고 있을 텐데.

"내가 보증인을 하면 되니까 구급차 부릅시다."

철저하게 예약제로만 운영되는 고급 클리닉에 반드시 필요한 것이 보증인 아니었던가.

"대표님……."

"우선 사람을 살려야 하니까."

29.

다른 사람의 간병인이 아니라 보호자로서 클리닉의 푹신한 의자에 앉아 있는 기분은 한없이 착잡했다. 이 병원이 철저하게 예약제이고 응급 환자 따위는 없다는 것을 잘 알고 있는 혜원이었다. 엄마는 다시 정밀 검사를 하러 검사실로 가 있었다. 그 와중에 눈을 뜨긴 했지만 의식은 분명하지 않았다.

"혜원 씨, 이런 말 하기는 그렇지만 뭣 좀 먹읍시다. 저쪽에 간단하게 죽 시켜 놨어요. 먹고 기운 차려요."

정혁의 말에 혜원은 망연하게 있다가 고개를 돌렸다. 그렇지……. 여기는 K&J 클리닉이었다. 그런 산만스러운 종합병원 따위와 비교조차 되지 않는, 병실로, 한쪽에 따로 있는 다이닝 룸에 보호자의 화려한 식사쯤은 아무 때고 주문할 수 있는 곳이었다. 그러기에 아무나 들어올 수 없는 곳.

"고맙습니다. 대표님."

이 남자가 아니었더라면 아무리 돈을 싸 들고 온다 한들 이 병원에서 받아 줄 리 없다는 것을 잘 알고 있는 혜원은 자리에서 일어나 고개를 숙여 인사를 했다.

"왜 이래요. 공치사 들으려고 이러는 거 아니잖습니까. 그렇게 고마우면 가요. 가서 요기 좀 합시다. 그러다 혜원 씨마저 쓰러져요."

차라리 저가 쓰러져 대신 죽는 게 낫지 않을까. 혜원은 갑자기 참았던 눈물이 다시 솟는 것 같았다.

"죄송해요. 아무것도 넘어가질 않네요."

"그럼 앉아 있어요. 따뜻한 우유라도 한 잔 해요."

정혁이 인터폰으로 우유를 청하러 저쪽으로 간 사이 혜원은 고개를 돌려 문 쪽을 바라보았다. 그는 어디로 갔을까. 혜원은 문득 병원에 도착하자마자 복잡한 오더를 내리고 어디론가 간 그가 생각났다. 그는 지금 무얼 하고 있는 거지…….

"따뜻한 우유 한 잔하고 부드러운 샌드위치 부탁드립니다."

전 같으면 이 부탁은 아마 저기 앉아 망연자실하게 넋을 놓고 있는 여자에게 했을 것이었다. 그는 인터폰의 수화기를 내려놓고 고개를 돌렸다. 망연하게 문을 바라보고 있는 여자가 쫓는 것은 아마 그 남자일 것이었다. 왜 왔을까, 왜 여기 있는 걸까. 혜원이 출근을 안 한 건 그 남자 때문인가?

정혁은 스스로도 안 되는 일이라면 포기가 빠른 남자였다. 풍족하게 사니까 가지고 싶은 것을 다 가질 수 있으니까, 제 것이 아닌 것에 대해서는 굳이 우기고 소유하고 싶은 생각을 가진 적이 없었다. 그러나 일이 이상하게 돼 가는 것을 스스로도 느끼고 있었다. 무릎 나온 트레이닝복을 입은 여자, 따뜻한 실내 공기 덕에 벗은 패딩 점퍼를 손에 들고 멍하니 앉아 있는 화장기도 없는 말간 얼굴의 여자, 그 여자가 바라보는 곳이 딴 녀석이 나간 문이 아니라 저를 위해 우유를 청하고 있는 자신이었으면 좋겠다는 생각이 왜 드는지 그는 이해할 수 없었다.

의사 가운도 없이, 어제 여자가 골라 준 니트와 빈티지 가죽 재킷을 입은 채 그는 컴퓨터를 뚫어지게 보고 있을 뿐이었다. 힐끗거리는 간호사들의 시선을 느낄 새도 없었다.

"혈액 검사 결과 나왔습니까?"

인기척이 들리자 시선도 돌리지 않고 그가 말했다.

"조금만 더 기다리시면 올라옵니다."

쉴 새 없이 마우스를 클릭하는 그의 이마가 굳어졌다. 아까 다른 병원에서 본 것보다 훨씬 더 선명한 화면은 훨씬 더 상태가 좋지 않다는 것을 여실하게 보여 주고 있었다. 컨퍼런스를 한다 해도 수많은 사람의 의견이 분분할 만큼 어디서 손을 써야 할지 모를 위치에 가장 좋지 않은 악성 종양이 자리 잡고 있었다. 할 수 있는 데까지 확대를 한 화면은 그의 이마를 더욱더 찌푸려지게 하고 있었다.

"오랜만인가요? 아니 그리 오랜만도 아니네요."

낭랑한 여자의 목소리에 그가 숙였던 허리를 펴고 고개를 돌렸다. 여전히 의사 가운마저 맵시 입게 차려입은 미인의 얼굴은 그다지 기분이 좋아 보이는 얼굴은 아니었다.

"항상 정장 차림만 봐서 그런가요. 완전히 달라 보이지만 여전히 멋지네요. 잘 어울려요."

비즈니스에 강한 여자란 건 잘 알고 있었다. 그는 마우스에서 손을 뗐다.

"그동안 잘 지내셨습니까?"

인사치레에 지나지 않았지만 상대편에서는 그렇게 생각하지 않는 듯했다. 그동안 잘 지냈냐니.

"잘 지냈냐구요? 글쎄요. 그런데 한국에는 어쩐 일이신가요? 분명히 가실 땐 일이 많이 밀려 있다고 하지 않으셨던가요? 조만간 볼티모어에 갈 일이 있는 김에 좀 뵈려고 했더니 말이죠. 비행기 예약하려고 했는데."

그녀의 말에 그는 잠시 뭐라 해야 할까 생각을 해야만 했다. 분명히 제 입으로 바쁘다고 했었다. 그리고 그녀와의 이별은 여러 가지 석연찮은 점을 안고 있었고, 그게 지금 이런 해우에 좋지 않은 영향을 줄 거라는 것은 불 보듯 뻔했다.

"여긴 왜 오신 걸까……. 절 만나러 왔다면 여기서 그런 걸 보시지는 않을 텐데 말이죠."

분명히 다 보고를 받았을 것이었다. 여자의 표정은 담담했다. 이곳은 그녀의 영역이고, 이곳에서는 여자가 우위에 있었다. 그러니 저런 표정을 하는 건 당연했다. 그는 한발 물러서야 한다는 것을 잘 알고 있었다.

"위급한 환자가 있어서 이리로 데려왔습니다. 한국의 응급 의료 체계는 엉망입니다."

"글쎄요. 그렇게 보이긴 해도 한국의 의료보험 체계는 세계 최고지요. 그 위급한 환자도 병원에 가서 진료를 받을 수 있으니까요. 아마 미국에서는 기본적인 검사도 받지 못했을걸요."

여자의 말에 그는 수긍을 할 수밖엔 없었다. 그건 사실이니까. 그러나 그게 중요한 건 아니었다.

"Astrocytoma(성상세포종)으로 의심됩니다. 아마 정밀 검사 결과가 나와야겠지만 조직 검사를 하려면 수술이 필요합니다. 뇌혈관이 압박돼서 Coma(혼수상태)에서 깨어나질 못하고 있습니다. 가벼운 Cerebral Edema(뇌부종)도 있어서, 빨리 뇌압을 내리는 시술이 필요합니다. 그렇지 않으면 환자를 잃을 수도 있습니다."

여자는 신경내과 의사지만 이 정도는 잘 알아들을 수 있었다. 그러니 지금이 얼마나 위급한 상황인지 알 것이다. 의사로서 환자를 살리는 것은 가장 기본적인 소명이었다.

"제이슨, 뭔가 혼동하고 있으신 거 아닌가요?"

그러나 여자는 결코 컴퓨터 화면 따위에 시선을 두고 있지 않았다. 오로지 남자의 얼굴을 똑바로 쳐다보고 있을 뿐이었다.

"……."

"여긴 응급 환자가 와서 당장에 수술을 해야 한다고 해서 그냥 해 주는 곳이 아니라는 거 잘 알고 계시잖아요."

"하지만 이곳도 의료 기관이 아닙니까? 죽어 가는 환자를 살리는 것은 우리 같은 의료인이 가장 먼저 해야 하는 일입니다."

이런 바보 같은, 마치 교과서를 읽는 듯한 싸늘한 남자의 대답에 웃음이 터질 것 같은 희진은 이런 기회를 놓칠 수 없었다.

"우리 같은……이라뇨? 뭔가 착각을 하고 있군요. 제이슨. 한국엔 어떻게 오신 거예요? 당연히 관광 비자를 받으신 거 아닌가요? 여기 말고 또 다른 병원에 의료인 신분으로 초청 받으셔서 온 건가요?"

"그건 아닙니다."

그녀가 한 말이 맞았다. 그는 단순한 관광 비자를 받았을 뿐이었다. 그러니 그는 단순한 미국인 관광객일 뿐이었다.

"국내법상, 한국에서 의료 면허를 따지 않는 한, 당신이 아무리 존스홉킨스의 뛰어난 의사라 할지라도 응급 상황에서의 응급 의료 행위 이상의 행동은 할 수 없어요. 그 응급 상황이라는 것도 한국의 의료인에게 환자가 인계되는 순간 끝나 버리는 거죠. 정식으로 의료 행위를 위한 초정을 받지 않는 한 당신은 그 어떤 의료 행위도 할 수 없다는 거예요."

"잘 알고 있습니다. 그러니까 닥터 주에게 이야기하는 거 아닙니까?”

“뭘 말인가요?”

이미 다 알고 있는 여자가 저를 빤히 쳐다보고 있었다. 어쩌면 환자의 보호자인 혜원과 자신의 관계까지도 알고 있을지도 몰랐다. 그러나 그는 시간이 없다는 것을 알고 있었다.

“집도는 제가 합니다. 그러니까 닥터 주는 제가 수술할 수 있도록 조치를 취해 주시기 바랍니다.”

남자의 말은 일방적인 통고에 가까웠다. 사정을 해도 어울리지 않는 상황에 저런 고자세라니. 게다가 저 재킷과 진은 한 번도 상상해 본 적 없을 만큼 완벽하게 어울렸다. 난생처음으로 거절이라는 걸 당해 본 결과 정말로 자존심에 큰 상처를 입었었다. 거치적거리는 여자를 치워 버렸다고 생각했는데 엉뚱하게 그 잘난 태정혁이 얼씬거리고 있는 것도 어이가 없었다. 그러나 사람의 심리라는 게 거절을 당해 보지 않았기 때문에 저를 거절하는 남자에게 더 끌리는 걸까. 희진은 스케줄을 물리고 볼티모어까지 날아갈 예정이었다. 한번 마음에 든 것은 차지해야 했다. 그 남자를 손에 넣고 싶다는 일념뿐이었으니까. 그런데 지금 눈앞에 이런 모습으로 나타나 저리 빳빳하게 자신에게 요구를 하고 있었다.

정말로 포기하기엔 아까운 남자 아닌가.

“천만에요, 제이슨. 당신은 절대 이곳에서 메스를 잡을 수 없어요. 다른 선생님을 소개시켜 드리죠.”

그녀에게 제 발로 찾아온 기회였다.

덜컹 하는 소리와 함께 문이 열리고 여러 명이 우르르 이동식 침대를 밀고 들어왔다. 데운 우유를 마시고 있던 혜원은 컵을 놓고 벌떡 일어섰다.

"자, 조심하시고. 자, 머리부터."

혜원이 늘 보던 광경이었다. 고급스러운 클리닉의 환자복으로 갈아입혀진 경숙은 여전히 눈을 감은 채 주렁주렁 달린 링거를 꽂고 병실의 침상으로 옮겨졌다.

"저기…… 어떻게 됐나요?"

다 아는 얼굴이었다. 그러나 간호사 들은 힐끗 정혁과 그녀를 보기만 할 뿐이었다. 엘리베이터를 같이 타거나 혹은 데스크에서 인사를 반갑게 하고 가끔 대화를 나누기도 했던 사이였는데.

"정밀 검사 마쳤습니다. 혈소판 수치가 낮아서 수혈하실 예정이니 동의서에 사인해 주시기 바랍니다."

10층 병실 담당 의사인 박 선생이 펜과 동의서를 내밀었다. 혜원은 서둘러 사인을 하고 물었다.

"저기, 수술 받는 건가요?"

"그건 아직 지시가 내려오지 않았습니다. 지금 진통제와 뇌부종을 막는 약을 투여 중이라 의식이 불분명하니까. 담당 간호사가 옆에서 지켜볼 겁니다. 걱정하지 마십시오."

"저기……."

그녀가 더 묻고자 했지만 의사는 인사만 하고 나가 버렸다.

"잘될 겁니다. 기다려 봅시다."

정혁의 말이 아니었다면 그녀는 의사를 따라 나갔을지도 몰랐다. 그러나 곧 누워 있는 경숙을 돌아보게 되었다. 뇌종양이라니……. 대체 언제부터 아팠던 걸까. 그동안 머리가 아프다는 게 단순히 히스테리인 줄 알고 짜증을 냈었는데……. 혜원은 죄책감에 얼굴을 들 수가 없었다. 바싹 마른 경숙의 손을 붙잡은 그녀는 다시 눈물을 보이고 말았다.

"엄마, 미안해. 난 정말로 아픈 줄도 모르고……."

너무 행복했었잖아. 엄마가 사경을 헤매는 것도 모르고, 전화가 오다 말아서 다행이라 생각하고 있었잖아. 엄마가 늦게 들어왔다고 뭐라 하지 않고 자고 있어서 다행이라고 생각하고만 있었잖아. 아침에도 늦게 일어났다고 뭐라 안 한다고 다행이라 생각하고 있었잖아. 미안해……. 미안해.

꺽꺽거리고 울음을 참고 있는 그녀를 다독거릴 수밖에 없는 정혁은 그녀의 어깨를 가볍게 감쌌다. 따뜻한 실내 온도 덕에 패딩 점퍼를 벗고 집에서 입고 있던 트레이닝복 차림인 혜원의 들썩이는 어깨는 너무나 가냘프기만 했다. 왜 이 여자한테 이런 일이 생기는 건가.

어제 밤새 고민했듯이, 여자는 정말로 제 약혼녀였고, 이리저리 알아본 결과 그녀의 아버지 호텔이 십여 년 전에 한순간에 공중분해 되듯 없어져 버렸다는 것을 알게 되었다. 또한, 그가 여자의 이력서에 있던 메리얼 칼리지가 우리나라의 재벌 2, 3세들이

나 다니는 곳이란 걸 나중에나 깨달은 제 무지를 탓하고만 있지 않았던가. 명품관이나 떠중이들의 리셉션장에서도 그리 우아하게 보였던 자태는 타고난 것이었지 그런 곳에 주눅 들지 않는 자존심 따위가 아니었던 거였다. 왜 그런 여자를 못 알아본 걸까. 아니 이제라도 알아봤으니 된 거 아닌가, 라고 위안 삼을 때였다.

달칵 하는 소리와 함께 문이 열리는 게 느껴지자 정혁은 어깨를 감싸고 있던 손을 떼고 돌아보았다. 혹시나 하고 돌아본 그의 얼굴이 굳어졌다. 그의 예상대로 들어온 사람은 그리 반갑지 않은 사람이었다. 왜 의사 가운으로 갈아입지 않은 건지 궁금해졌다.

"괜찮아?"

마치 곁에 서 있는 정혁이 없는 사람인 양 그는 곧장 걸어와 혜원에게 다가갔다.

"재현 씨……."

분명히 전에는 미국식 이름만 있었던 거 같은데, 혜원이 흘러내리는 눈물을 닦으면서 돌아서 부르는 게 느껴졌다. 제 이름을 부른 적도 가끔 있었지만 전혀 다른 느낌이었다. 뭔가…… 이것은. 갑자기 끓어오르는 것 같은 이 느낌은.

"뭣 좀 먹었어? 기운 차려야 해. 앞으로 길고 지루하게 버텨야 하니까."

그가 자연스럽게 일어선 혜원의 손을 잡았다. 뒤에 서 있는 정혁 따위는 의식하지 않고. 그러나 혜원은 그렇지 못했다. 어색하게 손을 빼면서 말했다.

"수술은…… 하게 되는 거예요? 어떻게 되는 거예요. 엄마는……."

"곧 하게 될 거야."

그러나 대답이 그답지 않다는 걸 알 수 있었다. 뭔가 이야기를 해야 할 듯한데 뒤에 서 나갈 생각이 없어 보이는 정혁이 걸렸다.

"도와주셔서 감사합니다."

그가 돌아서면서 딱딱하게 말했다. 그 뒤에는 '그러니 이제 그만 가지' 라는 말이 생략되어 있는 것 같았다. 그러나 그걸 아는지 모르는지 정혁은 꿈쩍도 하지 않았다. 그걸 보고 있던 그가 말했다.

"죄송하지만 잠시 나가 주시겠습니까? 정혜원 씨와 상의할 일이 있어서요."

눈치만 줬다면 정혁은 꿋꿋이 버틸 생각이었다. 그러나 이 오만한 표정의 사내는 당당하게 자신보고 나가 달라고 하고 있었다. 여기 어떻게 들어오게 된 건데……. 그러나 그건 혜원에게나 할 수 있는 말이었다. 이 남자는 이곳의 의사니까.

"그러지요."

그나마 잠시 나가 달라는 말에 덜 기분이 상했다고 할 수밖에.

바깥은 다시 시작된 한파가 몰아치는 날씨였다. 그러나 병실은 더없이 따뜻하고 쾌적했다. 커다란 창으로 떨어지는 햇살이 사람을 나른하게 만들 만큼 병실은 고요했다. 다만 바이탈을 체크하는 기계들의 조용한 기계음, 그리고 다이닝 룸에 있는 의무적으로 배치되어 있는 간병인의 무언가를 정리하는 듯 달그락거리는 소리, 그리고 저쪽에서 연무를 뿜어내는 가습기의 백색 소음만이 고요 밑에 깔려 있었다.

눈이 빨갛게 무른 여자는 어수선하게 머리를 묶고 무릎이 튀어나온 트레이닝복 차림이었다. 어젯밤과는 전혀 다른 모습, 그리고 그 옆에는 그의 기억과 전혀 다른 비썩 마른 환자가 거추장스러운 튜브들을 지푸라기 같은 팔에 연결한 채 사경을 헤매고 있었다.

"우리 엄마, 살 수 있는 거죠?"

의사는 환자를 고치기도 해야 했지만 마음도 고쳐 줄 수 있어야 한다고 했었다. 그리고 늘 그러려고 애써 왔었다.

"그래."

"수술……해야 해요? 엄마 머리를 열고, 있다는 그……걸 떼내면 되는 거예요?"

혜원의 눈에서 다시 물기가 솟았다. 빨갛게 물드는 콧등이 안쓰러워졌다.

"머리를 여는 거 같은 건 걱정 안 해도 돼."

그게 걱정되는 거라면 차라리 나았다. 그리고 수술이 한 번이 될지 여러 번이 될지는 열어 봐야만 알 수 있는 일이었다.

"사실대로 이야기해 주세요……. 많이 안 좋은 거죠?"

그는 잠시 생각에 잠겨야 했다. 이, 보기에만 해도 안쓰러운 가

날픈 여자에게 어디까지 어떻게 이야기를 해야 할까.

"그래, 좋다고는 이야기할 수 없어. 그렇지만 수술을 잘 하면 당장 어떻게 되는 건 아니야. 우선 수술을 해서 조직 검사를 하고 정확한 판단을 내려서 방사선 치료와 항암 치료를 병행한다면, 그걸 환자가 잘 견뎌 낸다면 희망은 있어."

그러나 그는 그 뒷이야기를 하지 못했다. 여자의 눈에서 쉴 새 없이 떨어져 내리는 눈물을 차마 그냥 둘 수 없었다. 그는 손을 내밀어 여자의 눈물을 닦으려 했지만 그게 잘 되지 않았다. 자신은 왜 여기 왔는가. 잔인하게도 이 여자에게 선택을 하라고 종용하러 온 것 아니었나.

자신과 여자를 이런 긴 시간 동안 회색빛으로만 남을 기억을 심어 준 여자 대신 날 선택해 새로운 삶을 살자고……. 그러자고 이곳에 온 것 아닌가.

"방법이 없는 건 아니죠?"

*　　*　　*

그는 침묵을 지킬 뿐이었다. 그녀는 신경내과 전문의였다. 직접 메스를 잡아 수술을 하는 건 아니지만 MRI를 보고 진단을 내리는 것은 가능한 일이었다. 벽에 걸린 대화면에 뜬 선명한 흑백의 영상에는 오른쪽 전두엽에 하얀 덩어리가 보이고 있었다.

"뇌압도 높고, 혈류 상태도 안 좋고……. 응급은 응급이네요.

빨리 개두술을 해서 뇌압을 낮춰 줘야 하고, 혈류도 뚫어 줘야 하고…….”

“시간이 없다는 걸 아시지 않습니까.”

그가 한마디 했다. 우선 수술을 해야만 했다.

“그렇지만……. 역시 닥터 길도 아시는 거 아니에요? 저희 병원에 지금 계시는 분들은 내과와 가정학과 선생님들뿐이에요. 어시스트를 할 외과 선생님이 상주하지 않는다는 거 잘 아시지 않습니까? 응급 수술을 하는 곳도 아니고. 그러니까 다른 병원으로 가시는 게 나을 거예요.”

아까와는 달리 웃음마저 지으면서 화면을 보고 있는 저 여자가 하고 싶은 말이 뭔지 그는 잘 알고 있었다.

“수술은 제가 합니다. 어시스트도 전에 있던 분이면 됩니다. 제가 말씀드리고 싶은 건, 제가 합법적으로 수술을 할 수 있도록 임시 허가를 내 주십사 하는 겁니다.”

“그게…….”

희진이 고개를 돌렸다. 이 차가운 남자가 저리 조급해하는 걸 보는 건 그리 유쾌하지 않았다. 그렇게 떠나 버리고 나서 이렇게 나타나 이런 말을 한다는 게 말이나 되는 건가? 지금 희진은 그 여자를—물론 그 여자가 보호자이긴 하지만—이 병원의 병실에 둔 것 자체가 불쾌할 지경이었다. 태정혁만 아니라면, 진작에 어찌했을 것이었다. 어떻게 이 남자는 여기 이 자리에 있는 걸까, 왜 그 여자는 태연하게 제 병원에 그러고 있는 걸까. 생각할수록

화가 났지만 이것은 기회일 수도 있었다. 신중하게 생각해야만 했다. 그리고 제가 가지고 있는 위치를 잘 이용해야만 했다. 지금 제가 하는 생각이 남자를 단순한 제 컬렉션으로 만들 수도 있는 거라는 걸 여자는 미처 깨닫지 못하고 있었다.

"제가 컴퓨터에서 출력한 서류에 도장이나 찍으면 되는 게 아니라서요. 잘 아시지 않습니까? 닥터 길."

"주희진 선생님."

그가 또박또박 그녀의 이름을 불렀다. 나름 화가 나려고 했다. 그가 희진아 하고 부를 날이 곧 올 줄 알았었는데……. 그러나 화를 내서는 안 된다는 것을 잘 알고 있었다.

"그러니까 부탁드리는 겁니다. 환자 잃고 싶지 않지 않습니까?"

"잃기 전에 환자를 받지 않으면 그만이지요."

"선생님!"

남자의 목소리가 한 톤 높아졌다. 그것이 더욱더 신경에 거슬렸다.

"글쎄요. 우리 클리닉은 특별해서요. 환자를 거부하는 일 같은 작은 뭔가가 일어난다 해도 그다지 지탄 받을 만큼 알려져 있지 않은 곳이죠."

"……."

차가운 남자의 얼굴이 굳어 가자 괜스레 기분이 좋아지는 건 분명히 유치한 심술이었다. 그러나 그 자체가 좋은 걸 어떠하랴.

이 남자가 제게 애원하는 날이 올 줄이야.

"늙은 회장님의 수술을 하기 위해서 전도유망한 세계 최고의 의사를 제 스케줄에 불러내 수술을 시킬 수 있는 곳이에요, 이곳은. 그러니까 아무리 태정혁의 환자라 해도 수술할 의사가 없으니 도의상 수술을 할 수 있는 곳으로 보내는 것도 얼마든지 가능한 곳이라는 거죠."

그의 턱에 굳은 심줄이 드러났다 사라졌다.

"미안했습니다. 그 말 하고 싶었습니다. 주 선생님이 저 때문에 불쾌했었다는 거 이해합니다. 그러나 그것과 이것은 별개라고 생각합니다."

남자의 머릿속에는 시간이 얼마 없다는 것만 가득 차 있었다. 제 잘못 같은 걸로 환자를 잃을 수는 없었다. 그리고 그 환자가 그녀에게 중요한 사람이라면, 그것은 더욱더 자명했다. 그러나 희진의 얼굴에는 싸한 미소가 흘렀다. 이유야 어쨌든 간에 저 싸늘한 남자의 입에서 절대로 나올 것 같지 않던 말이 나오고 있었다. 그 정도면 용서할 수도 있었다. 그러니 더 잘 이용하는 수밖에.

"제가 불쾌할 게 뭐가 있겠습니까. 뭐 자기가 싫다면 평양 감사도 마다한다고, 내키지 않는 것에 거절을 하는 거야 당연한 거죠. 좋아요. 제가 정당한 절차를 말씀드리죠. 닥터 길이 여기서 수술을 하려면 저희가 정식으로 존스홉킨스에 의료 기술 및 인력 임대 서류를 제출해야 합니다. 그리고 그쪽에서 확인서가 와야 하죠. 그 인가는 빨라도 3일 정도 걸려요. 그쪽 원장님의 승인이 떨어져야 하는 거 아시죠? 하지만 제가 정식으로 그 서류를 작성할 권한이 있는 게 아니라는 것 또한 잘 아시겠죠?"

"주희진 선생님!"

그가 아까보다는 낮았지만 더 감정이 실린 목소리로 그녀의 이름을 불렀다. 좋은 징조였다. 저렇게 안으로 제 속을 내뱉는 데 익숙지 않는 사람이야말로 내부 붕괴가 빠른 법이었다.

"한 번만, 한 번만 당신이 눈감아 주면 되는 거 아닙니까?"

남자의 머릿속이 수술로 가득 차 있다는 게 보일 정도였다. 그러나 문제는 어떤 환자인가가 중요한 것이 아닌가. 절대 안 될 일이었다.

"그걸 말씀이라고 하시나요? 만약 제가 눈감고 당신이 이곳에서 아무도 몰래 수술을 하게 한다 해도 만약의 일에 대해서 어떻게 책임지죠? 저 환자 개두술을 했을 때 갑자기 컨디션이 나빠져서 사망하거나 영구 코마에 빠지지 않는다는 걸 어떻게 확신하냔 말이에요? 우리 병원이 특수한 병원이라 하더라도 무자격자로 수술을 감행했다는 그 오명을 어떻게 씻죠? 천만에요. 당신이 아무리 뛰어난 의사라 해도 수술실 안에서는 어떤 일이 일어날지 모른다는 거 더 잘 아시지 않습니까? 그러니까 차라리 다른 병원으로 가요."

그녀의 말은 틀린 것이 하나도 없었다. 제가 책임자라 할지라도 그럴 수밖에 없을 것이었다. 아무리 간단한 수술이라 할지라도 수술실에서는 어떤 일이든 일어날 수 있는 거였다. 그러나 그 수술은 꼭 자신이 해야 했다. 대체 그 어느 누구에게 맡긴단 말인가.

"희진 씨, 그러니까. 제가 여기서 수술할 수 있도록 제발 임대 서류를 보내 주십시오. 부탁입니다."

"그래요? 정말 부탁을 하는 건가요? 제이슨 당신이? 제게?"

제가 원하는 것을 너무 빨리 얻은 희진의 실수일 수도 있었다.

"부탁합니다. 정중하게."

그가 고개를 숙였다. 게임이 이렇게 간단하게 끝나는 것은 재미없었다. 그러나 재미를 따질 때가 아니었다. 기쁨과 화가 동시에 나고 있었다. 그 여자 때문에 고개를 숙일 수 있다는 건가?

"그 서류는 지금 만들 수 없어요. 책임자이신 아버지께서 이 자리에 없으시니까. 대신 전에 만든 서류가 있죠."

그녀는 천천히 책상 쪽에 있는 서류함에 갔다. 그리고 제 주머니에서 카드 키를 꺼내 갖다 대자 삐리릭 소리를 내면서 서류함은 열렸다. 그리고 그 안에 들어 있던 가죽 철을 꺼내 들었다. 어디서 본 듯한 서류철. 그의 이마가 찌푸려졌다.

"여기에 사인하면, 간단해지죠."

펼쳐진 서류철 안에 든 종이는 그도 익히 본 것이었다.

"당신이 여기 책임자가 되면, 그 어떤 것도 할 수 있는 거죠. 여기에 사인을 하면 바로 존스홉킨스에 계약 해지를 할 수 있어요. 그러기로 이야기를 해 놓은 거였으니까. 물론 인가는 며칠 걸리죠. 그러나 그 정도는 시차나 서류가 오가는 시간 때문이라 변명할 수는 있는 거죠. 그리고 우리는 미국계 VCI 법인 소속의 의료 단체니까 이곳의 책임자는 외국 면허를 겸용할 수 있는 단 한 명의 의료인이 되는 거죠."

서류가 뜻하는 것은 간단했다. 클리닉의 부원장이 되는 것. 그러면 아무런 법적인 하자도 문제도 없이 의료 행위를 할 수 있게 된다……. 그리고 그 서류에는 나타나 있지 않지만 암암리에 묵약된 또 하나의 이면 계약이 있었다. 바로 클리닉 원장의 딸 주희진과의 약혼이라는.

이 얼마나 아이러니한가.

저 여자의 그 '엄마'를 살리기 위해서 마치 공양미 삼백 석에 팔려 가는 심청이가 되듯 클리닉의 책임자 자리와 주희진과의 결혼이라니. 그는 입술을 깨물며 화려한 사무실을 박차고 나왔다. 왜 저가, 그 수술을 해야만 하는가. 이제 겨우 모든 것이 제자리로 돌아갈 것이라고 생각했는데. 더 모진 말을 하려 왔는지도 몰랐다. 수술해도 살 가망이 없으니까 그냥 포기하자고……. 아니 나와 엄마 둘 중에 선택을 하라고. 제 인생을 이리 만든 사람을 꼭 제가 하기 싫은 일까지 하면서 살릴 필요가 있겠느냐고.

* * *

"엄마……. 살 수 있죠?"

그러나 여자가 울음을 삼키면서 떨리는 목소리로 물었다. 그는 대답을…… 할 수 없었다. 제가 먹었던 마음 때문에.

"아빠도……. 아빠도 저 때문에 돌아가셨어요. 제가 그런 짓만 하지 않았더라면. 저기, 재현 씨에게 말 안 했지만……. 바보같이 제가 자해를 했어요. 전, 그 철딱서니 없는 생각에, 내가 죽으려고 한다면 날 재현 씨에게 돌려줄 줄 알았어요. 정말 무섭고 아플 것 같았지만 그래도……. 아무리 말을 해도 들어주지 않으니까 이렇게 하면 들어줄 거라고 생각했어요. 병원에는 간호사들도 자주 다니고 엄마도 금방 들어오니까, 피가 덜 날까 봐 일부러 막 눌러서 피가 더 나게 했었어요. 그런데……."

꾹 참았던 울음이 터져 나오려고 하고 있었다. 그는 그제야 전에도 보았던 그녀의 손목에 있던 희미한 상처 자국의 정체를 알게 되었다.

"그…… 그전에도 극심한 스트레스 때문에 아빠가 쓰러지셨다는데……. 난 모르고 있었어요. 내가 재현 씨한테 갔던 그때 아빠가 쓰러지셨었대요. 그래도 금방 일어나셨다고 했었는데……. 내가 정신을 차리고 나오니까 아빠는 목에 구멍을 뚫고 파이프로 연결된 관에서 인공호흡기로 버티고 계셨어요. 엄마는 그때 엄청나게 울었지만 난 미안해서…… 미안해서 울지도 못했어요. 그러다가 아빠 돌아가시고 난 다음에도 난 제대로 영전 옆에 서 있을 수도 없었어요. 다 나 때문이니까. 다…… 나 때문이니까. 그렇게 아빠가 돌아가셔서 엄마도 고생만 했으니까……. 그래서 미안해서 난 죽어라 돈을 벌어야 했어요. 엄마한테 미안해서. 엄마를 그렇게 만든 게 다 나 때문이니까. 그런데 이제 엄마까지 나 때문에……. 내가 어제 집에만 들어갔어도…….”

여자는 눈물 때문에 말을 잇지 못했다. 그런 여자에게 그는 무슨 말을 하려 했던가.

‘맞아, 좀 더 일찍 발견했더라면 이렇게 혼수상태에 빠지지는 않았을 거야.’

그러나 그의 입에서는 다른 말이 나왔다.

“당신 잘못이 아니야. 집에 들어가 옆에 있었더라도 더 좋아지진 않았어.”

그 말은 잘못이었다. 단지 여자를 그만 울게 하려고 한 말이었다. 금방 혼수상태가 왔을 때 병원에 왔더라면 의식은 있었을지도 몰랐다. 그러나 그는 여자를 위해 의료인의 양심 따위도 찾을 수 없었다.

“우리 엄마 살 수 있는 거죠? 그냥 그 수술이란 거 하면 괜찮은 거죠?”

그의 부드러운 대답에 여자는 뚝뚝 떨어지는 눈물을 느끼지도 못한 채 다시 되물었다.

‘그 수술이란 건…… 단순히 뇌압을 내리고 종양이 얼마나 깊이 침습했나 알아보는 것에 불과해.’

“수술하면 아마 좋아지실 수 있을 거야.”

남자의 말에 여자가 그제야 제 눈에서 떨어지는 눈물을 닦았다.

“정말이죠? 정말 괜찮아지는 거죠?”

‘수술은 부질없는 짓이야. 아마 개두를 한다 해도 이미 다 퍼져 있을 거야. 그러니까 그냥 남은 시간 잘 지내고 나중을 준비하는 게 나을 거야.’

“그래. 수술이 한 번으로만 끝나진 않겠지만.”

“재현 씨가 수술해 주면 꼭 나을 거예요. 그렇죠?”

‘난 여기서 수술할 수 없어. 그러니까 그냥 다른 병원으로 옮기자. 그래서 응급으로 뇌부종만 잡으면 되니까. 의식은 돌아올 거야. 암세포는……. 그래 봤자. 시간을 버는 것뿐이야. 그게 환자한테 도움이 되지 않을 수도 있어.’

“그래. 나으실 수 있을 거야.”

“꼭 살려 주세요! 네? 재현 씨. 우리 엄마 그렇게 가면 안 돼요. 나 때문에 힘들게 살았잖아요. 이제 행복해야 해요. 그죠?”

혜원은 저도 모르게 남자의 손을 잡았다. 따뜻한 체온이 느껴지자 마치 엄마의 병이라는 게 감기처럼, 아니면 맹장 수술처럼 금방 수술만 하면 나을 것같이 느껴졌다.

‘그냥, 남은 시간 잘 모시고, 잘 보내 드리고 나와 같이 가서 잘 살자. 널 행복하게 해 줄게.’

“노력할게.”

제 마음에 들리는 말들을 하나도 입에 내지 못한 건 여자의 가느다란 손이 너무 차가워서였는지도 몰랐다. 그래서 제 입에서는 맘과 다른 소리만 나오는 것일 터였다.

"엄마가 카드 달라고 했을 때, 드릴 걸 그랬어요. 그깟 옷 좀 사는 거 가지고……. 엄마 먹고 싶다는 것도 비싸다고, 통장에 돈이 있었는데. 집 주인 아저씨가 보증금 올려 달라고 할까 봐 그런 거야, 엄마. 엄마, 미안해. 엄마 일어나면 엄마가 사 달라는 거 다 사 줄게. 엄마, 미안해. 엄마. 나만 두고 가면 안 돼. 엄마……."

저한테 말을 하고 있었던 거 같은데 여자는 어느새 제 손을 놓고 의식도 없는 환자에게 매달려 있었다. 저를 잡았던 그 차가운 손으로 의식도 없는 환자의 지푸라기 같은 손을 잡고 여자는 하염없이 울고 있었다.

그는 여자의 들썩이는 어깨조차 손댈 수 없었다. 그냥 다른 병원으로 가자고, 어차피 고치기 힘든 병이니까 옆에 있다가 때가 되면 같이 미국으로 가자고……. 그렇게 말하고 있었지만, 제 입에서는 다른 소리만 나왔다.

그렇게 말하고만 싶었다.

정말로.

"재현 씨, 우리 엄마 살려 줘요! 네? 꼭 살려 줘요. 내가 뭐든지 다 할게요. 엄마 이대로 죽으면 안 돼요. 엄마 좀 살려 줘요!"

십이 년 전, 그도 여자를 만나기 두 달 전에 그랬었다. 그 담당 의사에게 간암 말기로 복수가 가득 차 누렇게 뜬 얼굴로 괜찮다고 미안하다는 말만 반복하는, 나이보다 늙어 보이는 홀어머니를 두고 처음으로 대성통곡을 하며 살려 달라고 했었다. 그런다고 살아날 사람이 아니라는 걸 잘 알면서, 그리고 저도 이제 그런 살려 달라는 애원을 받는 입장에 서게 되어도 어쩔 수 없는 건 어쩔 수 없는 것이었다. 그래도 그런 심정이겠지. 어차피 세상을 뜨실 거고, 그 뒤엔 홀로 남아 서서히 잊어 가겠지만 그래도 살아 있을 때는 저럴 수밖에 없는 게 제 부모였다. 그리고 울고 매달려야 하는 게 자식이었다.

그동안 아프게만 산 여자. 이렇게 저 엄마라는 사람을 잃고 나면 과연 행복해질 수 있을까, 저 죄책감에서 일어설 수 있을까. 잘 먹고 잘산다고 해서 그게 과연 행복이라고 말할 수 있을까. 때때로 저를 엄습하는 그 죄책감이라는 괴물을 평생 이겨 낼 수 있을까. 울음소리도 크게 내지 못하고 꺽꺽거리며 삼키고 있는 여자, 12년 전 저를 그렇게 만들었다고 저는 여자를 원망하고, 저 여자의 누워 있는 엄마를 원망하며 이를 갈고 미국으로 떠났었다. 그래서 하고 싶었던 공부를 죽어라 했고 지금 이 자리까지 와 있었다.

그런데, 어느 재벌 집 며느리가 되어서 떵떵거리고 거만하게 살 거라 생각하고 얼굴이나 한번 봐야겠다, 라는 억하심정으로 돌아온 제 앞에 나타난 여자는 그 세월 동안 말로 다 할 수 없는 고생만 하고 살아왔을 것이었다. 제 손으로 부엌칼도 한번 잡아 본 적이 없는 그 여자가 제 손이 베여 피가 나는 줄도 모르고 병원의 카펫을 닦으며 당황할 때는 얼마나 많은 것들이 변했는지 짐작할 수 있었다.

그런 여자에게 제가 해 줄 수 있는 일은 무엇인가. 호의호식하게 해 주고 그동안 제가 못해 줬던 걸 해 준다고 여자는 행복해질까. 그는 제 한마디가 여자에게 잠시나마 안식을 줄 것이라는 것을 알았다. 저 끊임없이 떨어지는 눈물을 막으려면 제가 무엇을 해야 하는지도 너무나 잘 알고 있었다.

"그래. 내가 노력할게. 오늘 밤이나 내일 아침이면 수술할 수 있을 거야. 지금 뇌부종을 떨어뜨리는 약을 쓰고 있어. 내일 수술하고 조직 검사하면 되니까, 걱정하지 마. 그러니 당신 뭣 좀 먹어. 먹고 기운 차려야 견딜 수 있어."

마음을 다 잡은 그가 손을 내밀었다. 그리고 들썩이는 여자의 어깨를 감싸 안았다.

작고 여리고, 그리고 떨고 있는 내 여자…….

앞으로 어떻게 될지, 과연 여자와 저는 행복할지 그런 게 중요하지 않았다. 해야만 했다. 부질없고 소용없는 짓이라도 평생 가슴에 못을 박은 채 살게 만들 수는 없었다.

"수술 준비하러 갈게. 꼭 뭣 좀 먹어."

"고마워요. 재현 씨. 정말 고마워요……. 정말."

여자가 끊임없이 고맙다고 되뇌고 울먹이고 있었다. 이제 이 여자의 앞에서 저는 이 여자의 남자 따위가 아니었다. 제 어미의 목숨을 살릴 수 있는 의사일 뿐이었다. 그는 손을 거두고 병실을 나섰다.

복도에 서 있는 건장한 남자가 저를 쳐다보고 있었다. 가진 자만이 가질 수 있는 여유와 부드러움이 가득한 귀티가 타고난 남자. 저 남자는 왜 여기 서 있는 걸까. 왜 저런 표정으로 저를 보는 걸까. 그는 잠시 남자의 걱정스러운 얼굴이 부러워졌다.

"들어가서 뭣 좀 먹게 해 주십시오. 저는 수술 준비하러 갑니다."

"네? 아, 네."

남자의 말에 정혁은 약간 놀란 것 같았다. 그는 하얀 의사용 가운이 없어도 이 하얀 병원의 복도에서 완벽한 의사였다. 전에 자신의 조부를 수술하고 경과를 묻고 나가 듯, 고개를 까딱거리면서 인사를 하고 그는 허리를 꼿꼿이 편 채 하얀 복도를 걸어 나갔다. 그리고 곧장 복도 끝에 있는 데스크에 가 뭐라 말을 하더니 엘리베이터로 사라졌다. 남자가 사라지는 것까지 보고서야 정혁은 병실로 들어설 수 있었다.

울고 있던 여자가 기척을 느끼고 돌아보았다. 여자의 하얀 얼굴은 창백하고, 코끝과 눈만 새빨갛게 물들어 있었다.

"……아직 안 가셨어요?"

참 서운한 말이었다. 저를 위해 제가 한 일을 알아 달라는 것은 아니었지만, 그래도 그렇게 말을 하는 건 가슴 한구석이 쓰라렸다. 아마 지금 방을 나선 남자에게는 그렇지 않았을 것이었다. 이쯤에서, 이쯤에서 저는 사라져야 할 조연이었다. 그러나 왜 제 두

다리는 여기에 서 있으며, 제 두 손은 여자를 향하는가.

"닥터 길이 혜원 씨 뭣 좀 먹어야 한답니다. 어머님 유일한 보호자가 혜원 씨 아니에요? 암이란 건 지루하고 긴 싸움을 해야 하는 놈입니다. 초반부터 이리 나가면 결국 얼마 못 가서 져요. 식사합시다. 뭐 먹고 싶어요?"

혜원은 손등으로 눈물을 닦아 냈다. 그것을 보고 정혁은 옆에 있는 티슈를 내밀었다.

"고맙습니다."

울먹이는 목소리로 대답하는 여자에게 정혁은 부드러운 미소를 지으면서 말했다.

"정말 고마우면 뭣 좀 먹어 봅시다. 네?"

"네."

갑자기 문이 열렸다. 들어온 사람은 노크하는 것조차 잊어버린 듯했다. 다른 사람이라면 불같이 화를 낼 수도 있는 일이었지만, 들어온 사람을 보고 희진은 시선을 돌렸다. 완벽한 얼굴을 한 저 빈티지 가죽 재킷을 입은 남자를 쳐다보고 있다가는 제가 가진 이 훌륭한 위치의 장점조차 잊어버릴 것이 분명했다. 당신이 원하는 게 뭐예요? 내 곁에만 있어 준다면 원하는 것 다 해 줄 수 있어요, 따위의 말을 할지도 모를 만큼 남자의 모습은 제게 있어 유혹적이었다.

"주 선생님."

"환자, 오래 방치하면 안 좋은 거 알고 있죠? 선광대 의대 쪽으로 옮기는 게 좋겠어요. 연락할까요?"

딱딱하고 사무적으로 대답하려고 희진은 애썼다. 남자의 강경한 의사에 대해서는 잘 알고 있었다. 그러니 보내더라도 좋은 이미지로 보내야 한다고 생각했다. 우선 한국에 있기만 한다면야, 좀 더 여지가 있으니까 우선은 한발 양보하는 것도 나쁘지 않다고 생각했다.

"사인하겠습니다."

남자의 목소리는 늘 그렇듯 명료하고 간결했다. 돌아보지 않으려 했던 희진은 돌아볼 수밖에 없었다.

"네? 뭐라구요?"

"사인하겠습니다. 제가 그 자리에 합당한지는 저 자신도 모르겠습니다만, 원하신다면 하겠습니다. 그러니 수술할 수 있게 해주십시오."

남자의 말 뒤에 붙은 꼬리가 제 마음을 거스르고 있었다.

"지금 그게 무슨 뜻인지 아시고 하는 말씀입니까?"

어떻게든 그렇게 만들려고 애썼었다. 그러나 그게 되지 않아서 화가 나고, 치가 떨리고, 분을 이길 수 없었었다. 그까짓 미천한 옛 여자 때문에 저를 거스른 것에 대해서 화가 치밀어 올라 견딜 수가 없었었다. 그러나 소유욕이 강한 사람들이 그렇듯, 마음이 안 된다면 몸이라도 잡아 둬야 한다고 생각하고 있었는지도 몰랐다. 남자를 옭아맬 수 있는 게 뭐가 있을까, 그녀는 그것만 고심

하고 있었다. 그런데 이게 웬일인가.

“주 선생님이 원하는 대로 하겠습니다. 제가 적당하지 못하다 할지라도 최선을 다하겠습니다. 그러니까 합당한 방법으로 제가 그 환자 수술할 수 있도록 해 주십시오.”

이, 기분은 대체 뭔가. 이긴 것이 분명함에도 불구하고 바닥에 떨어져 밟혀진 것 같은 기분은……. 그러나 희진은 우선 제가 원하는 것을 얻었다. 어찌 됐든 원하는 대답을 들었으니 그걸로 된 것이었다. 그 다음 일은 그다음에 알아서 하면 되는 거였다.

“그래요. 좋아요. 원인이야 어떻게 됐던 간에, 결과가 중요한 거니까. 사인하세요.”

“알겠습니다.”

남자는 얼굴에 표정이 없었다. 늘 그래 왔었다. 그게 저 남자다웠다. 저런 싸늘한 얼굴을 가진 남자에게 순정 따위는 어울리지 않았다.

30.

"수술방 다시 확인하시고, 선광대 병원 신경외과 팀 언제 도착한다고 했습니까?"

"네, 여섯 시입니다."

"자료는 다 보냈습니까?"

"네."

"준비 다 끝나면 보고하십시오."

병원 전체가 들썩이고 있었다. 누구인지도 모르는 한 사람의 응급 수술을 위해서.

열어 봐야 그 다음을 결정할 수 있었다. 단지 뇌압을 내리고 혈전을 제거하는 것으로 끝날지 아니면 종양을 제거하는 데까지 갈지는. 그러나 그 모든 것, 모든 것이 하나부터 열 가지가 모두 제 손에서 이루어져야 했다. 이 정도의 어려운 수술이라면 전 같으면 그를 대신해 결정을 내려 줄 경험 많은 교수들과 윗사람들이 얼마든지 있었다. 그리고 협의를 해 최선의 선택을 내릴 수도 있었다. 그러나 지금은 모든 것이 제 머리에서 내린 결정으로, 제 손끝에서 움직이는 메스로 이루어지고 끝날 것이다. 그는 자리에서 일어났다. 니트와 진 위에 하얀색의 가운만 걸쳤을 뿐이었지만 그는 이제 모든 것의 책임자가 되었다.

*　*　*

간호사의 설명을 들었지만 무엇인지 모를 수많은 관들이 연결되어 정체 모를 액체들이 저 작은 엄마의 몸으로 들어가고 있었다. 정혁은 잠시 자리를 비웠다. 어제부터 내내 혜원과 같이 있던 그는 잠시 집에 다녀온다고 했다. 혜원은 겨우 죽 몇 숟가락을 먹긴 했지만 곧바로 다 토해 버린 뒤 물 몇 모금만 마셨을 뿐이었다. 창밖으로 또다시 희끗한 무엇인가가 떨어지고 있었다. 올해는 유난히 눈이 많이 오는 듯했지만 창밖을 내다보고 있는 혜원은 떨어지는 눈 따위를 보고 있지 않았다. 작은 딩동 소리가 울렸다. 병실에서 문이 멀기 때문에 문이 열 때 열리는 소리였다. 그리고 한참 뒤에 누군가의 발소리가 났다. 혜원이 고개를 돌렸다. 어느새 하얀색 가운을 입은 그가 와 서 있었다. 제가 골랐던 검은색의 브이넥 니트에도 하얀 가운은 잘 어울렸다.

"다 토했다는 이야기를 들었는데. 괜찮은 거야?"

"괜찮아요. 엄마도 아무것도 안 먹고 있는데요 뭐……."

여자가 창백한 얼굴로 말했다. 여자를 침대에 눕혀야 할 것만 같았다. 그러나 그러고 싶지는 않을 것이다. 그러니 그저 잘 버텨 주길 바랄밖에.

"어떻게 오셨어요. 바쁠 텐데……."

여자가 울고 있지 않아 다행이라고 여겼지만, 그녀는 이제 더 이상 나올 물이 없었다.

"수술에 대해서, 설명하려고."

그는 의자를 끌어다 옆에 앉았다. 여자의 대충 묶은 머리가 귀 밑으로 헝클어져 있었다. 손을 들어 그것을 쓸어 올려 주고 싶지만 그는 그러지 않았다. 아니 그러지 못했다. 최대한 딱딱한 목소리를 내려고 애썼다.

"수술 시작은 아침 9시. 새벽에 시작하려 했는데 협진하는 팀이 새벽에 도착하기 때문에 그래. 수술은 시작해 봐야 하겠지만 간단하면 네 시간 정도, 길다면 더 걸릴 수도 있어. 그리고 수술 후의 후유증으로는……."

"살려만 주세요. 전 재현 씨 믿어요……."

저 말이 더 위험한 말인지 여자는 모르니까 하는 것일 것이다. 작은 정적이 흘렀다. 떨어진 그의 시선에 무릎 위에 놓인 채 서로를 꼭 잡은 여자의 파리한 두 손이 들어왔다. 핏기가 가신 하얗고 마른 두 손. 이러지 말아야 한다고 굳게 다짐을 하고 병실 문을 열었지만 그는 그 자신도 모르게 손을 내밀었다. 여자의 파리하고 차갑게 굳은 손을 덮었다. 너무나 차가운 손이 닿자 저도 모르게 다른 손도 내밀어 그녀의 두 손을 감쌌다.

"그래. 최선을 다해 노력할게."

그 말밖에는 할 말이 없었다. 그래서 그는 더 이상 아무 말도 하지 못했다. 그것은 혜원도 마찬가지였다. 제 손등을 덮은 따뜻하고 커다란 손이 주는 체온이 모든 것을 말하고 있었다. 그녀의 죄책감, 그녀의 불안, 그녀의 아픔, 그녀의 공포, 그리고 그녀의 그에 대한 감정까지……. 남자는 모든 것을 이해하고 안아 주고 있었다. 그래서 또 없던 눈물이 솟았다. 그러나 그녀는 꼭 참았다. 엄마를 위한 눈물이 아니라면 이 앞에서 흘릴 자격이 없으니까.

차갑고 메마른 작은 손, 제가 해 줄 수 있는 게 있어서 다행이었다. 이 여자를 위해서 제가 신경외과를 선택하고 그 수많은 시간 동안 남의 머리를 열고 혈관을 자르고 석션을 하고 했던가, 지금 이 순간에 집도의로서 메스를 잡을 수 있는 것조차 다행이라고 여겨지는가. 그 오랜 시간 동안 제가 한 일들이 다 이 순간을 위해서였던가.

여자에게 그 보랏빛 꽃향기를 돌려주고 싶었지만 기껏 그 면세점에서 산 향수를 돌려주는 것밖에는 하지 못했다. 아니 생각해 보면 그 향수는 주인을 찾지 못한 채 저의 호텔 방 안에 그대로 있을 것이었다. 그 옛날, 제 방으로 찾아와 울먹이던 그 어린 여자에게 단 한 번도 먼저 보고 싶었다, 너를 안고 싶었다, 이야기 못한 것은 제 자격지심이었을 뿐이었다. 언제고 그 화려한 식당들 앞에서 밥 한 끼 값을 내지 못하는 그 당혹스러운 현실이 그를 더 욱더 뻣뻣하고 굳게 만들었는지도 몰랐다.

너무 아름답고 너무 화려하고 너무 빛나는 여자 앞에 그제껏 잘나고 대단하다고 스스로 여겼던 자존심은 한없이 무너져 버렸고, 그래서 그는 억눌린 감정을 단 한 조각도 꺼낼 수 없었다. 그래서 더욱더 여자를 누르고만 싶었고 여자의 사랑에 대해 거부 반응만 나타냈었다.

그리고 여자를 잊었다고 했던 그 순간순간에도 저는 그 여자 앞에서 당당해지기 위해서 죽도록 노력했을지도 몰랐다. 여자가 남의 아내가 되어 있고 다른 아이들의 엄마가 되어 있더라도 그는 그 앞에 찾아가 널 사랑했노라고, 널 이제 다시 찾고 싶다고 소리쳤을지도 몰랐다. 그게 진심이든 아니든……. 그러기 위해 지금 이 땅에 돌아온 것이니까.

그…… 여자가 지금 한없이 공포에 떨며 눈앞에 있었다. 세상에서 가장 무서운, 혈육의 죽음과 삶의 기로에 서 있는 저 순간이 가장 공포스럽고 힘겹다는 걸 그 누구보다 잘 아는 그였다. 어차피 다 떠나는 건데……. 그 떠나보내는 순간은 평생, 죽을 때까지 제 마음에 상처로 남는 건 누구나 다 같은데. 지금, 저 눈먼 여자에게 지금 제 사랑 따위, 보일 리 없다는 것을 그는 잘 알고 있었다.

후줄근한 트레이닝복 차림의 여자는 창백하고 까칠한 얼굴을 하고 고개를 숙여 제 손만 내려다보고 있었다. 문득, 그가 볼티모어의 그의 방 데스크에 두고 온 카탈로그가 떠올랐다. 여자가 볼티모어에 오면 가장 먼저 선물하려고 보고 있던, 포르쉐의 카탈로그. 새빨간 박스터를 그녀에게 선물하고 싶었었다. 뭐 좀 가격이 과하긴 했지만 그래도 저 여자에게 가장 어울리는 것은 바로 새빨간 포르쉐니까. 그 차를 타면 여자가 다시 웃을 수 있을 거라고, 그 얼마나 천진난만한 상상을 했던가.

제 손의 체온을 나눠 준 덕에 여자의 손이 온기를 찾고 있었다. 그리고 그도 정신을 차려야 했다. 이곳에 온 이유는 이게 아니니까.

그가 슬그머니 손을 거둬들였다. 여자는 두 손을 가만히 두고 있었지만 고개를 돌렸다. 휑한 얼굴의 까만 눈동자가 묻고 있었다.

"좀 자. 간호사 보낼 테니까. 내일 길고 지루한 시간을 수술실 앞에서 버텨야 해. 그러니까 지금은 잠이 안 오더라도 자. 잠들기 힘들면 안정제 처방해 줄 테니까."

그녀가 고개를 저었다. 그러는 와중에도 옆으로 쓰러져 버릴 것만 같았다. 여자를…… 안아 주고 싶었다. 저 가느다란 어깨에 진 짐을 잠시나마 제가 나눠 져 주고 싶었다. 그러나 그는 그러지 않았다. 그게 옳다는 것을 너무도 잘 아는 그니까. 그는 자리에서 일어났다.

"수술 후유증과 주의점에 대해서 간호사가 와서 설명해 줄 테니까 잘 듣고 기억하고 있어."

제 입으로 하려 했지만 그럴 수 없었다. 아니 수술의 후유증과 주의점 따위는 간호사들이 얼마든지 이야기할 수 있는 거였다.

그럼 왜 왔을까, 적어도 여자가 사실을 알아야 한다고 생각했다. 제가 왜 수술을 할 수 있게 됐는지, 그리고 그게 무엇을 뜻하는지. 그러나 그는 아무런 말을 할 수 없었다. 수술이 먼저였다. 여자에게는 씻을 수 없는 미안함으로 남은 자신의 엄마가 먼저일 테니까. 그러니까 그는 아무런 말을 할 수 없었다.

이제……. 끝인가?

이제 안녕인가.

내 작은 여자는 이제 박경숙 환자의 보호자로 돌아가 버리는 건가. 이렇게 작별의 인사도 없이, 마지막 이별의 입맞춤조차 없이…….

"쉬어."

그는 돌아섰다. 그리고 머릿속에 이제 곧 다가올 수술만을 머릿속에 채워 넣으러 병실을 나섰다. 여자가 주춤주춤 따라 나와 제 허리를 잡고 기대는 달콤한 상상을 해 본다. 그러면 그는 자연스럽게 돌아서 여자를 품에 안고 잘될 것이라 주문을 외워 줄 수도 있겠지. 그러나 뒤에서는 아무런 소리가 나지 않았다. 돌아보고 싶은 마음이 치밀어 올랐지만 그는 침착하게 걸어서 문을 나섰다. 숨이 막혀 질식할 것 같은 병실의 공기 대신 싸한 복도의 청량한 공기가 폐 안으로 스며들자 그는 정신을 차릴 수 있었다.

"선생님, 여기 보호자 잠들 수 있게 대기하실 분 병실에 보내십시오."

데스크의 수간호사가 고개를 끄덕였다. 그는 천천히 엘리베이터로 갔다.

그가 병실을 나선다. 한마디 말이라도 하고 싶었다. 억누르고 억눌러도 조금의 틈새만 있으면 비집고 올라오려는 듯했다. 그 오랜 시간 동안 제 속을 내보인 적이 없는 남자가 처음으로 손을 내밀어 저를 맞아 주었다. 그게 너무 기뻐서, 꿈만 같아서, 아무것도 보이지 않았다. 그래서…… 그래서 엄마가 저렇게 되어 버렸다. 그게 제 탓만은 아닐 텐데, 제 탓같이 보였다. 혼수상태에서 간간이 눈만 뜨는 엄마에게 제 속에서 기어 나오는 것을 보이고 싶지 않았다. 저 하나 때문에 사랑하는 남편을 잃고, 어렸을 적부터 손에 물 한번 묻힌 적 없이 공주같이 살아온 엄마가 정신 병원을 전전하고, 저런 어두침침한 셋방에 있다가 기어이 이런 몹쓸 병까지 나 버렸다. 그런 엄마의 앞에서, 그 달디달았던 하룻밤에 제 일신의 행복 따위를 느꼈다는 거 자체가 죽을 것 같은 죄책감으로 밀려왔다.

긴 다리로 성큼성큼 문으로 다가가는 남자가 제 눈앞에서 사라지는 시간은 짧았다. 그러나 그 짧은 시간 사이에 제게서 빠져나간 영혼은 하얀색의 의사 가운이 매끈하게 떨어지는 남자를 붙들고 있었다.

'잠시만, 잠시만 기다려 줄래요? 그래서…….'

그러나 그 조각은 남자가 문을 닫고 나가 버리자 연기 조각도 되지 못한 채 사라졌다. 잠시만이라니.

이런 쳐 죽일 것 같으니라구…….

자리에 앉아 편히 있는 것조차 제 눈앞에 누워 있는 엄마에게 미안해질 지경이었다. 벌떡 자리에서 일어났다. 밤새 이렇게 서 있어야 할 것만 같았다.

"엄마, 미안해. 꼭 건강해져야 해. 엄마. 꼭……."

여자는 주문을 외듯 중얼거렸다.

잠시 눈을 뜬 엄마는 여전히 아무 말도 하지 못했다. 그러나 미안하다는, 사랑한다는 제 말을 들었기만을 바라면서 혜원은 엄마를 수술장으로 보내야만 했다.

"잘 될 겁니다. 혜원 씨가 그렇게 믿어야 더 잘 됩니다."

여전히 무릎 나온 트레이닝복에 찬물로 세수만 한 그녀의 얼굴은 허옇게 말라붙어 있었다. 새벽에 온 정혁이 수술실 앞에서 떨고 있는 혜원에게 손을 내밀려고 할 때, 수술실의 자동문이 열렸다. 그리고 그가…… 나왔다. 파란색의 수술복을 입은 그는 낯설게만 보였다. 재현 씨, 라는 말이 목구멍에 걸려 나오지 않고 있었다. 선생님 잘 부탁드립니다, 꼭 살려 주세요……. 통상적으로 수술실 밖에서 보호자가 수술 집도의에게 해야 할 말들도 나오지 않고 있었다.

"마음 편히 하고 기다려. 잘 될 거야."

그 한마디만 남긴 채 그는 다시 불투명한 유리로 된 자동문 안으로 사라졌다. 갑자기 다리에 힘이 풀린 듯 혜원은 비틀거리면서 뒤로 물러섰다.

"혜원 씨."

뒤에 있던 정혁이 그녀를 감싸 안아 벽에 마련된 푹신한 의자에 앉혔다.

"혜원 씨."

그러나 그도 그녀를 부르기만 할 뿐 어떠한 말도 할 수 없었다. 이제 이곳에서, 한없이 무기력하게 기다리는 일만 남았다는 걸 그도 잘 알기 때문이었다.

수술실 안은 수술대에 머리가 고정된 채 뇌 일부를 드러내고 있는 환자의 바이탈 음을 빼고는 침묵에 잠겨 있었다. 어시스트를 하는 팀과 집도의가 서로 잘 모르는 사이라는 점도 그 원인이 될 수 있었지만 우선은 다들 환자의 상태가 그리 낙관적이지 않다는 것을 알고 있어서인지도 몰랐다.

깊은 곳에 있는 종양의 조직은 Frozen Section Examination(동결절편 조직 검사)을 위해 병리실로 가 있는 상태였다. 초조하게 조직 검사의 결과를 기다리고 있는 그는 오랜 임상 경험으로 보아 그리 상태가 낙관적이지 않다는 것을 짐작하고 있었다. 아마 이대로 더 이상의 수술을 진행할 수 없을지도 몰랐다. 10분이나 20분이면 결과가 나오는데, 그 기다리는 시간이 마치 몇 시간이나 지난 듯 느껴졌다. 그때 삐리릭 하는 인터폰의 소리가 울렸다. 간호사가 인터폰을 받더니 말했다.

"High-grade Malignant Glioblastoma(악성 교모세포종)입니다."

"네?"

마스크를 쓴 간호사의 목소리를 제가 잘못 들었다고 생각했다.

"High-grade Malignant Glioblastoma(악성 교모세포종)입니다."

그는 호흡에 맞춰 미세하게 움직이고 있는 환자의 뇌 조직을 내려다보았다. 주변에 있는 다른 의사들이 그의 지시를 기다리고 있었다. 이제 그만 환부를 닫으시죠, 라고 이야기하고 있는지도 몰랐다. 그는 입술을 깨물었다. 그냥, 그냥 이대로 덮을 수는 없었다.

시간은 지리하도록 느릿느릿 기어갔다. 처음에 이야기했던 세 시간은 훌쩍 지나간 뒤였다. 뭣 좀 먹으라는 정혁의 말에 혜원은 겨우 또다시 데운 우유 한 잔을 받아 들고 그 우유가 다 식어 가도록 삼키지도 못 한 채 시계만 바라보고 있었다. 아침에 시작된 수술은 이른 겨울의 해가 넘어갈 때 즈음 끝났다. 모자를 쓰고 마스크로 얼굴을 가린 그가 문을 열고 나왔다.

"재현 씨!"

거의 말라 비틀어져 저대로 의자에 붙어 있는 게 아닐까 싶던 혜원이 번개같이 일어나 뛰어가는 것을 본 정혁은 말없이 저도 자리에서 일어났다.

"수술은…… 잘 됐어. 부종이나 혈전은 다 잡고 신경을 압박하는 종양의 일부도 떼어 냈으니까. 그러니까 걱정하지 말고, 지금부터 환자는 격리 병실에 들어갈 거니까 당신은 할 일이 없어. 그러니까 좀 쉬어."

내리 9시간을 서서 수술한 사람이 밖에 주저앉아 있던 저에게 쉬라는 말을 하는 것을 보고 혜원은 아무 말도 할 수 없었다. 고맙다는 말조차…….

*　*　*

수술하는 시간보다 뇌 조직 사이의 길을 내는 데 더 오랜 시간이 걸린 수술이 끝났다. 전 같으면 그는 검사 결과를 듣고 도로 닫았을 것이었다. 환자에게 남은 시간을 값어치 있게 쓰는 게 더 중요하다고 설명했을 것이었다. 그러나 무리하도록 그는 종양을 할 수 있는 데까지 떼어 내느라 애썼다. 제가 하는 일이 별로 도움이 되지 않는다는 것도 잊은 채.

피로가 엄습했고 고배율의 현미경 렌즈가 달린 안경 너머로 확대된 시야로 내내 신경을 쓴 눈은 뻑뻑해져 왔지만 그는 간단하게 샤워를 하고 서서 미리 가져다 놓은 무슨 맛인지도 모를 샌드위치로 허기를 때웠다. 큰 수술을 한 뒤라 오늘 밤을 잘 견뎌야만 했다. 그는 블랙커피 한 잔으로 갈증과 피로를 넘기고는 병실로 가기 위해 나섰다.

"수술은 잘 됐네요."

뒤에서 들리는 목소리에 그는 고개를 돌렸다. 주 선생이 여전히 아름다운 모습으로 서 있었다.

"덕분에. 선광대 수술 팀 불러 주신 거 감사합니다."

"우연찮게 그쪽하고 타이밍이 맞았을 뿐이에요. 부원장님 첫 수술인데 성공하셔야죠."

그는 고개를 까딱하며 감사의 표시를 할 뿐이었다.

"좀 쉬시지 그래요. 피곤하실 텐데. 응급 상황 오면 연락할게요."

"아닙니다. 그럼."

그는 성큼성큼 걸어 여자의 옆을 지나 문밖으로 사라졌다. 차가운 미소를 짓는 주희진을 뒤로하고.

엄마가 병실 안쪽에 마련된 격리 중환자 병실로 들어간 뒤 채

한 시간도 안 돼서 그가 여전히 파란색의 가운을 입은 채 그 유리문 안으로 들어가 버리자 혜원은 다시 그 유리문 옆의 의자에 주저앉았다. 정혁도 자리를 뜨지 않고 옆에 있었다.

"대표님……. 그만 가세요. 정말 고맙습니다만, 하실 일 없으시잖아요. 가세요."

"혜원 씨도 좀 쉬십시오."

저가 뭘 했다고 다들 자신에게 쉬라고 하는지 모르겠다. 혜원은 그 말에 가만히 서 있을 뿐이었다. 이제 앞으로 어떻게 되는 거지. 아니 지금 그런 생각을 할 게 아니라 엄마가 깨나기만을 기다려야 하는데……. 정혁도 그런 그녀를 바라볼 뿐이었다.

꼬박 하루가 더 지나고 나서 그가 유리문을 나서면서 안정되어 의식이 잠깐 돌아왔지만 여전히 시간이 더 필요하니 당신은 집에 가서 옷이라도 갈아입고 오라고 하는 말에 혜원은 정혁의 차를 타고 집으로 돌아왔다. 굳이 혼자 가겠다고 했지만 정혁은 따라오겠다고 했고, 혜원도 솔직히 버스를 타고 집에 혼자 올 자신이 없었다.

차가 들어올 수 없는지라 큰길에서 기다리라고 한 뒤에 혼자 들어온 집은 고요했다. 저가 전화를 받으면서 쓰러뜨린 화장대가 어지럽게 넘어져 내용물이 흩어져 있는 게 보이는 집은 괴괴하면서도 끄지 못한 보일러 덕에 온기가 있었다. 여전히 텔레비전도 켜져 있었다. 혜원은 재빨리 텔레비전을 끄고 보일러를 외출로 돌리고 옷을 갈아입은 뒤에 손에 집히는 가방에 옷가지 몇 개를 챙겨 넣었다. 병원에는 웬만한 것들은 다 갖춰져 있었기 때문에 일반 병원에 입원하듯 바리바리 싸 들고 갈 필요는 없었다. 혜원은 집을 나서고 문을 잠그려다 다시 한 번 괴괴한 집 안을 돌아보았다. 다시 돌아올 수 있을까. 다시 돌아와 전처럼 엄마에게 짜증을 부리면서 살 수 있는 걸까. 그러나 혜원은 생각을 떨치고 재빨리 길가에서 기다리는 정혁의 노란색 페라리에 올라탔다.

"이렇게 금방 나왔어요?"

"……."

옷만 갈아입은 여자는 말이 없었다.

"그럼 갑시다."

짐짓 밝은 목소리로 말을 해 보지만 옆에서는 여전히 말이 없었다.

바보 같은 녀석, 하루에도 몇 번씩 제 스스로에게 하는 말이었다. 대체 자신이 왜 여기 있는지 알 수 없었다. 덕분에 그가 맡은 새 사업은 조모님께 면목도 없이 엉망이 되어 가고 있었다. 그런데도 왜 여기 이 여자 옆에 필요도 없는 저가 있는지 알 수가 없었다. 사무실에 앉아 있어도, 집에 가 있어도 왠지 저가 여자의 옆에 있어야 할 것만 같았다. 여자의 눈이 좇고 있는 사람이 누구인지, 다른 사람보다 제 자신이 제일 잘 알고 있으면서도 묻지도 따지지도 못 하고 항상 집에 가세요, 라는 말을 들으면서도 이러고 있을 뿐이었다.

"가자마자 뭣 좀 먹읍시다."

"……."

여전히 아무런 대답이 없었다.

바보 같은 자식……. 스스로에게 또 한마디 던질 뿐이었다.

혜원은 12층의 VVIP 병실의 환자 보호자였지만 차림새는 여전히 허름한 점퍼에 질끈 묶은 머리, 볼품없는 가방을 든 채였다. 정혁이 회사에서 전화가 오는 바람에 그녀를 주차장에 내려놓고 급하게 가느라 휑한 공간에 혼자 내리게 되었다. 그러나 오히려 혜원은 잘됐다고 생각할 뿐이었다. 마음에 올려놓아 괴로운 사람은 그 사람 하나로도 벅찼다. 혜원은 저도 모르게 늘 익숙한 직원용 엘리베이터를 기다리기 위해 서 있었다. 아무리 차림새가 훌륭하다 할지라도 환자 보호자용의 화려한 엘리베이터를 탈 생각 따위는 없었다. 막 엘리베이터를 타려는데 젊은 여자 둘이 올라탔다. 그녀가 못 보던 얼굴들이었다.

"아우, 나 또 나이트야."

"요즘 그 정체불명의 12층 환자 때문에 난리잖아. 어쩔 수 없어."

"대체 정체가 뭐래? 거기 올해 딱 한 번 연 게 SJ 태 명예 회장님이라더만, 대체 누군데 거기 있는 거야? 난 진짜 영문도 모르겠더라."

"새 부원장님하고 무슨 관계있다더라. 다들 쉬쉬하긴 한데 말이지. 갑자기 난리 났었잖아."

"아, 진짜? 그 소문이 진짜야? 하여튼 너 봤어? 새 부원장님?"

"아우, 숨 막혀. 진짜 잘생겼더라. 키도 그렇고. 존스홉킨스 신경외과 전문의라던데. 진짜 주 선생님이 난리 칠 만도 하더라."

두 여자는 같이 탄 허름한 옷차림의 여자 따위는 관심도 없었다. 중간에 엘리베이터가 서자 청소를 담당하는 직원이 무엇을 가져오느라 엘리베이터를 누른 채 서 있어서 그녀들의 수다는 더 늘어났다.

"소문이 사실이야? 그 젊은 나이에 이런 어마어마한 곳의 부원장이 된 게 주 선생님이 홀딱 반해서 그런 거라며?"

"야, 조용히 해."

"그럴 만하잖아. 결혼한데?"

"하겠지. 그러니까 그렇게 말도 없이 갑자기 된 거지. 그런데 소문에 뭐 12층 환자 때문에 그랬다는 소리도 있어."

"왜?"

"글쎄 몰라. 하여튼 뭐 복잡한 일이 있나 봐. 야, 여기가 이렇게 갑자기 응급 수술하는 병원이니? 다 철저한 사전 예약에 의해서 계획된 수술만 하는 곳인데……. 갑자기 부원장이 바뀌고, 갑자기 12층 병실에 환자가 들어가는 거 봤어? 뭔가 일이 있는 거라니까. 내려. 늦었다."

땡 하는 소리와 함께 그녀들은 11층에서 호들갑스럽게 뛰어가기 시작했다. 엘리베이터는 금방 다음 층인 12층에 섰지만 뒤쪽에 서 있던 허름한 옷차림의 여자는 멍하니 서 있을 뿐이었다.

"안 내려요?"

"아…… 네."

청소도우미 옷을 입은 여자가 묻지 않았더라면 그냥 있었을지도 몰랐다.

* * *

정확히 사흘 만에 혜원의 엄마는 유리벽 안의 병동에서 나올 수 있었다. 미약하게나마 불분명한 발음으로 혜원의 이름을 이야기하기도 할 만큼 상세는 좋아졌다.

"엄마, 아프면 이야기해. 꼭?"

"어……엉."

언어 중추가 아직 덜 풀려서 말이 어눌하다고 했다. 그가 드레싱을 하러 와 머리를 둘러싼 붕대를 풀면 보이는 끔찍한 환부도 이제는 익숙해졌다. 그러나 경숙의 상세가 나아질수록 그의 말은 줄어들었다. 한 고비가 넘어가자 주변을 둘러볼 수 있게 된 그녀는 그런 사소한 변화를 느낄 수 있었다. 묻고 싶은 게 있었지만 그녀는 차마 물을 수가 없었다.

"천천히 대화를 자주 하기 바랍니다."

전과 똑같이, 멋진 디자이너의 넥타이와 하얀색의 빳빳한 드레스 와이셔츠, 그리고 금테 안경과 깨끗하게 넘어간 머리카락, 하얀 가운. 완벽한 신경외과 의사로 돌아간 그가 명료한 목소리로 말했다.

"사소한 것들, 과거의 기억 같은 것들에 대해서 대화하는 것도 좋습니다. 다만 환자의 대답을 바라지는 마십시오. 자신의 의지대로 말이 나오지 않으니까 답답할 수 있습니다. 그러니 가볍게 동조를 할 수 있을 만큼만 대화 내용을 잘 생각해서 자주 해 주십시오. 조금 나아지면 바로 항암 스케줄 잡겠습니다."

평범한 주치의의 대화였다. 그 이상 그 이하의 어떤 대답도 그에게는 나오지 않았다.

"네……."

그녀도 그 이상의 대답을 할 수가 없었다.

12시에 있는 그날의 마지막 회진에도 역시 그는 아무 말이 없었다. 깜깜한 창밖의 어둠, 환자는 이미 잠이 든 채 병실에는 취침 등만 켜져 있었다. 혜원은 하루 종일 그녀를 괴롭히던 것들이 머릿속에서 맴돌았지만 차트를 들고 있는 당직 의사와 당직 간호사, 병실에 붙어 있는 간호사까지 있는 곳에서는 아무런 말을 할 수 없었다. 그는 늘 했던 것처럼 환자의 차트를 보고 수액을 점검하고 옆에 있는 바이탈 증후와 간호사의 보고를 들었다. 그리고 늘상 있는 대화를 했다.

“상태 괜찮으셨죠. 대화는 많이 하셨습니까?”

“네.”

그리고 그는 돌아섰다. 늘 그렇듯 새하얀 와이셔츠와 매끈한 정장 하의, 은은한 색의 넥타이, 그리고 하얀 가운과 금테 안경. 그를 병원에서 처음 보았을 때로 돌아간 그가 혜원을 바라보았다. 남자의 눈에는 제가 박경숙 환자의 보호자일 뿐이었다.

그가 목례를 하고 돌아섰다. 그녀는 저도 자리에서 걸어 나왔다. 그가 천천히 하얀 옷을 입은 사람들을 이끌고 넓은 병실을 가로질러 가고 있었다. 그녀는 발걸음을 빨리했다. 막 간호사가 문을 열었을 때 그녀가 말했다.

“선생님!”

모든 사람들이 일제히 뒤를 돌아보았다.

“말씀드릴 것이 있습니다.”

그가 그녀를 물끄러미 쳐다보는 게 느껴졌다. 그리고 간호사와 당직 의사의 시선도.

“저기…….”

“먼저 나가 보십시오.”

그가 낮은 목소리로 이야기하자 다들 우르르 몰려 나가더니 문이 닫혀졌다. 넓디넓은 다이닝 룸에 켜진 하얀 불빛이 그의 하얀 가운에 내려앉기만 했다. 깊은 적막이 커다란 방 안에 가득 찼다.

"무슨……?"

묻고 싶은 게 있었다. 정말 여기 부원장이 된 거예요? 왜 그렇게 된 거죠? 그 말 사실이에요?

"저기……."

차마 말을 하지 못하는 그녀를 내려다보았다. 묻고 싶은 게 있겠지. 어차피 다 들릴 테니까. 그답지 않게 깊게 숨을 들이쉬었다. 그리고 천천히 말했다.

"묻고 싶은 거 있지."

근 며칠 만에 들어 보는 남자의 진짜 목소리가 그녀를 굳어 버리게 만들었다. 하지만 그녀는 그 뒷이야기를 들어야 했다. 그녀가 고개를 미미하게 끄덕였다.

"나는, 국적이 미국이야. 대한민국의 현행법상, 내 의료 면허로는 이곳에서 수술을 할 수가 없어. 내가 수술을 하려면 정식 의료인으로 초청을 받지 않는 한 여기 책임자가 될 수밖에 없어."

그게 무슨 소리예요? 직접 남자의 입으로 설명을 들은 그녀는 믿기지 않는다는 듯 놀라 고개를 들었다.

"간호 잘 해. 환자가 기운 낼 수 있게. 이제부터가 시작이니까."

그러나 그는 더 이상 아무 말도 없었다. 잠시 침묵을 지키던 그가 돌아섰다. 이렇게나마 이야기를 했으니 다행이라고 생각하면서.

"재현 씨!"

그의 발걸음이 멎었다. 혜원은 뭔가 이야기를 해야 했다. 정말로, 정말로 엄마의 수술을 하기 위해 일이 이렇게 된 건지…….

"어차피, 우리의 부모님 들은 다 먼저 가시는 게 순리야. 그러니까 너무 괴로워하지 마."

"재현 씨."

움직여 나가야 하는데 몸이 굳어 버리는 것 같았다. 눈물 섞인 여자의 목소리가 등 뒤에 울리고 있었다. 여자는 왜 울먹이는 걸까. 전에는 제가 우러러볼 수도 없을 만큼 화려하게 빛나기만 했던 여자였는데, 이제는 제가 안고 보듬어 줘야 하는데……. 좀 더 생각했으면, 다른 병원에서 다른 사람의 손에 수술을 받았으면 그랬으면 여기까지 오지 않았을지도 모르는데……. 아니 얼마든지 다른 방법이 있었을 수도 있었다. 여자가 저리 슬프고 힘들 때 제가 어깨를 감싸 주고 안아 주고 위로해 줄 다른 방법들이 있었을 것이다. 왜 다른 생각을 하지 못한 걸까.

그러나 일은 이미 일어났다. 그녀에게 해 주고 싶은, 그리고 해야 했던 제 소임을 다 했으면 그걸로 된 것이었다.

"쉬어."

그가 문으로 갔다. 멍하니 서 있던 혜원은 그런 그에게 뛰어갔다. 그리고 손을 내밀어 그의 등 뒤, 하얀 가운을 붙들어 잡아 허리를 두 손으로 감싸 안았다.

"재현 씨……."

한 번쯤 여자가 뛰어나와 저를 감싸 안을 거라 생각은 했지만 지금 그는 굳어 버린 듯 움직일 수 없었다. 여자의 얼굴이 등 뒤에 닿아 있는 게 느껴졌다. 여자의 가느다란 두 팔이 제 허리를 감은 채 바르르 떨리는 것이 느껴졌다.

그 떨림이 제 등줄기를 타고 오자 그는 저도 모르게 돌아섰다. 그리고 이제 마지막이 될지도 모르는, 제 인내심의 한계를 극복하지 못하고 저를 올려다보는 여자의 입술을 찾아 물었다. 저를 받아들이는 여자의 깊은 슬픔이 저를 타고 올라 제 속에 웅크리고 자리 잡는 게 느껴졌다. 이것이 자신의 마지막이라 느껴졌는지 쓴맛이 타고 올라오는 것 같은 여자를 힘껏 빨아들였다. 제 마지막 한 방울 남은 여자에 대한 미련을 불태우려는 듯이…… .

뭐 하러 이리 멀리 돌아와 뭐 하러 이 자리에 서 있는지 스스로도 이해할 수 없었다.

그는 정신을 차렸다. 제가 붙잡을 수 없는 제 정신은 여자를 탐하느라 미친 듯이 헐떡이고 있었지만 하얀 가운 밑의 주치의는 그러지 않았다. 뻣뻣하게 굳어 있는 저를 안은 채 아무런 움직임도 없는 여자의 손을 내려다보았다. 핏기 없는 하얀 손.

부모는 가슴에 묻어야 했다. 제 피붙이니까. 그러나 피 한 방울 섞이지 않은 남은 잊혀질 수 있는 존재였다. 비록 12년이라는 세월로는 모자란다 해도, 그 곱절쯤의 시간이 지나면 전에도 그랬듯

이 이목구비조차 기억나지 않을 것이다. 아마 저를 가끔 울적하게 만든 꽃향기 따위도 그만큼의 시간이 지나면 잊혀질 것이다. 그는 여자의 두 손을 풀었다. 꽉 조여진 쇠사슬의 이음새처럼 굳게 보였지만 맥없이 여자의 팔은 풀어졌다. 그리고 그는 천천히 걸어가 문을 열고 밖으로 나갔다. 뒤에 서 있던 여자가 주저앉는 소리 따위는 푹신한 카펫 덕에 들리지 않았다.

제가 숙소로 쓰고 있는 6층의 호화로운 호텔의 객실 같은 방으로 들어서자마자 그는 아무 일도 없었다는 듯 하얀색의 가운을 벗어 옆에 있는 옷걸이에 걸었다. 그리고 하루 종일 저를 답답하게 옥죄던 넥타이를 풀었다. 커다란 창밖으로는 검은색의 어둠이 깔린 도시의 화려한 불빛이 가득 명멸하고 있었다. 와이셔츠 단추를 풀다 말고 남자의 손이 멎었다. 잊고 있는 것 같았지만, 제 허리를 감싸 안던 여자의 체온은 마치 화인이 되어 제 살을 태우고 흉한 상처를 남긴 것 같았다. 마치 여자의 팔이 아직도 제 허리를 감싸고 있는 것 같아 저도 모르게 제 허리께를 만져 보려는 바보 같은 생각을 잠시 하던 그는 누가 제 그런 어리석은 생각을 보고 있는 듯 별 필요도 없이 안경을 벗어 옆에 있는 티슈를 뽑아 말간 알을 닦기 시작했다.

그러다가 남자는 여전히 켜져 있는 컴퓨터 앞에 앉았다. 몇 번의 클릭을 하자 12층 VVIP룸의 중환자실에 설치된 CCTV 화면이 켜졌다. 사생활 보호 차원에서 중환자실에만 CCTV가 설치되어 있었고, 일반 병실에는 간호사가 대기하고 있으므로 화면에 보이지는 않았다. 당연히 컴퓨터 화면에는 빈 침상만 보일 뿐이었다. 그러나 그는 미동도 없이 그 화면을 보고 있을 뿐이었다. 마치 여자의 얼굴을 보고 있는 듯.

31.

"정말로 구구절절하시네요."

조롱임에 분명했다. 그러나 그는 대답하지 않았다.

"당신이 해야 할 일은 일개 환자의 주치의가 아니라는 거, 제가 다시 말씀드려야 하나요?"

희진이 서류철을 책상 위에 올려놓았다.

"이번에 들어온 진료 예약입니다. 물론 실무자들이 처리하겠지만 사인이 필요해서요. 원장님 내일이면 들어오실 거예요. 이제 12층 환자 신경 좀 꺼 주시죠."

"제가, 해야 할 일은 성심껏 하겠습니다. 그러니……."

"그러니 뭐요? 그러니 혼자 있게 해 달라고요?"

그는 아무 말이 없었다. 희진은 그런 그를 한동안 노려보듯 보더니 몸을 돌려 화려한 사무실을 나갔다.

막 나와 문을 닫으려는데 밖에 누군가 서 있는 게 보였다. 역시나 밥맛없는 방문자였다.

"왜?"

"시간 있니?"

정혁이 잘 빠진 새카만 슈트를 입은 채 서 있었다. 아주 가지가지들 하네. 그 여자가 그리 잘났나.

"왜, 중간 정산이라도 하러 왔어? 병실비야 뭐 얼마 안 되잖아. 우리 병원에서 가장 비싼 페이는 의료인 초청비라고, 그게 굳어 좋겠구나."

그녀는 신경질적인 걸음걸이로 그의 앞을 지나갔다.

"주희진."

팔뚝을 잡아채는 힘에 그녀는 아악 소리를 내며 멈춰야 했다.

"웃기지 마. 둘 다 뭐 하는 짓이야?"

"너야말로."

"왜 난 둘 다 원하는 병신 같은 소원을 들어줬을 뿐인데? 너도 좋은 거 아니야? 경쟁자가 줄었잖아. 이제 뭐 그녀의 마음이 아픈 것도 보기 싫어서 좋다는 남자 돌려주는 주제넘은 짓까지 하려고?"

"너, 닥터 길이 진짜 좋아서 그러는 거 아니잖아."

"넌 그 여자가 진짜 좋아서 이러니?"

"너하고는 달라. 너 같은 억지는 아니라구."

"왜 내가 억지라고 생각해? 제이슨이 서류에 사인한 건 그가 원해서야. 법이 그런 걸 어쩌라구. 내 그 눈꼴사나운 걸 참고, 태 회장님이나 오셔야 여는 12층 병실도 열었어. 선광대에서 신경외과 팀도 불렀다고. 내가 뭘 더 어떻게 해야 하는데? 아무리 태 회장님의 손자라고 해도 너 따위가 돈 싸 들고 온다 한들 내가 눈 하나 깜짝했을 거 같아?"

"그래도……."

뭐 하나 틀린 말이 없는 그녀의 말에 갑자기 할 말이 없어졌다.

"제이슨은 제이슨에게 어울리는 삶이 있고 넌, 너한테 어울리는 삶이 있어. 니가 그 여자 정성껏 돌봐서 마음을 얻는다고 해서 어떻게 될 수 있을 거 같아? SJ의 황태자인 니가 아무것도 없는 그런 여자랑 살게 조 관장님이 그걸 내버려 둘 거 같아? 너희 남자란 축생들은 어떻게 그렇게들 단순하니. 그 여자한테 더 이상 상처 주지 말고 그렇게 좋으면 그냥 비싼 병원비나 내 주고 사라져. 나중에 관장님 눈에 드는 여자랑 결혼을 하고 몰래 만나 몸으로 회포나 풀던지."

정혁이 뭐라 대꾸할 말을 찾지 못하고 침묵하고 있자 그녀가 덧붙였다.

"왜? 내가 틀린 소리 한 거 같아? 세상이 그딴 사랑만으로 되는 건 아무것도 없어. 가서 정신 차리고 정산이나 해."

그녀는 그가 잡고 있던 손을 뿌리치고는 소맷자락의 구김을 펴고는 빠른 걸음으로 걸어가 버렸다. 정혁의 입에서 가벼운 한숨이 새어 나왔다.

“어……마, 자……야게써…….”

“그래, 엄마 좀 자요. 오늘 힘들었을 거야.”

“그……래.”

마치 말을 처음 배우는 아기처럼 겨우 말을 하는 엄마는, 반쯤 밀어 버리고 보호대를 착용한 채 붕대를 감은 환부 밑에 남은 머리카락이 희끗하게 삐져나와 있었다. 약기운 덕에 금방 잠에 빠지는 엄마에게 따뜻한 병실이지만 이불을 덮어 주었다.

멍하니 경숙의 잠든 모습을 보고 있던 혜원은 흘러내리는 머리카락을 쓸어 올렸다. 적막하고 넓은 병실……. 제가 그릇을 씻고 걸레질을 하던 이 넓은 병실에 엄마가 누워 있다니. 참 세상이 아이러니하다 싶었다. 그리고 이 엄마가 그리 모질게 내쳐 이 땅의 국적마저 포기했던 남자가 돌아와 이 병원의 책임자가 되어 엄마의 머리를 열고 수술을 해 살렸다. 이 무슨 말도 안 되는 어이없는 인연일까. 이제 어떻게 하지. 그러다가 다시 고개를 돌렸다. 앞으로 어떻게라니. 그냥 엄마가 빨리 낫기를, 이 지겨운 병을 이겨 내고 빨리 낫기만을 바라야지.

망망대해같이 넓은 병실은 고요했다. 갑자기 이곳에 가득 찬 공기가 저를 짓누르는 것 같았다. 그 짓눌리는 것 같은 고요를 이기지 못하고 막 자리에서 일어났을 때, 띵동 하는 작은 소리가 울렸다. 그리고 저 멀리서 문이 열리는 소리가 들렸다. 워낙에 넓은 룸이라 누군가 들어오는 걸 알고 혜원은 자리에서 일어났다.

"오늘 좀 괜찮으셨다면서요."

밝고 굵은 목소리가 텅 빈 병실에 울리자 병실은 잠시 온기 같은 게 느껴졌다.

"대표님……."

"식사는 했습니까?"

간단한 샌드위치조차 반쯤 먹다 치운 그녀였다. 그러나 이 사람한테 그 이야기까지 할 일은 없었다.

"먹었어요."

"아닌 거 같은데. 아시죠? 보호자가 잘 견뎌야 한다는 거."

"감사합니다."

달리 할 말이 없었다. 솔직히 전에 사무실에 있을 때도 일이 많았다. 벌써 5일째 저는 사무실에도 나가지 않았고, 이 남자는 늘 제 눈에 띄는 곳에 있었다.

"대표님, 사무실 일은 어찌 되어 가요? 안 가셔도 되나요?"

그 말에 정혁이 하얗게 이를 드러내고 웃었다. 이 남자는 적어도 웃는 모습 하나는 참으로 매력적으로 보일 만했다.

"이제 좀 주변이 보이십니까? 뭐 보다시피 대표인 제가 여기 이러고 있으니 일이 돌아가겠어요?"

"어떡해요. 죄송해서……."

"뭘 어쩝니까, 어머님 빨리 나으셔서 사무실에 돌아와 죽어라 일을 해야죠."

둘 다 솔직히 그건 요원한 일이라는 걸 알고는 있었다. 그러나 말이라도, 말이라도 기분이 좋은 소리 아닌가.

"돌아와 일할 거죠?"

"네……."

혜원은 다소곳이 대답할 수밖에 없었다. 어떤 부질없는 짓이라도 다 하든지 간에 이 남자한테도 돌이킬 수 없을 만큼 도움을 받은 것은 사실이었다. 그저 미안할 뿐이었다.

"그런 의미에서 우리 커피 한 잔 할까요?"

저를 위한 마음인 줄 잘 알고 있었다. 평소에 커피를 그리 마시지 않는다는 것쯤은 금방 알 수 있는 거니까.

"네."

혜원은 이곳 12층에 와서는 개인 간병인을 쓰지 않고 있으므로, 인터폰으로 달착지근한 핫초코 한 잔과 커피를 주문했다.

가벼운 뇌졸증을 앓고 있는 환자의 히스테릭한 호출을 받고 갔던 병실을 나선 그의 마음은 착잡했다. 그는 신경외과의 집도의였다. 미국에서도 가장 명성이 높은 병원에서, 미국뿐만 아니라 세계 각지에서 병원의 명성을 믿고 오는 온갖 난치병 환자들의 고난위도의 수술을 하는 가장 핵심적인 과에서 하루 24시간이 모자랄 만큼 일을 하고 살았었다. 매번 그들에게 오는 환자는 수십 명이 머리를 맞대고 고민을 해도 방법을 찾기 어려울 만큼 희귀하고 힘든 병들을 가진 환자였고 그때마다 새로운 수술법을 창조하고 수술실에서 삶과 죽음을 가르는 생사의 고비에 하루에도 몇 번씩 서야 하는 삶을 살았었다.

그러나 지금 이것은 무엇일까, 이런 삶은 그에게 어떤 의미일까. 엘리베이터에서 그는 12라는 숫자를 누르려다 마는 자신을 발견했다. 이게 제가 꿈꾸는 삶이 아니었더라도, 전에는 이것을 목적으로 이 땅에 왔었다. 이 삶은 제가 포기해야 하는 것들에 대한 정당한 대가를 과하고 넘치도록 지불할 것이었다. 그러니 제가 선택한 것에 대해 후회는 하지 않아야 했다. 그는 손을 내밀어 그의 방이 있는 6층을 눌렀다.

왜 제 인생은 제 스스로 되는 것이 없을까 잠시 생각해 보았다.

"박경숙 환자 전원 시키세요."

"……?"

그가 고개를 들었다. 아마 다른 말을 했더라면 저 서류들 사이에서 시선을 옮기지 않을 것이었다. 그의 눈빛은 차가웠다. 물론 전에도 따뜻한 기운이 도는 사람은 아니었다. 차갑고 자신만만한 그 오만이 한눈에 들어오는 그런 사람이었으니까. 그러나 지금의 저 눈은 어딘가 모르게, 공허했다.

"신경내과 전문의로서 말하는 거예요. Chemotherapy(화학적 항암 요법)만으로는 안 되는 거 알고 있죠? Radiotherapy(방사선 요법)가 병행돼야 되는데 우리 병원에서는 할 수 없는 거 아시잖아요. 전원 시키세요."

그도 알고는 있었다. 이 경우에는 방사선 요법이 더 효과적이라는 것을. 그러나 그 효과적이라는 게 얼마나 더 인지, 그 '더' 있는 효과가 과연 의미가 있는 건지 장담할 수는 없었다.

"환자 보호자가 원해요. 전원 하길."

싸늘한 표정의 남자에게 그녀는 덧붙였다.

"정말입니까?"

"네. 본인도 자신이 일하던 곳 12층 병실을 차지하고 있는 게 마음이 편할 리 없잖아요? 왜 남자들은 그런 거까지 신경 못 쓰는지 모르겠군요. 수술을 하셨으면 보내세요. 그게 서로를 위해 편하니까. 제가 하는 말이 믿기지 않는다면 가서 직접 물어보시던지."

남자가 다시 시선을 거두어 서류로 옮기는 것을 보고 그녀는 코웃음을 쳤다. 눈에 보이는 것은 빨리빨리 치우는 게 상책이었다. 저 남자의 저런 모습 따위 보기 싫으니까.

* * *

"여기 그냥 있으세요."

"아뇨. 불편해요. 그리고 당직 선생님께서 방사선 치료를 받으려면 엄마가 움직이지 못하시니까 치료 가능한 병원으로 전원 하는 게 낫다고 하셨어요."

정혁은 의아했다.

“주치의 선생님이 그렇게 하시던가요?”

“…….”

둘 사이가 어떤 사이인지는 알 수 없었다. 그러나 이 여자의 마음에 저가 들어갈 자리는 지금 없다는 것을 잘 알고 있었다. 그렇지만 제가 하고 싶지 않은 일에 대한 포기가 빠른 편인 자신도 왜 여기 이리 얽매이는지 이해를 할 수 없을 정도였다. 단지 옛 약혼녀라는 이유로? 혜원에게 그렇게 이야기하긴 했지만 아마 그 어린 시절 실제로 그 쉘튼 호텔의 상속녀와 제대로 선을 보고 약혼을 했다 하더라도 과연 그 결혼 따위를 했을까? 친구가 좋고, 세상이 좋고, 떠도는 게 좋았던 제가 그런 여자랑 결혼을 했을까? 단지 얼굴도 제대로 못 보고 그쪽 사정이 그리 됐으니 좋은 핑계거리가 생겨 이리저리 다른 자리를 피했을 뿐이었다. 이제 나이가 들어서 묘한 인연으로 만난 이 여자를 다시 차지할 수 없으니 이리 안달이 나는 걸까. 희진의 말대로 자기가 지금 저 여자와 결혼이라도 하겠다고 한다면 정말로 어머니가 가만히 계실까.

그러나, 아니 그럼에도 불구하고 그는 자리를 뜰 수 없었다. 그리고 그 뻣뻣한 남자의, 가련하게도 겨우 저 여자 모친의 가망 없는 수술을 위해서 그런 노예계약에 덜컥 사인을 한 어이없는 순애보를 보고 오히려 한숨 놓았을지도 몰랐다. 적어도 자신에게 기회가 오지 않을까 하고…….

얼마든지 방법은 있었을 텐데, 단지 직접 수술해 주길 원한다는 여자의 말 한마디에 저 세상에서 가장 똑똑한 사람들만 들어

간다는 그 유명한 병원의 전문의라는 남자가 저런 바보 같은 데사인을 하고 마는 것을 보고 그는 아직 포기하기는 이르다는 것을 깨달았는지도 몰랐다. 과연 두 사람은 어떤 사이일까. 그러나 그는 아직도 여자에게 묻는 것 따위를 시도해 볼 생각도 못하고 있었다.

"여기 있는 게 낫습니다. 그냥 여기 있어요. 부담 갖지 말고."

여자의 입장에서는 꽤 녹녹지 않은 이곳의 병원비가 문제일 수도 있었다.

"……가니까 중간 정산 해 주셨더라고요. 감사 말씀 못 드렸습니다."

드라마에나 나오듯 제가 갚을게요, 그런 말 따위가 나올 만한 금액이 아니었다. 뻔뻔스럽지만 아직 시작도 안 한 마당에 그런 쓸데없는 호기 따위 부릴 기운은 없었다. 저 사람이니까 가능한 거겠지 라고 여길 뿐이었다. 단지 며칠뿐이었는데.

"덕분에 한 고비 넘겼으니까, 가게 해 주세요. 엄마가 좋아지시고 나면, 그 다음에 사무실에 다시 가겠습니다. 가서 열심히 일할게요."

"혜원 씨."

그가 다가갔다. 난방이 잘 되는 쾌적한 병실 덕에 여자는 얇은 셔츠형 블라우스와 몸에 붙는 청바지 차림이었다. 여자의 단발머리는 잘 묶여져 있었다. 서른이 넘는 나이가 무색하리만큼 여자의 하얗고 창백한 얼굴은 삶에 지쳐서 그런 것이 분명한데도 불구하고 그의 마음 저 밑바닥을 울렁이게 할 만큼 아름다웠다.

여자를 혼자 두고 싶지 않았다. 이 여자가 이런 곳에서 커피 잔이나 씻으며 저 같은 돈이 썩어 문드러지는 망나니들의 농담거리 따위가 되게 하고 싶지도 않았다. 제 곁에 두고, 전에 잠깐 보았듯 미끈한 정장을 차려입고 컴퓨터 앞에서 씨름하는 모습이 훨씬 더 여자한테 어울렸다. 아니, 어중이들이 모인 그런 리셉션장에 서 있는 여왕같이 우아한 모습이 여자의 본모습일지도 몰랐다. 그런 게 어울리는 그런 여자였다. 여자의 자리를 찾아 주고 싶었다. 혹, 그가 마음먹었듯 결혼을 하거나 제 여자로 만들지 못하더라도. 적어도 제가 할 수 있는 일은 그것이 아닐까 싶었다. 그러니 여자가 원하는 것을 해 주는 게 옳았다. 여자가 여기 있는 게 좋을 리는 없을 것이 뻔했다.

"좋습니다. 그럼 주치의와 상의해 보십시오. 그게 최선인지."

여자는 대답하지 못했다.

* * *

무료한 사무실이었다. 물론 앞에는 저가 봐야 하는 서류들이 쌓여 있었지만 그것은 제 분야가 아니었다. 의료진에 초정에 관한 서류와, 병원의 어마어마한 회계 예산이나 혹은 재무제표에 관한 서류들이었다. 그는 몇 장 넘기다 눈에 들어오지 않아 덮어 버린 지 오래였다. 화려하고 넓고 아늑했지만 그와 어울리지 않는 건 확실했다. 임상 자료와, 논문들이 싸여 몸을 옴짝이기도 불편한 볼티모어의 제 연구실이 생각났다. 그가 기한으로 잡은 열흘이 이제 이틀 남아 있었다. 이 며칠 사이에 도대체 무슨 일들이 일어난 건지 그는 아직도 실감이 나지 않았다. 이제 앞으로 여기서 뭘 해야 하는 걸까. 그가 막 푹신한 자리에서 일어났을 때였다. 삐리릭 하는 소리와 함께 인터폰이 울렸다.

〈1201호 박경숙 환자 보호자 분 면담 요청하셨는데요.〉

"지금?"

〈네.〉

"들어오시라고 해요."

오늘 한 번도 보지 못한 그녀가…… 여기 온다고 하니, 그는 갑자기 목에 맨 넥타이가 갑갑해지는 것 같은 느낌이었다. 닥터 주와의 약속은 지키고 싶었다. 똑똑 하는 노크 소리가 나더니 문이 열리고 여자가 들어왔다. 덜컥 심장이 내려앉는 느낌이 이것일까. 자리에서 일어나는 그를 멈칫하게 만들었다.

셔츠형 블라우스에 청바지를 입은 여자는 창백한 얼굴로, 제가 하고픈 말을 제대로 할 수 있을까 하는 걱정스러운 심정으로 남자의 얼굴을 보고 싶다는 마음, 그리고 또 한 그렇지 않다는 마음을 지닌 채 굳은 제 감정을 추스르려고 서 있을 뿐이었다. 그러나 그것을 보는 남자는 마치 12년 전의 그 차가운 언덕길을 오르다 난데없이 나타난 무언가에 의해 매끄러운 빙판에 넘어져 정신을 잃은 것 같은 느낌이었다. 푹신한 의자에서 일어섰을 뿐인데…….

화장기 하나 없는 여자의 말간 얼굴과 그 어떤 인공의 색조도 남아 있지 않은 여자의 까만 머리카락은 모든 것을 앗아가 버리는 그 시간이라는 놈조차 여자에게서 그 어떤 것도 빼앗지 못했다는 것을 알 수 있었다. 저는 이리 변해 버렸는데 여자는 그 모진 세월을 견디면서도 빼앗기지 않은 그런, 제 눈이 시릴 만큼의 아름다움을 그대로 가지고 있었다. 이 짧은 순간에 제 선택을 후회하면서도 한편으로는 옳았다고 생각할 뿐이었다.

"안녕하세요."

그녀도 알고 있었다. 이 모든 결과를.

"일이 있으면 호출하면 되는데."

"……."

그녀는 한동안 말이 없었다. 그가 막 입을 열려는데 여자가 말했다.

"전원 하려고요. 방사선 치료 가능한 곳으로요."

거기에 대고 방사선 치료가 환자를 옮겨 갈 만큼 의미가 없다는 말을 하고 싶지는 않았다. 과학적으로는 수긍할 수 없지만 인간은 종종 기적을 만들어 내고 그는 늘 벼랑 끝에서 그것을 보고 살아왔으니까. 간절히 원하면 이루어지는 것들도 있었다. 물론 제게는 그게 이제 더 이상 불가능할지도 모르겠지만.

"그걸 원한다면 그렇게 하도록 하십시오."

그는 최대한 이 방에 어울리는 대답을 하려고 노력했다.

엄마가 수술실에서 나와 눈을 뜬 후로는 그녀는 울지 않았다.

아빠의 장례식장에서도 울지 못했듯 그녀의 엄마 앞에서, 아니 엄마가 보고 있지 않더라도 그녀는 울지 않았다. 앞으로 건강하게 잘 살 수 있는데……. 울 일이 없으니까, 그러니까……. 울지 않았다.

이 눈앞의 사람과 잠깐 꿈꾸었던 밝은 미래 같은 건 꿈일지도 몰랐다. 그러나 꿈에도 그 가난한 의대생이 자신을 수술한 의사라는 것을 모르는 엄마한테 만약이라도 충격을 주고 싶지 않았다. 그리고 십여 년을 기다린 뒤에 이 사람을 다시 만났듯이 앞으로 또 그만큼의 세월이 흐른 뒤에 이 사람을 만날 수도 있지 않을까 하는 그런 꿈을 꾸면서 그녀는 현실에서 울지 않고 이야기를 할 수 있었다.

"감사합니다. 그리고 수고하셨습니다."

"네. 가십시오."

아무도 없는, 두 사람 외에는 아무도 없는 넓은 텅 빈 공간이었지만 두 사람은 잘 짜인 연극을 하듯 깍듯하고 예의 바르게 대화를 나눴다. 그리고 여자는 천천히 몸을 돌려 우아한 몸짓으로 빈 공간을 가로질러 문을 열고 그곳을 나섰다. 여자가 나가고 문을 닫는 소리가 딸깍하고 나자마자 그는 마치 바람이 빠진 풍선처럼 털썩 하는 소리를 내며 의자에 주저앉았다. 자신에 왜 그러는지조차 모른 채.

문을 나온 여자는 문 옆에 있는 비서 앞을 침착하게 지나쳐 엘리베이터 앞에서 섰다. 갑자기 무언가가 후드드득 떨어져 내리는 게 느껴졌지만 그녀는 그게 무엇인지 모르기 때문에 가만히 서 있었다. 엘리베이터가 섰다. 다행히 아무도 없었다. 그녀는 들어가 12층의 버튼을 눌렀다. 그 와중에도 무언가는 끊임없이 떨어져 내렸다. 금방 12층에 서고 저쪽 끝 데스크에 있는 간호사 쪽을 보이지 않도록 애쓰면서 그녀는 특실의 문을 열었다. 그러고는 곧장 자신의 공간, 그녀가 늘 힘든 다리를 쉬는 공간인 탕비실로 뛰듯이 들어갔다.

간병인을 두지 않겠다는 그녀의 말에 따라 텅 빈 채 잘 정리된 싱크대와 조그만 등받이 없는 접이식 의자 하나뿐인 공간에 들어가자마자 그녀는 의자도 아닌 바닥에 쪼그리고 앉았다. 그리고 마음껏 통곡했다.

"저는 외과의사이지 비즈니스맨이 아닙니다."

"병원의 부원장이란 직책에는 비즈니스적인 면도 포함된 거예요. 그런 식으로 자신이 하고자 한 일만 하고 나서 나 몰라라 하는 건 너무 무책임한 일 아닌가요?"

"병원에도 익숙하지 않고, 이런 실무 같은 것은 해 본 적이 없다는 것 정도는 미리 생각하셨어야 합니다."

희진은 피식 웃을 수밖에 없었다. 당신은 그냥 존재만 해도 좋은 걸. 다만 그 싸늘하고 오만한 기운을 가득 품고 있어야 해. 그나마 다행이었다. 자신이 일에 서투른 건 당연하다고 당당히 이야기하는 것이.

"일에 익숙하지 않다는 거, 알아요. 하지만 제가 말씀드리는 건 그런 게 아니라는 거, 잘 아시는 거 아닙니까?"

무언가 말을 하려 했던 그가 말을 잇지는 못했다.

"주 선생님께서 최선을 다해 도와주신 것 감사하게 생각하고 있습니다. 그래서 저도 제가 책임지기로 한 일에 대해서는 책임을 질 생각입니다. 그런데……."

"그런데 뭐죠?"

"그게 생각대로 잘 되지 않습니다. 죄송합니다."

그가 싸늘한 얼굴을 하고 안경을 벗으면서 천천히 제 관자놀이를 쓰다듬었다. 강추위가 맹위를 떨치고 있지만 커다란 창에서는 오후의 햇살이 쏟아져 내려 그런 남자의 온몸에 쏟아져 내리고 있었다.

당신은 그런 사람이 아니야, 내가 뭐라 한들 미안하다는 말 따위를 해서는 안 되는 사람이야.

"자신감을 가져요. 별것 없어요. 할 수 있다고 생각하면 그만이에요."

그러니까 그 여자 따위는 잊어요. 정신 나간 태정혁이 같은 애한테 던져 버리라고요. 막 그녀가 뭐라고 말을 하려 할 때였다.

달칵.

문 열리는 소리가 났다. 그러곤 누군가가 들어왔다. 앞에 선 사람은 주희진의 아버지인 클리닉의 원장 주상진이었다. 그 뒤로 낯선 외국인 하나가 들어오고 있었다.

"어? 희진아. 여기서 뭐 하냐는 게냐? 어, 닥터 길? 당신이 왜 여기 있는 겁니까?"

32.

"아버지. 아버지도 분명히 닥터 길을 원하셨잖아요!"

"그랬지만 분명히 본인이 거절했다. 세상 어디에 가 봐도 이것보다 더 좋은 조건은 없어. 난 그 젊고 전도유망한 의사의 앞날에 대해 충분한 딜을 했고 그걸 거절했으니까 다른 방법을 모색한 것이야. 내가 자리를 비운 사이에 이런 사고를 치다니!"

잠시 말을 해야겠다고 따로 한 켠에 마주한 부녀는 날카로운 신경전을 하고 있었다.

"난 거절하는 사람에게 다시 부탁 따위 해 본 적 없어. 그리고 이미 닥터 메리켄은 승낙을 하고 온 거야. 언론에도 다 알릴 거고. 그러니까 그냥 없었던 걸로 해. 계약서 따위 이미 존스홉킨스에 넘어갔다 하더라도 내가 내일 서신으로 착오라고 연락하면 되니까."

희진은 마음이 급했다. 이런 일이 있으리라고는 생각도 하지 않고 있었다. 이미 공석으로 있던 부원장 자리에 대해서 이리 급하게 새 사람을 구해 데려올 것까지는 몰랐던 것이 큰 잘못이었다. 독일에 가신다고 했을 때는 그냥 학회의 일 때문인 줄 알았었다.

"아까, 정 실장한테 이야기 들었다만, 닥터 길이 여기서 집도를 했다던데 그건 또 무슨 일이냐?"

"부원장이니까 가능한 거 아닌가요? SJ의 손자인 태정혁 이사의 지인이에요. 급해서 한 거예요. 그래서……."

"됐어. 사고 없이 끝났으면 됐다. 그냥 거기까지 해. 난 싫다는 사람 잡기 싫어."

"아버지, 난 그 사람 없으면 안 돼요! 그러니까 한 번만!"

"됐다. 이야기 끝났어. 그 사람 그 자리 아니면 너 안 된다고 하던? 자리 넘보고 널 이용하는 거냐? 그거라면 아주 몹쓸 인간이구나."

"아버지, 그게 아니라……."

"네가 원하면 네가 알아서 해. 하지만 이건 내 일이야. 일은 일대로 하는 거다."

넓고 쾌적한 사무실에는 뭔지 모를 불편한 공기가 가득 차 있었다. 가장 불편한 사람은 가장 화사한 모습을 하고 있는 주희진일 것이었다.

“그 문제는 유감스럽게도 닥터 길이 거절하는 것으로 생각하고 있었습니다. 그렇지 않습니까?”

“네.”

“아버지!”

그러나 희진의 말을 무시하고 옆에 앉아 있는 살집 좋은 독일인에게 뭐라 말을 하더니 말했다.

“슈테판 하우저 병원의 부원장이신 닥터 메리켄 씨가 클리닉의 부원장 자리를 맡아 주시기로 했습니다. 전에 귀국하시더니 설마 이것 때문에 다시 오신 건가요?”

주 원장의 얼굴은 늘 웃는 모습이었다. 그러나 그것은 그가 오랜 시간 삶을 살아오면서 만든 제 표정일 뿐이었다. 그 표정 끝에 석연찮은 모습은 눈앞에 앉아 있는 존재에 대한 불쾌감이었다.

“아버지 잠시만…….”

그러나 이미 끝난 이야기로 치부하고 있는 주 원장은 딸의 말을 묵살할 뿐이었다.

“내일 정식 계약 약정서 체결식을 언론사들 앞에서 할 예정입니다. 저기 닥터 길은…….”

이제 그만 가 달라는 뜻으로 말끝을 흐리는 것을 둘 다 모를리 없었다.

“네, 축하드립니다.”

그가 일어서자 주 원장도 일어섰다. 그가 거절한 것은 한 것이지만 또다시 이런 수술이 있을 때 충분히 이용할 수 있는 화려한 재원을 주 원장이 마다할 일은 없었다.

"감사합니다. 같이 하지 못한 것은 애석하게 생각하지만 뭐 다음번에 기회가 있을 것입니다."

"네, 기회가 되겠지요. 클리닉 새 부원장님과 번창하시길 빕니다."

"원장님!"

희진이 외쳤지만 그녀의 외침에 대해서 대꾸할 생각이 있는 사람은 아무도 없는 듯 보였다. 그는 병원에 있을 때 내내 굳어진 표정이었지만 인사를 하고 방을 나서는 얼굴에서는 차가움은 여전했으나 한결 가벼워진 얼굴이었다.

"제이슨! 아버지, 이따 말씀 좀 나눠요. 그럼."

희진은 재빨리 재현의 뒤를 따랐다.

"제이슨!"

황급히 외치는 희진을 돌아보는 그의 표정은 변함없어 보였지만 완전히 달라 보인다는 것은 확실했다.

"이건 뭔가 착오가 있는 거예요."

"다행이라고 생각합니다. 주 선생님."

"이렇게 가 버린다고 일이 끝나는 게 아니에요."

그녀가 황급히 말했다.

"그렇지만 제가 부적절한 자리에 있었다는 건 변하지 않는 사실입니다. 이제라도 제 자리를 찾게 된 걸 다행으로 여깁니다. 하여튼 감사했습니다. 제가 맡기 버거운 소임이었습니다. 그리고 여러모로 도와주신 거 정말 감사하게 생각하고 있습니다."

희진의 얼굴이 굳어졌다.

"한 가지만 묻겠어요."

"……."

"박경숙 환자 보호자, 정혜원 씨랑은 무슨 관계죠? 당신은 내내 볼티모어에서만 지냈잖아요. 서울은 이번이 처음이라고 하지 않았어요? 그런데 그 여자를 어떻게 아는 사이인 거죠?"

어떻게 아는 사이일까. 희진의 물음에 그도 잠시 생각에 잠겨야 했다.

"한국을 떠나기 전에, 알던 사람입니다."

"네? 그렇게 오래전에 알게 된 사람 때문에 지금……."

그녀가 당혹스러워하는 것을 이해할 수 있었다. 그녀가 당혹스러운 것만큼, 아니 그보다 더한 게 자신이니까.

"세상에는 타당하지 못한 일들이 얼마든지 있습니다. 이유도 모르고 원인도 모르는 병이 있듯이 세상사에도 원인도 이유도 모르지만 그렇게 돼야 하는 일들이 있습니다. 감사했습니다."

그는 정중하게 인사를 했다. 그리고 돌아섰다.

짐을 꾸리는 그의 손길이 바빠졌다. 도로 환불할 생각도 하지 못했던 비행기 표는 오면서 왕복으로 끊어 둔 것이었다. 전혀 잊고 있었는데 그 비행기는 바로 오늘 밤 비행기였다. 이 열흘 동안 대체 어떤 일들이 일어났는지 그도 한꺼번에 다 정리하기조차 힘들었다. 볼티모어의 병원에서 여러 차례 확인 연락이 온 것 때문은 아니었다.

환자의 주치의로서 그녀의 어머니의 병은 낙관할 수 없는 병이었다. 의사로서 길어야 3개월이라고 통고할 수밖에 없는 그런 병이었다. 하지만 세상에는 기적도 있고, 의학으로도 이해할 수 없는 일들이 일어나는 걸 그는 수없이 보아 왔다. 그러니까 그녀의 어머니도 만약이라는 기적을 바라야 하는 입장이었다. 그런데 제가 지금 이런 짐을 벗게 됐다고 해서 그녀의 앞에 나타나야 하는 걸까. 십여 년 전 그렇게 저를 쫓아 보낸 것보다, 그로 인해 어린 딸이 그런 처지에서 자해를 하고 그것에 충격 받아 사랑하는 남편이 세상을 떠난 건 그 환자의 인생에 가장 큰 충격이었을 것이었다. 그 원인인 자신이 눈앞에 나타나는 게 옳은 일일까. 주치의라고 해도 그 사실을 언제까지 숨길 수 있을까. 그는 슈트케이스를 앞에 놓고 생각에 잠겨야 했다.

자신의 짐들이 아직도 빈 호텔 방에 있다는 것을 알고 있었다. 사람을 시켜 가져오게 했어야 했지만 그럴 시간조차 없었다. 빈 몸으로 병원의 숙소에 있었지만 이미 캐리어 하나 분량의 짐이 생긴 터였다. 그것은 아마 저를 배려한 주희진의 덕분에 제가 의사답게 차려입게 만든 옷들이었다. 그것에 대해 고마움의 표시도 하지 않고 정신없이 병원을 나선 건 제 탓이었다.

호텔 방에 들어서서 제가 들고 온 낯선 캐리어를 잠시 보던 그는 침대 옆 카우치에 나란히 정리되어 놓여 있는 백화점의 종이 가방들을 내려다보았다. 거기에는 여자가 마치 그 오래전의 갈색 머리로 돌아갔던 시절처럼 처음으로 밝게 웃으면서 샀던 옷들이었다. 이것들을 돌려주지도 못하다니. 그리고 탁자 위에는 덩그러니 면세점의 하얀색 작은 종이가방이 놓여 있었다. 저것이…… 이제 대체 무슨 의미가 있을까. 그는 물끄러미 내려다볼 뿐이었다.

*　*　*

“박경숙 님, 신관 2층 207호 치료실 앞으로 가세요. 20분 후에 치료 시작합니다.”

“네.”

순번이 많이 밀려 있는데 클리닉에서 왔다는 것 때문인지 오자마자 치료를 받을 수 있게 된 것은 정말로 다행이었다. 혜원이 급하게 휠체어를 가지러 복도로 가는데 주머니에서 휴대폰 진동이 울렸다. 휴대폰을 꺼내 폴더를 연 순간 그녀는 마치 못 박힌 것처럼 그 자리에 서 버리고 말았다. 굳이 이름을 달지 않았지만 그녀가 알고 있는 번호. 왜…… 전화를 했을까. 주치의니까, 엄마의 주치의니까 뭔가 할 이야기가 있을 거야……. 그러나 병원을 옮기는데 그는 나타나지 않았었다. 다만 두툼한 서류에 돼 있는 유려한 그의 사인만 보았을 뿐. 방금 전에도 병원에서 전화가 왔었다. 빠진 치료 자료가 있는데 그것은 병원으로 바로 메일로 보내겠다고 죄송하다던 공손하고 바른 목소리의 병원 행정실의 전화였다. 그러니, 치료에 관계되는 일은 아닐 것이었다.

전화는 끊임없이 진동을 울리고 있었다. 그러나 그녀는 차마 통화키를 누르지 못했다. 전화는 곧 끊어지고 부재중 통화라는 글씨만 남았다. 지금이라도 다시 버튼 하나만 누르면 그의 그 낮고 명료한 목소리가 저편에서 울릴 것이다. 그러면……. 그러면 뭐가 달라지나, 이 상황이 바뀌나, 그가 돌아오나……. 혜원은 휴대폰을 접어 주머니에 넣고 침착하게 휠체어를 밀고 병실로 돌아갔다.

"엄마, 일어날 수 있어? 어지럽지 않아?"

눈을 뜬 엄마에게 말을 걸면서 혜원은 제 휴대폰을 옆에 있는 옷장의 서랍에 넣었다.

시간이 빡빡했다. 그래도, 뭐라 무슨 말을 하지 못하더라도 멀리서나마 모습이라도 보고 싶었다. 닥터 노스먼이 여러 번 전화를 했었다. 아이의 출산 때문에 휴가를 낸 하우저 박사의 막내 아이가 상태가 좋지 않아서 신생아 중환자실에 입원했기에 복귀하지 못할 것 같으니 빨리 와 줘야겠다고. 그는 오늘 저녁 비행기로 돌아가겠다고 했다. 우선은 가야만 했다. 무엇을 정리하던 간에.

가기 전에 그래도 한 번만이라도 보고 싶었다. 일이 이렇게 됐다고 그래서 가야 한다고 이야기라도 하고 싶었다. 그러나 여자는 전화를 받지 않았다. 단지 제가 클리닉의 부원장 자리를 맡고, 소문에 돌고 있는 것처럼 암묵적으로 주 선생과 약혼을 하게 됐다고 믿기 때문인지, 아니면 그녀의 어머니가 회복하는 데 자신의 존재가 도움이 되지 않기 때문에 그 죄책감으로 제 연락을 피하는 건지는 알 수 없었다. 그리고 그 이유를 안다고 해도 지금은 아무것도 바뀌는 것은 없을 것이었다. 다만, 이제 그녀가 그 힘든 시간을 혼자 견뎌 왔듯이 다시 이 힘든 시간을 견뎌야 하는데. 그래도 마음으로나마 자신에게 기대 주기만을 바랄 뿐이었다. 그러나 그게 가능할까…….

6인용 병실에는 제 환자였던 박경숙이라는 이름이 있었다. 나이 든 신경외과 환자들이 모여 있는 병실……. 클리닉의 그 광활한 병실과는 완전히 다른 세상이었다. 지친 얼굴의 환자들, 그것보다 더 지쳐 보이는 환자의 보호자들이 굳은 얼굴로 그를 흘끗거렸다. 옆에 널려 있는 젖은 수건들, 그리고 뭔가 복잡한 음식 냄새들이 섞인 탁한 공기, 소리가 낮춰진 조그마한 텔레비전이 가운데 나오고 있었다. 그가 들어가자 모두 그를 쳐다보는 시선이 느껴졌지만 그는 제 눈에 익숙한 사람들이 보이지 않은 게 의아해졌다. 침상의 발치에 있는 환자 이름을 훑어보는 수밖에 없었다. 저쪽 안쪽의 빈 침대에서 그가 원하는 이름을 발견하고는 그는 잠시 망연하게 서 있었다.

"그쪽……. 저기 아마 무슨 치료 받으러 가신 거 같은데, 한참 됐어요. 곧 올 텐데."

옆에 앉은 환자 보호자가 흘끗거리면서 그에게 말을 건넸다. 가죽 재킷을 입고 캐리어를 들고 있는 헌칠한 남자를, 호감 섞인 눈으로 바라보며 말을 하는 옆 침상의 환자에게 그는 뻣뻣한 눈인사를 했다. 낯익은 여자의 패딩 점퍼가 옆에 놓여 있는 게 보였다. 휴지, 과도와 반만 남은 사과, 거울과 빗, 수건……. 그가 저쪽 병원에서는 보지 못했던 물건들이 있었다. 그리고 얇아 보이는 이불도 잘 개켜진 채 좁은 환자 보호자용 의자 겸 침대로 쓰는 받침대 위에 놓여 있었다. 시간이 없다는 것을 잘 알고 있었다. 여자를 기다리고 싶었지만 이대로 갑자기 들이닥쳐도 그다지 좋지는 않을 것이었다. 그는 들고 있던 자신의 가방을 열었다. 그러곤 구김이 있는 작은 종이가방을 꺼내 그 개켜진 이불 위에 올려놓았다.

잘 견뎌 주길…….

다음에 보면, 비록 그 다음이 언제라는 기약은 없더라도 제 감정에 충실해지길…….

종교를 가진 적 없는 그가 어딘가에 존재하는 신에게 빌었다. 여자가 행복해질 수 있다면 앞으로 지금까지 홀로 있었던 시간의 곱절이 지날 만큼의 시간이 지난다 하더라도 견딜 수 있다고 다짐하면서.

"우엑……!"

"엄마 괜찮아?"

"컥!"

먹은 것도 없는데 노란색의 물을 토하는 엄마를 잡고서 간호사 호출 벨을 누르는 여자는 땀이 범벅이 되어 있었다. 절대 울지는 않으리라 작정한 입술은 잇자국이 나 있었다.

"여기요! 너무 구토가 심하셔서!"

"자, 잠시만요. 보호자 분 비켜 보세요!"

간호사와 의사들이 뛰어오고 엄마의 침상에는 커튼이 둘러쳐졌다. 옆에서 떨리는 손길로 쳐다보는 혜원의 숨결은 거칠어졌다.

'엄마, 제발. 안 돼. 지금은 아니야…….'

한참의 전쟁 같은 시간이 지난 다음에야 엄마는 그나마 진정을 해서 침대에 누울 수 있었다. 처음 하는 방사선 치료에서 이렇게 진을 뺀 혜원은 앞으로 열 번이나 이걸 더 견딜 수 있을지 걱정이 앞섰다. 수술은 할 수 있을 만큼은 잘 됐다고 이쪽의 새 주치의 선생님은 이야기했다. 정말로 그렇게 깊이 있는 종양을 신경 조직의 손상을 최소화한 채 제거 수술을 받을 수 있었다는 건 기적 같은 일이라고, 그러나 수술로는 어쩔 수 없을 만큼 깊어진 병에 대해서는 각오를 해야 한다고……. 몇 번이나 눈물이 나려는 것을 참아 내야 했다. 심한 구토로 인해 이제 두 볼마저 푹 꺼져 버린 엄마를 내려다보는 혜원은 버석한 얼굴에 마른세수를 하면서 솟아오르려는 것을 꾹꾹 눌러 담아야 했다.

"저기……."

"네?"

옆 침상에 누운 환자의 보호자가 쭈뼛거리며 말했다.

"아까 누가 왔었는데. 저기 키 크고 굉장히 잘생기신 남자 분이 와서 한참 기다리던데……."

"네?"

갑자기 입안이 바짝 마르는 건……. 병실이 건조해서라고 생각했다.

"그런데 안 오니까 그냥 가드만."

"아, 네."

제가 본 것도 아니었다. 옆에 있던 사람이 굳이 말해 주지 않았더라면 전혀 모르고 있을 사실이었다. 그런데 왜 그냥 가 버렸다는 말이 이렇게 서러운 걸까. 여기까지 왔다가 왜 갔을까, 마주치지 않은 게 다행이라고 여기고 있으면서 왜 가슴 한구석이 이리저려 오는 걸까. 갑자기 기운이 풀린 혜원은 보호자용의, 침대 밑에 들어가는 낮은 침상에 주저앉았다. 전화를 받지 않은 건 저인데 왜 마치 버림을 받은 것 같은 느낌이 나는 걸까. 왜 조금만 더 기다려 주지, 하는 생각까지 드는 걸까.

제 머릿속이니까, 그 누구도 알 수 없는 제 머릿속이니까 생각이라도 그렇게 하는 건 아무도 모를 테니까…….

혜원은 제 스스로가 어이가 없어 피식 웃음이 새어 나왔다. 이 이기적인 생각의 끝은 어디일까 하고 되물으며 한참을 멍하니 앉아 있다가 막 낮에 깎아 먹다 남긴 사과가 생각난 그녀가 고개를 돌렸을 때였다. 개켜 놓은 이불 위에 무엇인가가 있었다. 낯익은 하얀색의 종이가방……. 작은 종이가방은 새것이 아닌 듯 구김이 간 채 놓여 있었다. 이걸 어디서 봤더라. 어디선가 봤다는 생각이 들면서 아무 생각 없이 가방을 들어 보려고 내민 손이 떨리기 시작했다.

이건…….

허공에 멈춘 손이 가방의 매끄러운 표면에 닿은 건 한참이나 지난 후였다. 종이가방을 벌리니 그 안에서 익숙한 벨벳 상자가 보였다. 상자를 본 순간, 갑자기 근 며칠간 참았던 눈물이 다시 주르륵 떨어져 내리는 걸 느끼고는 그녀는 손을 거둬 눈물을 닦았다. 그러나 마치 수도꼭지를 튼 것처럼 눈물은 멈추지 않았다. 상자를 열지 못하고 누가 볼까 그녀는 위에 올려놓은 두루마리 휴지를 급하게 풀어 눈물을 닦았다. 싸구려 휴지를 벅벅 문질러 눈가가 아프도록 닦았지만 여전히 멈추지 않았다. 그래도……. 상자를 열어 보아야 했다.

떨리는 손으로 상자를 꺼내고 상자의 뚜껑을 열었다. 검은색의 벨벳 상자 안에 든 건, 주변에 가벼운 깃털의 장식을 단 작은 크리스털 유리병이었다. 그의 호텔 방에서 보았던, 총총거리며 새벽에 방을 나오느라 깜빡 잊고 두고 나왔던 라리끄의 병……. 키가 큰 남자가 왔다 갔다고 했을 때도 혹 그게 정혁일지도 모른다는 생각을 했었다. 그러나 그였다. 그가 여기 와 이걸 두고 갔다.

왜 두고 갔을까, 왜 여길 왔을까, 지금은 어디 있을까……. 그런 게 중요하지 않았다. 그냥 이 향수가, 자신의 그 화려한 어린 시절, 사랑만이 세상의 모든 것이었던 시절을 예쁜 흑백 사진 속의 풍경처럼 기억하게 만드는 이 작고 더럽게 비싼 향수가, 그리고 저를 기억하며 그가 낯선 땅에서 사서 간직하고 있던 향수가 여기 내 손안에 있다는 이 사실만이 중요했다.

매끄러운 향수병의 차가운 감촉을 느끼면서 그녀는 깨달았다.

그도 자신을 사랑하고 있었음을…….

*　　*　　*

"혜원 씨……."

그러나 남자는 말을 맺지 못했다.

"아, 오셨어요?"

제 딴에는 밝게 말을 하려 했을 것이 분명했다. 그러나 다분히 그렇지 못했다.

"괜찮아요?"

정혁이 손에 잔뜩 든 것조차 내려놓고 다가왔다.

"괜……찮아요."

손에 든 휴지 조각으로 콧등을 얼른 닦으면서 여자는 웃음을 지으려고 했지만 그게 마음대로 되지 않아 보였다.

"무슨 일이에요?"

병실도 아니고 린넨실로 들어가는 복도의 꺾어지는 곳에 숨느라고 숨어 있던 혜원은 정혁을 보고 당황했다. 급속하게 나빠지는 엄마의 상태 때문에 하루하루를 살얼음판 걷듯 걷고 있는 것을 잘 아는 정혁이었지만 여자가 이렇게 구석에서 우는 것은 처음 보는 일이었다. 항상 잘 견딘다고 생각하고 있었을 뿐이었다. 다만 매일 드나들던 그가 이번에 사촌 동생이 괌에서 결혼식을 한다고 해서 어쩔 수 없이 사흘이나 병원에 못 온 사이에 무슨 일이라도 있나 싶어 그는 제가 바리바리 싸 들고 온 것도 내팽개치고 여자의 어깨를 붙잡았다.

"무슨 일이냐니까요!"

"아무것도 아니에요. 그냥 피곤해서……."

피곤하다고 이런 곳에서 울고 있을 여자가 아니란 건, 지난 한 달 동안 여자를 내내 보아 온 그에게 통할 말은 아니었다.

"얘기해 보세요. 제발. 힘든 거 그 누구보다도 제가 잘 알잖습니까."

세 번째 방사선 치료 도중에 쇼크가 와서 위중했던 그녀의 엄마는 하루 종일 의료진의 수고 속에 겨우 지금에야 안정을 차린 참이었다. 그리고 의사는 개인 면담을 하면서 그동안 쓰고 있던 항암제가 듣지 않으니, 새로운 표적 항암제를 써야 한다고 했고, 그것의 치료비에 대해 원무과에서 상담을 하고 온 직후였다. 의료보험도 되지 않는 한 병에 몇 백씩 하는 치료비가 무서운 게 아니라 그 뒤에 덧붙인 의사의 말이 그녀를 절망하게 만들고 있었다.

"항암제를 맞는다 해도, 호전된다고는 말씀드릴 수 없습니다. 의료진이 할 수 있는 건 여기까지입니다. 이제 기적을 기다리는 수밖에요. 하지만 저희들은 하루에도 몇 번씩 기적을 봅니다. 보호자 분과 환자 분의 의지가 있다면 우리에게도 기적이 올 수 있을 것입니다."

고맙습니다, 감사합니다를 말하면서 꾸벅 인사를 하고 나왔었다. 기적이란 게 저에게도 있을 수 있는 거라 생각하고 있었다. 그러나 이젠 머리카락도 하나 없고, 몸무게도 전에 비해 반도 안 나가는 엄마가 침상에서 겨우 숨만 쉬는 것을 보고는 왈칵 그동안 참았던 눈물이 쏟아졌을 뿐이었다.

"그냥…… 피곤해서……."

그러나 여자는 그 말을 끝맺지 못했다. 다시 터지는 울음을 소리 나지 않게 참고 있는 여자를 그는 손을 내밀어 안았다. 힘들고 피곤하고 슬펐을 것이다. 그러니 여자가 제게 기대는 것이다, 라고 생각하고 있었지만 여자의 가냘픈 작은 어깨가 제 품에 무방비하게 기대는 것에 대해 야릇한 희열감을 느끼고 있는 제 자신을 나무라야만 했다. 가느다란 어깨가 들썩이자 그는 안은 팔에 좀 더 힘을 주었다.

매일 밤 얼굴 도장을 찍듯 여자를 찾아온 건 그냥 본능 같은 것이었다. 여자에게 더 이상 감정의 사치를 누릴 만큼의 여유도 없다는 것을 알고 있었지만, 늘 밖이 어두워지면 그의 핸들은 선광대 병원을 향하고 있었다. 그리고 왠지 늦은 저녁 지친 얼굴로 앉아 있다가 저를 보는 얼굴에 그나마 생기가 도는 것을 보고는 몸이 피곤하고 지독한 병원의 향내가 싫어도 그는 내내 발걸음을 이리로 돌릴 수밖에 없었다.

좀 편하게 앉도록 일인실로 옮기자고 해도 여자는 한사코 혼자 있는 게 싫다고, 엄마가 여러 사람들과 어울리는 걸 좋아한다고 마다할 뿐이었다. 뭐래도 괜찮았다. 여자가 저를 밀어내지 않는다면, 그리고 저에게 이리 잠시라도 기댄다면, 그렇다면 되는 거였다.

"뭣 좀 먹었어요? 이거 사무실에서 시켜 먹고 맛있다고 해서 가져왔는데."

"이러지 마세요. 부담스러워요."

혜원은 분명히 저 때문에 사 들고 왔을 초밥 상자들을 보면서 미안스럽게 대답했다. 거의 아무것도 못 먹는 엄마는 심한 구토 때문에 금식이었다. 저 혼자 잠시라도 병실을 나설 여유가 없는 그녀를 위해 밤마다 먹을 것을 싸 들고 오는 정혁에게 미안할 수밖에 없었다.

"뭐 비쌀까 봐 그래요? 나 돈밖에 없는 거 잘 알면서. 그리고 사러 간 것도 아니고 배달시킨 거 들고 온 것뿐이에요. 전화 한 통화 하는 수고밖에는 안 했으니 걱정 말아요."

그녀는 손에 들고 있던 초밥을 멍하니 쳐다보고 말을 잊었다.

문득 그 어느 아주 오랜 옛날의 기억이 떠올라서였을까. 그 철없던 노랑머리 여자가 바리바리 싸 들고 오는 도시락과 화려한 식당의 음식들을 먹으면서 그도 이런 가시방석 같은 마음이었을까. 그도 그래서 그리 굳은 얼굴을 하고 있었을까.

같은 하늘 아래 살고 있는 사람일 텐데, 선광대 병원과 클리닉은 차로 달리면 40분도 떨어져 있지 않은 거리였다. 그러나 그 사람은 이제 딴 세상 사람이었다. 벌써 클리닉을 나온 지 한 달이나 지났는데……. 혜원은 알고 있었다. 매번 정오쯤 되면, 혹은 그것보다 더 빠르거나 조금 늦은 시간에 걸려 오는 이상한 번호의 전화를. 뭔가 짐작은 하지만 받을 수 없는 전화였다. 다만 주선생과 잘 알고 지내는 듯하는 정혁이 아무 말 없는 것으로 보아 적어도 두 사람이 벌써 결혼하지는 않았을 거라 짐작하고 매번 울리는 전화를 말없이 내려다보다 끊어지면 후회를 하고 있을 뿐이었다.

"먹어요. 더 맛없어지기 전에."

"아, 네."

그러나 보기에는 맛있게 보이지만 비릿한 생선회의 냄새에 그녀는 선뜻 손을 들지 못하고 있었다. 전에는 참 좋아했었는데. 그러고는 다시 침대 위로 고개를 돌렸다. 유난히 생선 초밥을 좋아하던 엄마. 늘 마트표 싸구려 초밥만 사 드려서 속상했었는데. 이렇게 고급스러운 초밥을 드시면 정말 좋아했을 텐데. 그녀는 제 앞에서 기대에 차 저를 보고 있는 남자의 시선을 피한 채 손에 든 초밥을 놓고 말았다.

* * *

습관처럼 그는 휴대폰을 들었다. 아직 갈아입지 못한 수술복에서는 독한 수술실의 향기가 묻어 있었지만 본인은 전혀 그것을 느끼지 못하고 있었다. 제 가운의 주머니에 들어가 축 늘어지는 무게를 만들었던 유리 덮개를 가진 휴대폰에 발신자 번호는 늘 같은 번호 하나뿐이었다. 병원 내에서는 내선 번호가 다 있었기 때문에 개인적인 휴대폰을 쓸 일이 거의 없었다.

벌써 한 달하고도 사흘째, 제 아파트에 못 들어간 지도 일주일이 넘어 있었다. 오늘 6시부터 시작된 수술은 응급한 상황을 두 번이나 넘기고 자정이 훨씬 넘긴 시간이 지나서야 끝났다. 늘 하루를 마감하면서 그는 전화를 하곤 했었다. 이제는 여자가 전화를 받으면 당장 뭐라 말해야 할지도 기억나지 않는 습관 같은 행동이었다. 송화음은 끊임없이 단조롭게 울렸다. 한 시가 다 되어 가는 시간, 아마 시차를 본다면 이 전화를 받는 사람은 오후 세 시쯤 되어 가는 시간일 터였다.

피곤이 몰려오는 하루였다. 한 번쯤 더 이상 전화를 받을 수 없어서 소리샘으로 연결된다는 낯선 여자의 목소리 대신 전화기 주인의 목소리를 듣는 날이 오지는 않을까. 매번 마음 한 자락 바람을 실어 보지만, 그것은 쉬이 제게 허락되지 않았다. 휴대폰을 끊고서 그는 저려 오는 다리를 쉬려고 좁은 연구실의 낡은 소파에 무너지듯 앉았다. 그러고는 달력을 보았다. 복잡한 스케줄이 가득 쓰여 있어 채 숫자가 제대로 보이지 않는 달력. 아직도 달력의 커다란 숫자는 한겨울을 나타내고 있었다. 언젠가 봄이란 게 오는 걸까, 그 여자에겐 봄이 올까. 그는 다시 휴대폰을 집어 들었다. 또다시 단조로운 기계음이 끝없이 반복되었다. 어서, 새 달력을 넘겨야 할 텐데. 옷도 갈아입지 못한 그는 여전히 대답 없는 전화를 끊자마자 의식의 끈을 놓치고 말았다.

*　*　*

“네, 수납하겠습니다. 714만 5,200원 되겠습니다. 현금영수증 해 드릴까요?”

“아니요. 괜찮습니다.”

복잡한 수납 창구에서 돌아서는 혜원은 다소 멍한 느낌이었다. 약이 바뀌고 나서 갑자기 내야 할 금액이 확 늘어 버린 것을 보고 당황한 것이 어제오늘 일은 아니었다. 제 손에 들린 통장을 그녀는 쳐다보지 못했다. 당장 이사를 하거나 집을 구하는 것도 할 수가 없었다. 잠시라도 엄마의 곁을 떠날 수가 없는 그녀로서는 눈덩이처럼 쌓여 가는 병원비를 해결하기 위해서 통장에 있는 돈을 찾을 수밖에 없었다. 통장에 그 사람의 이름이 찍혔을 때, 마치 그의 사진을 얻은 것 같은 느낌이었다. 그러나 그 이름이 찍힌 것으로 족하지, 그 옆에 찍힌 숫자들은 절대로 제가 건드리거나 할 것은 아니라고 생각했었다. 그러나 사람이 궁지에 몰리게 되면 보이는 것이 없어지듯, 딱 한 번만이야 하고 되뇌면서 빼 쓴 돈은 점점 걷잡을 수 없이 커지고 있었다.

정혁이 늘 병원비 문제 생기면 제게 말하세요 하는데 괜찮아요, 라고 답할 수 있게 해 준 그에게 고맙기는 했다. 그러나 제 마음이 편할 리는 없었다. 하지만 이것도 잠시, 한눈팔 사이도 없이 위급해지는 때가 허다한 엄마의 곁으로 가기 위해 혜원은 통장을 주머니 속에 집어넣고 급하게 엘리베이터가 있는 곳으로 가야만 했다.

* * *

아무런 미동 없이 3이라는 숫자에 켜진 불만 쳐다보고 있는 혜원에게 그가 물었다.

"혜원 씨, 괜찮아요?"

그녀는 대답도 없이 고개를 끄덕였다. 항상 저 남자는 저더러 괜찮냐고 물었다. 그럴 때마다 괜찮아요, 라고 대답했었다. 하지만 별로 괜찮은 적은 없었다. 그리고 고개를 끄덕이는 지금도 괜찮지 않았다.

"뭣 좀 먹었어요?"

새까만 색의 슈트조차 참으로 잘 어울렸다. 어깨선이 딱 맞는 걸로 보아 신장에 비해 어깨가 잘 발달한 남자에게 맞춤으로 디자인한 웃일 터였다. 이곳에 별로 향기도 좋지 않은데 냄새가 배일까 봐 신경이 쓰였다. 본인은 신경도 쓰지 않을 일인데 제 신경은 거슬렸다.

"또 안 먹은 거 아니에요?"

"아니에요. 먹었어요."

먹으려 애썼지만 다 토해 버렸다고 말을 하지는 못했다. 대답할 기운도 없었지만 대답을 해야 저 사람이 귀찮게 더 묻지 않을 터였다.

"끝나고 병원에 좀 가 봅시다. 얼굴이 엉망이에요."

그 말에 잠깐 화가 나는 건 뭘까. 제 얼굴이 엉망인 건 당연한 거 아닌가? 지금 엄마가 어디에 있는데……. 제가 좋은 낯빛을 하고 피둥피둥 살이 올라 있으면 더 나쁜 거 아닌가.

"신경 쓰지 마세요."

"혜원 씨."

자신의 앙칼진 대답에 당황했다는 것을 알 수 있었다. 좋은 인상인 남자의 얼굴에 있는 쌍꺼풀은 더 짙어져 있었다. 그게 제 탓이라는 걸 잘 알았다. 이 며칠 이 남자가 얼마나 제게 기댈 곳을 주었는가. 그런데 왜 이런 말이 나오는 거지.

"미안해요. 대표님."

당황의 빛이 서렸던 남자의 표정이 풀어졌다.

"괜찮아요. 힘들었잖아요. 할 만큼 했어요. 이제 좋은 곳으로 가실 겁니다. 그러니까……."

그러니까 뭐요, 다시 말을 하고 싶지만 혜원은 고개를 돌렸다. 이제 시간이 다 되어 갔다. 저쪽에서도 새 관이 들어오고 눈물바다가 됐다. 친척도 없는 혜원은 제가 있는 곳만 불이 켜져 있는데도 사람이 저와 정혁밖에 없다는 걸 알고는 다시 망연해졌다. 그 순간 켜져 있던 불이 꺼졌다.

"다…… 됐나 봅니다."

뭐라 말을 하려 했던 혜원의 목소리가 잦아들었다. 고개를 떨군 혜원의 눈에 옷 위에 입은 검은색의 한복 치마 위에 뭔가 잔뜩 묻어 있는 게 보였다. 칠칠치 못하게…….

"박경숙 씨 나오셨습니다."

제가 골랐던 하늘색의 청자 같은 항아리가 곱게 보자기에 싸여 들려 나왔다. 그 바싹 말라붙어 있던 엄마는 더 조그맣게 되어 저 작은 항아리에 들어가 제 앞에 나왔다.

"어……."

항아리를 붙잡지도 못하고, 장례식 내내 말라붙어 있던 눈물이 떨어지면서 여자는 바닥에 주저앉아 버렸다.

"혜원 씨!"

그러나, 그러나 왜 이 순간에, 남자가 제 어깨를 감싸 안는 이 순간에 저를 안아 주던 하얀 셔츠에 싸인 남자의 마른 근육이 느껴지는가. 제 눈에서 나는 눈물이 항아리 속의 엄마 때문인지, 아니면 끝끝내 장례식장에도 얼굴 한 번 내밀지 않은 그 누군가 때문인지 알 수 없었다. 그리고 아무도 이런 제 속마음을 모르길 빌었다.

집 안은 적막했다. 그나마 짬짬이 집에 와서 썩어 문드러질 만한 것들을 버렸지만 환기를 시키지 않은 집 안은 퀴퀴함이 가득했다. 그리고 낯설기까지 했다. 지금까지 무슨 기운으로 서 있었는지 모르겠지만 집에 들어온 순간 그녀는 신발도 벗지 못하고 문간에 주저앉고 말았다. 의사가 통고한 3개월은 날짜도 틀리지 않고 딱 맞아떨어졌다. 신기하게도.

찬바람은 여전했지만 에이는 듯한 냉기는 없어졌다. 해가 내리쬐이는 곳은 등짝이 따뜻할 정도로 계절은 바뀌어 있었다. 그리고 계단을 올라오면서 담 옆에 있던 목련의 꽃이 핀 걸 보고 이 길고 긴 겨울이 갔음을 알게 되었다. 길고 긴 겨울……. 겨울이 시작될 즈음에는 지난 십여 년이 그랬듯 또 그렇게 춥고 힘들고 바쁘게 겨울이 지나갈 줄만 알았었다. 그러나 이번 겨울은 달랐다. 너무 많은 것을 가져가 버린 겨울이었다.

퉁퉁 부은 발을 신발에서 빼내고 기듯이 거실로 가던 혜원은 모든 것이 귀찮아 그냥 그 자리에 쪼그리고 누워 버렸다. 바닥에서 찬 기운이 올라왔지만 아직도 한겨울 점퍼를 입고 있는 덕에 내내 밖에 있었던 혜원은 오히려 따뜻하게만 느껴졌다. 멍하니 얼룩진 천정을 바라보면서 그토록 수많은 고비를 넘긴 엄마를 한 줌의 재로 만들어 조그만 단지에 넣고 그 낯선 데 두고 왔다는 사실보다 왜 그 사람이 장례식에 오지 않았을까 하는 생각만을 하고 있는 저가 참 배은망덕하게 느껴질 뿐이었다.

"엄마, 이래서 자식은 다 소용 없나 봐……."

엄마의 병은 그토록 순식간에 생명을 앗아 가려 했는지, 하루하루가 전쟁이었고 하루하루가 죽음이라는 신과의 처절한 싸움이었다. 몇 번이나 의사 무더기들이 뛰어 들어오는 날들의 반복이었다. 매일 비슷한 시간이 되면 전화가 왔지만 혜원은 단 한 번도 전화를 받을 수가 없었다. 전화를 받는 순간 무너져 버릴 것 같은 제 마음이 무서웠다. 이제는 남의 사람이 되어 있을 그를, 그의 목소리를 듣고 가만히 있을 수 있는 그런 정신 따위가 없었었다.

그러나 이런 적막한 집에 혼자 누워 천정을 바라보고 있자니 저가 왜 그랬을까 싶었다. 왜 그랬을까……. 왜 전화를 받지 않았을까. 그냥 전화를 거는 사람의 성의를 생각해서 한 번쯤 잘 지내냐고 물을 수도 있었다. 아니 그 사람은 엄마의 주치의니까 뭔가 다른 할 말이 있었는지도 몰랐다. 그냥 고맙다고, 라도 했어야 했다. 그러나…… 그러질 못했다. 그의 목소리를 듣는 게 무서웠다. 제발 날 여기서 꺼내 달라고, 이 지긋지긋하고 무서운 곳에서 날 데려가 달라고 외치는 제가 꿈속에서 소리치는 걸 듣다가 깨는 날들을 반복했었다.

그러나 이제는 다 지난 일. 천정에는 작년 가을장마 때 윗집에서 샌 물이 흐른 자국이 아직도 흉하게 남아 있었다. 주인아저씨가 도배를 새로 해 준다고 했었는데……. 짐을 옮기기 힘들어서 그냥 두라고 했었던 거 같다. 아, 이 해도 안 들게 쌓여 있는 것들을 이제 다 어쩌지.

갑자기 목구멍이 타들어 가는 것 같은 느낌이었다. 그러고 보니 오늘 물 한 모금 안 먹었다는 것을 알고 갑자기 갈증이 밀려왔다. 그러나 집에 먹을 물이 있던가. 몸을 일으켜 싱크대에 가 봐야지 하고 생각은 들었지만 몸은 움직여지지 않았다. 그냥 졸음이 밀려오는 것 같았다.

이대로 잠들면……. 엄마 곁에 가지 않을까.

그래도 난 애썼어, 엄마. 이제 다시 엄마를 만나도 미안 하지 않을 만큼……. 그 사람도 잊고 난 엄마한테 할 만큼 했어. 그러니까 이제 엄마도 그 사람 미워하면 안 돼…….

불이 꺼지듯 제 머릿속이 점점 어두워지는 게 느껴졌다.

* * *

그러나 불은 다시 켜졌다. 너무 밝은 불이 켜진 듯 눈이 잘 떠지지 않았다.

"혜원 씨? 정신 들어요? 혜원 씨! 간호사, 여기 환자 눈 뜹니다."

그녀는 다시 눈을 감았다. 누구의 목소리인지도 알 듯했고, 이곳의 향기가 익숙하기 때문이었다. 또 저 사람인가.

"혜원 씨, 하마터면 큰일 날 뻔했잖아요."

갈증이 났다. 그러나 저 사람에게 물을 달라고 할 수는 없었다. 익숙한 병실, 그러나 익숙한 소음이 없다. 아, 저 사람이니까 가능한 일 인실.

"내가 가지 않았더라면 큰일 날 뻔했습니다. 혼자 그렇게 가버리면 어떠합니까."

"……."

목소리가 나오질 않았다. 아니 이 사람에게 할 말이 없었다.

"혜원 씨……."

뭔가 할 말이 있는데 차마 하지 못하는 정혁의 얼굴이 괜스레 저를 미안하게 만들었다. 왜 이 사람은 아직도 여기 있는 건가.

"고마웠어요. 저 괜찮으니까, 집에 가겠어요."

"안 됩니다. 절대 안 돼요."

"갈래요. 저 괜찮대두요."

"영양실조가 심하답니다. 그 몸으로 어딜 가려고 그래요!"

그의 목소리가 커졌다. 왜 저러는 걸까.

"이제 괜찮아요."

"혜원 씨만 괜찮으면 답니까? 뱃속에 있는 아기는 어쩌구요!"

"……네?"

되묻던 혜원도 소리치던 남자도 갑자기 할 말을 잊어버려 어색한 침묵이 이어졌다.

"네? 뭐라고 하셨어요?"

그를 쳐다보지 않으려고 애썼던 그녀가 고개를 돌렸다. 화가 난 것 같은 정혁의 표정은 처음이었다. 이 사람 뭐라 하는 거지.

"15주 정도 됐다고 했어요. 하도 쇠약해서 잘못될 수도 있댑니다. 아기 잃고 싶어요?"

그가 뭐라 하는지 잘 들리지 않았다.

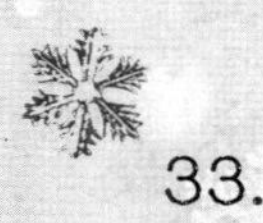

33.

이건 무슨 소리일까. 그 차가운 방바닥에 누워 천장을 바라보면서 제가 가졌던 생각은 무엇이었을까. 단 한 번, 제 일생에 단 한 번 그 남자를 사랑한 것밖에 제가 실수한 것이 없는데, 왜 제 삶은 이리되어 버렸을까, 라고 생각하고 있었나. 그리고 이제 남은 것도 가진 것도 없으니 찬 방바닥에서 누워 잠들어 다시는 깨지 않는다 해도 별로 억울할 것이 없다고 생각한 걸까…….

정말 재미도 없는 농담이었다. 제가 구역질이 나고 어지러웠던 건 엄마를 떠나보내면서 하루에도 수십 번씩 생사의 고비를 넘나드느라 힘겨웠기 때문이었다. 잠시 엄마가 기절한 사이에 쓰러지지 않으려고 꾸역꾸역 넘기던 샌드위치나 삼각 김밥 따위가 당연히 역할 수밖에 없었다. 늘 신경을 쓰고 힘이 들면 불순하던 생리 따위를 거른 것도 몸이 제가 그만 일을 신경 쓸 겨를이 없다는 걸 알기 때문이었을 것이다. 그게 당연한 거였다. 그런데 지금 와서 무슨 소리인가. 말이나 되…….

"뭐라고 하셨어요?"

너무 기운이 없어서 웃음도 나지 않는 혜원은 뒤죽박죽이 된 머릿속이 어지러워 눈을 감았다.

"혜원 씨 홑몸이 아니라고 했습니다."

"누가 그런 소릴 해요. 정말 재미없는 농담이에요."

저 여자가 저리 말하는 걸 이해할 수 있었다. 허옇게 갈라진 입술, 움푹 들어간 눈가, 윤기라고는 하나도 없는 메마른 머리카락. 사람이 3개월 만에 저리될 수 있는 건 곁에 있던 사람을 떠나보내는 고통과 함께 제 살을 갉아먹는 무언가가 몸 안에 있기 때문일 것이었다.

"깨어나면 밑에 산부인과에 가서 종합검진 받으라고 했습니다. 좀 더 누워 있다가 갑시다."

차라리 뱃속에 엄마를 데려갔던 종양이 있습니다라는 말을 들었다면 나았을 것 같았다. 그런데 뭐라고……. 뭐가 있다고. 그런데 왜 그 말을 저리 굳은 얼굴을 한 저 사람한테 들어야 하는 건가.

혜원이 아무 말 없이 고개를 숙이고 있자 그가 말했다.

"상태가 좋지 않다고 했습니다. 아기 지키기 위해서는 치료도 받고 푹 쉬어야 해요."

"……."

혜원은 아무 대답도 없이 입을 굳게 다물고 있을 뿐이었다. 저 여자는 대체 무슨 생각을 하는 걸까, 그는 궁금해졌다.

"……저 퇴원하고 싶어요."

한참 만에 그녀가 말했다. 여전히 그를 쳐다보지 못하고.

"제가 뭐라 합니까? 미안하다기보다는 아기를 지키기 위해 뻔뻔해지는 건 어떻습니까?"

뻔뻔해지라구요? 아니 이 이상 어떻게 더 뻔뻔할 수 있다고 그런 말을 하는 건가요……. 혜원은 고개를 들었다. 정색을 하고 자신을 쳐다보는 남자는 왜 이러고 있는 건지 이해할 수 없었다.

"이 이상 더 어떻게 뻔뻔해질 수 있다고 그러십니까. 예전에 약혼녀였다는 인연으로 인해 이만큼 폐를 끼쳤으면 됐다고 생각해요."

"제가 그것 때문에 그런 거 같습니까?"

"그럼 너무 동정심이 크셔서 불쌍한 사람을 그냥 두고 볼 수 없거나, 그것도 아니라면 정신이 이상한 거라고 생각해야 하는 건가요?"

"혜원 씨!"

"그게 아니라면요! 불쌍한 간병인에서도 모자라 이제 부모도 없는 천애 고아에다 애까지 딸릴 여자를 대표님 같은 분이 뭐 하러 챙기는 건데요."

"그런 식으로 이야기하면 뭐 달라집니까? 네, 맞습니다. 저 태

정혁, 정혜원이 좋아서 그럽니다. 정혜원 씨가 좋아서 이렇게 바보처럼 여기 이러고 있습니다. 이유요? 이유가 어디 있답니까! 그냥 사람이 좋은 거, 남자가 여자 좋아하는 데 무슨 이유가 있습니까?"

빙빙 돌리고만 있었던 이야기를 뱉은 정혁은 오히려 속 시원한 표정이었다. 혜원이 뭐라 말을 해야 하는데 할 말을 잃어버린 듯 멍하니 있자 언성을 높였던 정혁은 다시 제 말투로 돌아왔다.

"그냥 눈 딱 감고 고마워요. 혼자 가기 그러니까 같이 가 주셨으면 해요라고 하면 덧납니까."

그래도 여전히 침묵을 지키고 있는 혜원을 달래듯 말을 이었다.

"다는 몰라도, 힘든 거 압니다. 그러니까 그냥 나한테만은 힘들다고 말해요. 그리고 기대요."

정말 듣기 좋은 말이다. 그리고 정말로 눈물 날 만큼 좋은 사람이었다. 지난 석 달 동안 정말로 이 사람이 없었다면 어찌 됐을까. 견뎠을 것이었다. 그러나 배는 더 힘들었을 것이었다. 이 사람이랑 정말로 약혼이라도 했다면, 제 집이 그렇게 됐어도 지켜주지 않았을까…… 하는 착각이 들 만큼. 그러나 그것은 착각이다. 아주 분명한.

"그래요. 힘에 겨워요. 힘들어요. 하지만 그걸 제 옆에서 들어야 할 사람이 대표님이 아니라는 거 그건 확실해요. 대표님이 옆에 계신 건, 몸이 아니라 마음이 힘들어요. 그리고 제가 그 마음을 받을 주제가 못 된다는 것도 힘들어요. 그것보다 더 힘든 건 그 주제도 못 되는데 제 마음에는…….”

혜원은 말을 잇지 못했다. 막 정혁이 고개를 숙인 채 가늘게 어깨를 떨고 있는 혜원에게 손을 내밀려고 할 때 똑똑 하는 노크 소리가 나더니 문이 열렸다.

“정혜원 님, 산부인과 진료 받으십시오.”

“네, 갈 겁니다.”

정혁이 대답했다. 그러자 간호사는 까닥 인사를 하고 다시 문을 닫았다.

“가요. 검진 받으러.”

그 소리에 정신을 추스른 그녀가 말했다.

“이런 걸 가지고 적반하장이라고 하는 거예요. 저 혼자 가고 싶어요. 정말로……. 부탁입니다.”

대학병원이지만 산부인과 앞에는 배가 부른 산모들이 잔뜩 앉아 있었다. 전혀 믿기지 않았지만 그곳에 앉아 있으니 기분이 이상해졌다. 정혁을 뿌리치고 온 건 미안하기도 했지만 갑자기 옛 생각이 떠올라서였다. 그때, 그 철도 없고 뭣도 모르는 시절 그의 손에 이끌려 그 추위 속에 서울대 근처의 작은 산부인과를 같이 갔었다. 아니 저는 어디 가는지도 몰랐었다. 그냥 그와 같이 가는 것이 좋아서, 그 추위 속에서도 그답지 않게 제 손을 꼭 잡고 가는 게 좋아서 마치 무슨 소풍을 가듯 갔던 시장 한구석에 있던 건

물이었다. 하얀 삼 층 건물……. 아직도 그 건물 모양은 기억이 나는데 이름은 기억이 없었다.

배부른 산모들과 남편들이 그득한 그곳에서 어린애들 같았던 둘이 나란히 앉아 있던 그때, 마냥 즐거웠던 자신의 옆에 앉아 있던 어리디어린 그는 대체 어떤 생각을 했을까. 아기가 있으면 이제 둘은 알콩달콩하게 드라마에서나 나오듯 귀여운 아기를 안고 행복한 삶을 살 수 있을 거라고만 생각했던 철없는 그 어린 시절. 가끔씩 그 형태도 없던 아기가 생각나기도 했었지만 한 몸 버티기도 힘든 하루하루를 보내면서 차라리 그게 더 나았다고 여기기도 했었다. 그런데 지금은…….

"정혜원 님, 들어오십시오."

낯선 간호사가 제 이름을 부르는 순간 놀란 그녀는 벌떡 일어나야만 했다. 제가 들어가야 하는 진료실에서 나오는 배가 남산만 한 퉁퉁 부은 얼굴의 아내를 조심스럽게 감싸 안고 가방을 든 채 나오는 나이 든 남자를 보는 혜원은……. 갑자기 가슴 한구석이 허전한 듯한 느낌이었다. 이 납작한 뱃속의 아기는 아빠라는 이름을 불러 보지도 못하겠구나 하는 생각에.

"여기 보이시죠? 지금 손발도 생겼네요. 그런데 산모님 건강이 안 좋으셔서 조리에 쓰셔야겠습니다. 게다가 초산이신데 중절 수술 경험도 있으시네요. 요즘은 대부분 30대 이후에 임신을 하시지만, 의료인의 입장에서는 우려스럽지요. 그리고 무엇보다도 영

양실조와 피로 누적으로 입원하셨더군요. 자칫 잘못하면 귀하게 얻은 아기 잃으실 수도 있습니다. 정말 잘 보살피셔야 합니다."

말이 잘 들리지는 않았다. 다만 검은 화면 안에 보이는 하얀 물체가 움직거리는 것만 보일 뿐이었다. 그런데 왜 눈물이 나려는 걸까.

산부인과 검진을 마치고 온 혜원은 아무런 말도 없었다. 의자에 앉아 있다 그녀가 들어오는 걸 보고 서 있는 정혁을 보고도 그냥 천천히 걸어 제 침대에 올라갔다.

"괜찮다고 하던가요?"

꽤 긴 시간을 빈 병실에서 기다린 그가 물었지만 혜원은 아무런 말이 없었다.

"혜원 씨."

아무 대답이 없는 혜원을 보고는 그는 포기한 채 냉장고로 갔다. 그녀가 진료실에 간 사이에 이것저것 과일이며 음료수 등을 채워 놓았는데 그녀에게 뭔가 마실 것을 줘야겠다고 생각했기 때문이었다.

"정말로……."

"네?"

냉장고에서 유기농 주스를 꺼내 들던 그가 그녀의 목소리에 그가 고개를 돌렸다.

"절…… 제가 좋아서 그러시는 건가요?"

아까 병실을 나설 때는 마치 싸움이라도 걸 듯했었다. 기운이 없는 사람이 무슨 싸울 기운이 있다고. 그런데 지금은 뭔가 멍한 표정이었다. 저를 좋아하냐고, 이제야 그걸 물어보는 건가. 체념하듯 그가 대답했다.

"네. 그래요."

"그럼 저와 우리 아기 다 책임지실 수 있어요?"

그러나 그녀는 그를 보고 있지 않았다. 그녀의 시선은 창밖 어딘가에 머물렀다. 책임이라…….

"이제 나한테 기대고 싶은 겁니까?"

"책임지실 수 있냐고요."

"어떻게 져 주면 됩니까?"

"세상이 손가락질하는 걸 마다하고 집에 가서 무릎이라도 꿇고 나이 많고 애 딸린 여자 거둬 달라고 애원하실 수 있어요?"

그녀의 목소리는 마치 회상에 잠기듯 고요했다. 그가 뭐라 대답할 수도 없게.

"조 관장님이 소중한 아들 망쳐 놓는 여자라고 와서 돈 봉투 던져 주면서 당장 꺼지라고 하면 그거 막아 주실 수 있어요?"

"그런 분 아니에요."

그 목소리가 바로 튀어나왔다. 그러자 혜원은 갑자기 웃음이 나는 것 같았다.

"뭘, 모르시네요. 아직 손발도 없는 아기인데, 이 아기가 나중에 커서 저 같은 여자 데려오면 저도 그 여자 머리채 잡고 쫓아낼 것 같은데요."

"혜원 씨!"

"부모란 건 그런 건가 봐요. 제 자식을 위해 뭐든 할 수 있는……. 잠깐 생각해 봤어요. 이 조그마해서 있는 줄도 몰랐던 아기를 위해서 갑자기 뭐든 할 수 있을 거 같다고."

정혁은 물끄러미 서 있을 뿐이었다. 단지 가서 검사를 하고 왔을 뿐이었다. 그러나 여자는 병실을 나서기 전과 완전히 다른 사람이 되어 있는 것 같았다. 동정이건, 호의건, 아니면 갖고 싶다는 욕망이건……. 그가 가지고 있던, 세상과 싸울 의지를 꺾어 버린 건 아마 여자의 손에 들려 있는 종이 속의 검은 바탕에 희끗한 형태의 저 존재감 자체였다.

"내가 어떻게 하면 되겠습니까."

"그냥…… 가 주세요. 전 정말로 뻔뻔해져서 고맙습니다, 라는 말밖에 못 하겠어요. 병실비는 제가 정산할 수 있게 제발 놔둬 주세요. 그게 절 도와주는 거예요."

마음이 편할 리 없었다. 엄마가 쓰러졌을 때도, 엄마가 돌아가셨을 때도 '그' 대신 옆에 있던 사람이었다. 어쩌면 정말로 좋은 사람인지도 몰랐다. 아니, 정말 좋은 사람이었다.

가진 것이 아무리 많다 하더라도, 클리닉은 아무나 갈 수 있는 곳이 아니었다. '그'의 존재를 알면서도 이 사람은 옆에 있어 줬던 사람이었다. 그 길다면 길고 어쩌면 터무니없이 짧았던 엄마와의 마지막 3개월을 지켜 준 건 그가 아니라 이 남자였다. 은혜를

갚고 싶은 건 당연한 것이었다. 그러나 혜원은 알고 있었다. 그한테 저가 어떤 사람인지를. 혼자라면 이제 남의 사람의 되어 있을 '그'를 대신해 제 몸뚱이로 뭔가 할 수 있다면 해 줘야만 할 만큼 많은 것을 빚졌다.

그러나 이 사람은 이리 혼자 유유자적하더라도 결혼, 여자 그런 것들과 동떨어진 듯 뚝 떨어져 혼자 어쩌고저쩌고할 만한 사람은 아니었다. 지금도 아마 그 사모님이나 사장님은 그의 짝을, 그들의 결속력을 공고히 해 줄 누군가를 고르고 또 고르고 있을 것이었다. 제가 그토록 목숨 바쳐 사랑하지 못할 바에야 그 사람이 저란 존재 때문에 가족들과 아는 사람들에게 지탄을 받고 힘들어 할 필요는 없었다.

혜원은 몸을 일으켜 앉았다. 병원의 일 인실이라……. 이미 지난 석 달 동안, 보험도 안 되는 어마어마한 값의 항암제와 병원생활 덕에 그녀는 괴로움에 차 그 사람이 준 돈에 손을 댔다. 그걸 어떻게 생각하고 돌아볼 여유조차 없었다. 그리고 이렇게 그냥이 고된 삶이 끝나 버리면 된다고 저 밑바닥에서 생각하고 있었지만 이제 그녀는 살아야 했다.

사랑받고, 소중하게 가꾸고 아껴도 모자랄 새 생명을 있는 줄도 모르고 그토록 힘겨운 시간 동안 제 몸을 혹사시켜 왔지만 아기는 끈질기게 살아 제 곁에 남아 주었다. 그러니 이제 다신 잃어버리지 말고 잘 살아야 했다. 통장에 있는 돈 따위에 미안해하지 않을 만큼 뻔뻔해질 자신이 생겼다.

혜원은 벌떡 일어나 침대에서 내려왔다. 그러고는 냉장고에 가 문을 열었다. 정혁이 사다 채워 놓은 과일들, 우유와 주스들이 가득 차 있었다. 혜원은 잘 손질해 예쁜 포크와 같이 팩에 든 과일을 꺼내고 우유를 꺼내 들었다. 병에 든 차가운 우유를 열자 비린 냄새가 확 올라오며 속이 뒤집어질 것 같았지만 그녀는 꾹 참고 우유를 마셨다. 넘어가는 것조차 괴로웠지만 미안한 마음에, 이제 막 꿈틀거리는 그 하얀 아기에게 미안한 마음에 그녀는 우유를 마시고 차가운 과일을 집어 꾸역꾸역 넘겼다. 제가 먹는 게 아니라 아기한테 하나라도 더 먹이고 싶을 뿐이었다.

무의식적으로 차 키의 버튼을 누르자 병원의 주차장에서도 눈에 띄는 그의 샛노란 차가 삐리릭 소리를 내며 주인을 기다렸다. 페라리 458 이탈리아, 둔한 제게는 어울리지도 않고, 취미도 없는 차. 그러나 익숙하게 차에 올라타 시동을 걸자 지하 주차장을 울리는 묵직한 엔진음은 마치 백 뮤직같이 주변을 채우기 시작했다.

난 왜 여기 있는가.

그는 웅웅거리면서 뱃속까지 울리는 차의 엔진음을 듣다가 키를 돌리고 말았다. 그러자 주변은 다시 놀랄 만큼 적막으로 내려앉았다. 그동안 제가 단념한 것들은, 아마 더 이상 흥미가 없기 때문이었을 것이다. 그러나 지금은 단념을 해야 하는 게 옳다. 왜 하루도 빼놓지 않고 이 병원의 주차장에 제 차는 서 있었을까. 제 이런 어리석은 마음이 사랑인가? 여자는 한 번도 저에게 도와 달라는 말을 한 적이 없었다. 12년 전 그렇게 아버지를 떠나보내고 풍비박산이 났을 때, 그런 여왕 같은 생활을 하던 여자가 겪었을 생활의 참담함 따위는 저는 상상도 할 수 없었다. 적어도 그때 자신을 찾았다면 어땠을까, 얼마든지 저를 이용할 수 있는 여자는 단 한 번도 그러지 않았다. 그게 서운한가.

하루도 빠짐없이 이곳에 차를 주차시키고 여자를 향해 가면서 적어도 제 밑바닥에는 저 여자가 이렇게 하면 언젠가 감동받아서 제 품으로 안길 거라 생각했던가? 이제 여자는 남의 아이까지 가진 몸이었다. 그러면 적어도 있던 정도 확 떨어져야 하는 거 아니었나. 그런데 왜 저는 그런 여자에게 저런 말을 했을까. 정말로 여자와 누구의 아이인 줄도 아는 아이까지 떠안을 만큼 여자를 사랑하고 있었나. 정말 여자의 말처럼 제 자식 알기를 귀하게 여기는 제 부모 앞에 가서 무릎을 꿇고 이 여자를 받아 달라고 할 만큼 여자를 사랑하나…….

제 마음이 대답했다.

그럴 수 있을 거 같다……라고.

그는 스스로도 놀랄 수밖에 없었다. 혼자 있고 싶다는 말에 쉬라고 하면서 힘없이 걸어 내려와 여기 지하 주차장까지 와 있었다. 그러나 다시 여자가 보고 싶어졌다. 이것이야말로 부질없는 사랑, 노래에서 나오 듯 망할 놈의 사랑이란 건가.

"언제까지 해야 끝나는데!"

저도 모르게 내려친 핸들에서 난 애꿎은 클랙슨 소리에 고요하던 주차장의 침묵이 쭉 찢어진 듯하자 그는 입을 다물었다.

대체, 언제까지 해야 하는데…….

* * *

정혁이 몸에 좋다는 유기농 빵과 신선한 과일 등을 들고 병실에 들어갔을 때 여자는 망연하게 앉아 눈물을 닦고 있었다. 더 이상 여자의 눈물을 볼 일이 없을 거라 생각하고 있던 정혁은 놀래 소리쳤다.

"왜요? 무슨 일 있어요?"

정혁이 손에 든 것들을 바닥에 내려놓고 뛰어와 혜원에게 물었다.

"아…… 아니에요."

내내 냉장고 안에 있던 것들을 꾸역꾸역 먹다 결국은 토해 내고 미안해 우는 혜원을 헤아릴 수 없는 그였다. 밤새 저 혼자 떠들었던 이야기의 결론을 지어야 하나. 어깨가 떨리고 있는 게 보였다. 이 쾌적하고 조용한 1인실의 병실에는 그녀와 저밖에 없었다. 아니 누군가 다른 사람이 있다고 해도 상관은 없었다. 그 어느 누구도. 그러나 그는 손을 내밀어 여자의 어깨를 감싸 안지 못했다.

"혜원 씨."

"죄송해요."

"뭐가요."

뭐가 죄송할까. 정혁의 마음을 받아들이지 못하는 거? 아니면 기껏 사다 준 걸 먹다 토해 버린 거? 혜원은 말을 잇지 못했다.

"어제 물으셨죠. 집에 가서 곰곰이 생각해 봤습니다. 제가 기껴이 집에 가 무릎 꿇고 단식 투쟁을 하든 아니면 한 푼도 없이 쫓겨나든 간에 혜원 씨와 아이를 선택한다면, 혜원 씨는 절 선택하시겠습니까?"

혜원은 고개를 들어 그를 쳐다보지도 못했다. 이 얼마나 달콤한 말인가. 항상 제 곁에 있어 주었던 과분한 사람, 어제도 그리 심한 말을 하고 나서 밤새 뒤척이며 잠을 이루지 못하지 않았던가. 그러나 저는 그런 남자의 사랑을 받을 자격이 없었다. 그건 어쩔 수 없는 거였다.

"아니요."

여자는 참으로 매몰차게 생각도 아니 하고 대답했다. 좋겠다, 넌…….

"그러시면 안 돼요."

왜 안 되냐고 따지고 싶었다. 그러나 침대 위에 앉은, 하얀색의 환자복을 입은 여자의 드러난 목이 싸하도록 춥게 보였다. 그래서 제 맘에 있는 말이 제대로 나오지 못하고 있는 건지도 몰랐다.

"왜 안 됩니까? 나도 정혜원이란 여자 사랑하는데, 아니 그 사랑이란 게 뭔진 이 나이 먹도록 닥쳐 보지 않아 모르겠지만, 포기를 못하는 거. 그렇게 날 밀어내도 포기를 못하고 돌아서는 거, 그게 그거 아닙니까? 집에 가도 생각이 나고 다른 일을 하다가도 어두워지면 병원으로 차를 돌리고 있는 내 두 손은 뭐랍니까?"

"대표님……."

"알아요? 정혜원 씨 한 번도 나 이름으로 부른 적 없다는 거. 그만큼 내게 거리 두고 있다는 거. 괜찮습니다. 원래 그렇게 생겨 먹었으니까. 여자한테 욕심 같은 거 내 본 적 없는 사람이니까, 내가 좋다고 하던 여자 제 친구랑 결혼하고 사귀는 거 여러 번 봐 왔습니다. 그때마다 축의금 두둑이 내고 너 잘했다 하고 어깨 쳐 줄 만큼 나 주변머리도 없는 사람입니다. 배알도 없고, 속도 없고……."

"대표님……."

"끝까지 내 이름 따위 안 불러 줘도 상관없습니다. 그 애 누구 애든 상관없습니다. 혹 성모 마리아처럼 하늘에서 내려 주신 아기라도 상관없습니다. 정혜원 씨가 누굴 마음속에 넣고 있든 그런 것도 상관없습니다. 내가, 처음으로 뭘 가져야겠다 생각이 들었습니다. 그게 당신이에요. 혜원 씨가 고마워요, 정혁 씨 하고 한마디만 하면 나 뭐든 이길 수 있을 거 같은 생각이 듭니다. 어제 말했듯이 집에 가서 불효자 되는 거 그런 거 생각해 본 적 없습니다. 그래도 다 잘될 겁니다. 그때, 그 별 볼 일 없는 놈 리셉션에 갔을 때, 정말로 그냥 기분 전환이나 시켜 주려고 그랬습니다. 그런데 그게 아니었어요. 당신은 그 자리에 어울리는 그런 사람이었어요. 당신이 딴 사람을 마음속에 넣고 있다 하더라도 당신은 당신이 있던 곳으로 돌아가야 합니다. 그리고 그렇게 할 수 있는 사람은 나밖에 없어요. 그러니까, 그냥 눈을 감고 이게 운명이다 생각해요. 원래 당신은 내 사람으로 내려진 사람이니까."

아, 이 얼마나 달콤한 말인가. 남자는 약간 격양된 목소리였고, 얼굴도 상기된 채였다. 감정을 드러내지 않고 어디서나 허허 웃던 사람이 이리 격하게 제 감정을 드러낸 걸 본 건 처음이었다. 안 지 오래되지는 않았지만 가장 힘들 때 가장 곁에 있었고, 가장 자주 본 사람이었다.

원래 내 사람으로 내려진 사람…….

정말 눈물 날 만큼 달콤한 말이었다. 난 정말 저 사람에게 내려진 사람일까. 그는 제게 대답을 바라는 눈으로 쳐다보고 있었다. 저 사람에게 간다면, 우리 아기는 행복해질 수 있을 것이었다. 행복하지 못할 것이 뻔하니까 떠나보냈던 그 아주 오래전의 아기 같지 않게. 생각해 보니 그때 그 이유도 저 남자였구나. 갑자기 웃음이 날 것만 같았다. 이 무슨 장난 같지도 않은 장난인가. 잠시 너무 달콤한 말들에 머릿속이 멎어 버렸구나.

"대표님."

"혜원 씨!"

제 이름을 부르라는 듯 남자의 목소리가 끼어들었다.

"네. 정혁 씨."

남자의 얼굴 표정이 눈에 띌 만큼 바뀌었다. 남자는 아직까지도 참으로 맑은 사람임에 틀림없었다.

"저는 착한 여자가 아니에요."

"……?"

그것과 무슨 상관일까.

"길거리에 떨어진 돈 같은 거, 주인을 찾아 줘야겠다는 생각해 본 적 없는 사람이에요. 누구 보는 사람이 없나가 더 급한 그런 사람이에요. 저도 일에 치이고 돈은 없고 하루하루가 각박할 때마다, 아니 돈을 벌고 하루하루 어제보다 나은 생활을 하더라도, 그 옛날이 그리웠어요. 아빠가 주는 한도도 없는 카드, 예쁜 옷들, 좋은 차, 호화로운 생활들……. 그러나 그런 건 제게 절대 돌아오지 않았어요. 정혁 씨가 말하는 그 행복한 미래 같은 거 넙죽 감사합니다 하고 받아들여야 해요. 그게 제 주제에 맞는 행동이란 거 알아요."

여자의 표정은 평온했다. 그러나 왠지 그다음에 올 말들을 그는 미리 알 수 있을 것만 같았다. 어제와는 전혀 다른 사람같이 보였다. 단지 제 안에 다른 생명을 품고 있기 때문에 사람은 변하는 건가, 여자는 그래서 위대한 건가.

"제가 안 그러는 이유를 아시겠어요? 저도 이제 집에 돌아가면 혼자 있어야 할 생활이 두려워요. 앞으로 어찌해야 할지. 아무 대책도 아무 생각도 없어요. 그렇지만 정혁 씨를 따라가진 못해요. 정혁 씨가 앞으로도 버릇처럼 절 보러 오신다 해도 그건 아마 조금 시간이 지나면 시들해질 거예요. 아마 그전에 그랬던 건 제가 너무 힘드니까, 혼자 놔두면 안 될 거 같으니까 그래서 그러셨을 거예요. 정혁 씨는 좋은 분이거든요. 그러나 이제 시간이 지나면 점점 잊혀질 거예요. 왜냐면, 전……."

여자의 얼굴에 설핏 미소가 비치는 것은 제 착각일지도 몰랐다.

"행복할 거니까요."

"……."

스스로 그리 똑똑한 사람이 아니라고 생각하고 있었다. 이런 쪽으로는 잼병이다, 라고 스스로 웃었었다. 그러나 여자는 결론 따위를 이야기하고 있지 않았지만 무슨 말인지 바로 들렸다.

"난 그리 좋은 사람 아닙니다."

"제겐 좋은 분입니다."

여자는 저보다 강했다. 제 어머니를 그리 보내고도 여자는 저리 강하게 살아 있었다. 옆에서 내내 보는 저도 힘겨웠고 고역이었다. 당사자가 아닌 저도 그리 힘겨웠는데 당사자는 저리 꿋꿋이 견디고, 그리고 이제는 제 안에 새 생명을 키우고 있었다. 제가 함부로 할 수 없을 만큼 강하고 꿋꿋한 여자였다. 이야기를 해야 하는가. 그는 여자의 어깨에 닿지 못한 손을 거둬들인 채 굳은 주먹을 쥘 뿐이었다. 그리고 한발 물러서야 했다.

"연락…… 안 왔습니까?"

혜원이 고개를 돌려 그를 보았다. 갑자기 여자가 굳어지는 게 느껴졌다. 제게 그리 강한 모습을 보여 줬던 여자는 단 한마디에 어디론가 사라져 버렸다. 그러고는 마치 무슨 이야기를 하는 거냐고 되묻는 표정의 여자에게 그는 불현듯 화가 났다.

"애 아빠 말입니다. 닥터 길 연락 없었어요?"

혜원은 알고 있을 거라 당연히 생각했지만 그의 입에서 나온 말에 움찔한 느낌이었다. 그냥 당연히 그렇다고 생각하고는 있었지만 남의 입에서 튀어나온 애 아빠라는 말은……. 이상한 기분이 들게 만들었다. 정말 그가 이 아기의 아빠가 맞나……. 전화가 많이 왔었다. 깊은 밤, 염증이 심해져 진통제 주사를 더 놔 달라던 엄마가 겨우 기절하듯 잠이 들었을 때, 전화기는 울리고 있었다. 그러나 그녀는 받지 못했다. 이제 곧 끝날 거라고 생각했기 때문일까, 적어도 엄마 앞에서는 엄마만을 생각해야 한다고 혼자 다짐했기 때문인가.

"소식 알고 있어요?"

저 사람은 왜 따지듯 묻는 걸까. 혜원은 망연하게 드러나 파리한 힘줄만 보이는 제 맨발을 내려다보고 있었다.

이야기하고 싶지 않았다. 제 입으로는. 그러나 어떤 게 더 나은 건지는 알 수 있었다. 포기하는 게 빠른 건가. 이게 진정 옳은 길인가. 제가 저 여자를 붙잡고 있는다고 해서 여자는 다시 웃을 수 있을까, 아니 웃는다고 해도 그 웃음이 진짜일까. 그토록 이야기하지 않았던가. 여자한테 필요한 사람은 결코 자기가 아니란 걸 지금 내내 듣지 않았던가.

"닥터 길 미국 간 거 알아요?"

짐을 싸서 옷을 갈아입어야 하는데……. 아무것도 하지 못하고 있었다. 뱃속에 있다는 아기가 저에게 충격이었고 살아야겠다는 의지가 되었다면 태정혁에게 들은 말은 뭘까. 창으로 내려다보이는 밖은 노란 덩어리들이 군데군데 뭉쳐져 있었다. 저 뭉텅이들은 아마 개나리꽃이겠지. 저 노란색은 그 무슨 이야기에 나왔듯 용서를 뜻하는 노란 리본인가. 제 삶이 대체 무엇을 잘못했는지는 모르지만 너무나 잘못하고 멀리 돌아 하늘도, 들판에 꽃들도 보지 못하고 산 삶이었다. 그런 제 삶을 용서해 준다는 노란 리본일까.

이제는 혼자가 아닌데 왜 제 맘은 이리 갈피를 못 잡고 아무것도 하지 못하는 무기력증에 빠진 걸까. 저를 원한다는 남자의 달콤한 이야기에 그렇게 주저리주저리 대답을 했건만 정작 본인은 제 입에서 무슨 소리가 나왔었는지 기억이 없다. 그 사람이 알았다고, 무슨 일이 있으면 언제든지 도움을 청하라고, 당신을 잊기 전에는 그래도 도와주겠다고 하며 병실을 나서는 뒷모습을 보면서 잠깐 후회 비슷한 걸 한 게 뱃속의 아기한테 미안했다. 그리고 또 그 때의 생각이 나자 멍하니 창밖을 보고 서 있어야만 했다.

그가…… 미국으로 돌아갔다. 대체 언제? 그걸 물었어야 하는 거 아닌가. 왜? 주 선생과 결혼을 하고 둘이 간 건가. 갑자기 머릿속이 복잡해졌다. 뭔가 생각을 해 내야 하는데 아무 생각이 들지 않았다. 우선, 우선은 이곳을 나가야 했다. 퇴원 수속 밟으라고 했던 간호사의 이야기를 들은 지 한참이었다.

혜원은 뺀 링거 바늘이 있던 자리에 두껍게 붙여진 거즈를 보고는 몸을 일으켰다. 해야 할 일이 많았다. 밀린 방세, 몇 달치 공과금도 내야 했고 퀴퀴한 집도 치워야 했다. 텅 빈 냉장고라든지 몇 달 동안 손도 안 댄 화장실도 청소해야 했다. 아니 이 기회에 좀 더 볕도 잘 들고, 좀 더 좁은 집을 알아봐야 했다. 몸이 더 무거워지기 전에 얼른얼른 아기를 기다릴 준비를 해야 했다.

그런데…….

왜 눈물이 나는 걸까. 후회일까. 왜 전화를 받지 않았지. 그는 왜 미국으로 돌아간 걸까. 그걸 알리려고 그토록 전화를 했을까. 전화가 뜸해진 건 한 달 전쯤이었던 것 같았다. 아니 두 달 전인지 혹은 일주일 전인지 잘 모르겠다. 머리가 아픈 날이면 통화목록을 삭제하는 게 일이었으니까. 그의 전화번호를 알고 있지만 차마 전화를 할 용기는 없었다. 이제 엄마가 돌아가셨으니까 돌아오라고? 아니면…….

혜원은 몸을 일으켰다. 빨리 병실을 비우고 우선은 나가야 했다. 먹고 토하길 반복했는지 몸을 일으키니 주변이 노랗게 보였다. 링거를 뺐으니 이제 어떻게 하지. 아기가 저를 돌보지 않았다고 심술을 부리는지 도무지 아무것도 목구멍으로 넘어가질 않았다. 어떻게든 뭐라도 먹어야 할 텐데.

혜원은 옷장에 들어 있던 제 옷을 꺼냈다. 화창하고 따뜻해 보이는 바깥하고 어울리지 않은 두꺼운 한겨울의 스웨터와 기모 바지, 게다가 두툼한 패딩 점퍼. 내내 병원에서 입고 있었던, 그리고 장례식장에도 입고 있었던 옷들이었다. 그래도 가지고 온 옷이 그것밖에 없으니 어쩔 수 없었다. 막 스웨터를 꿰입었는데 띠링거리는 소리가 났다. 그녀의 낡은 휴대폰이 울리고 있었다. 제발 혼자 퇴원하고 싶다고 했는데……. 혜원은 미안한 마음에 전화를 받을 수가 없었다. 그래도 휴대폰은 계속 울렸다. 체념한 그녀가 전화기를 들었을 때. 그녀의 손이 갑자기 떨리기 시작했다.

여전히 이름도 없는 일련의 번호. 그러나 그녀가 잘 알고 있는 번호.

받아야 하나, 받아야 하나……. 전화가 막 끊기려고 할 만큼 오래 울렸을 때 그녀는 떨리는 손으로 휴대폰의 통화키를 눌렀다.

〈어디야.〉

기어이, 그녀는 참았던 눈물을 쏟아 내느라 차마 대답을 하지 못했다.

34.

심장이 터질 것만 같았다. 아니 그 터질 것만 같은 느낌이 너무 커 명치끝이 아려 왔다. 그러면서도 그녀는 엘리베이터 안에서 다른 사람들이 흘끗거리는 것도 모른 척하고 뻔뻔하게 금속성의 벽에다 얼굴을 들이밀고 감지도 않아 부스스한 머리카락을 정리하느라 여념 없었다. 사람들이 꾸역꾸역 타느라 층마다 서는 엘리베이터가 원망스럽기도 하고 한편으로는 뻗어 버린 머리카락을 안쪽으로 마느라 숫자가 바뀌는 게 초초해질 지경이었다. 그러다 땡 하는 소리와 함께 1이라는 숫자가 켜지고 다들 분분히 좁은 상자 밖으로 나가는 걸음걸이에 밀려 나가면서 갑자기 혜원은 지금 뭘 하는 건가 하는 생각이 엄습했다.

따뜻하긴 하지만 병실하고는 한참 차이가 있는 커다랗고 휑한 병원의 로비에는 사람이 바글거리고 있었다. 멋쟁이 아가씨들은 아직 쌀쌀한 날씨에도 불구하고 보기에도 이른 봄빛 시폰 원피스에 화사한 색의 벌룬 바바리코트를 걸치고, 혹은 화려한 꽃무늬의 스카프를 멋스럽게 두르고 제 앞을 지나가고 있었다. 갑자기 두꺼운 패딩 점퍼에 이것저것 잡동사니와 정혁이 넣어 두고 간 값비싼 백화점표 먹거리들을 바리바리 챙겨 넣은 종이가방을 든 제 모습이 얼마나 우스꽝스러울지 떠올라 얼굴에 열이 확 오르는 것 같은 그녀는 발걸음을 내딛지 못하고 서 버렸다.

그러다 생각했다. 정말 아까 받은 전화는 진짜였나.

혹 너무 그립거나 아무것도 먹지 못한 머리가 휑하니 돌면서 제 혼자 미지의 사람을 만들어 전화를 하고 울고불고한 거 아닐까 하고. 혜원은 두리번거리다 아까 도대체 무슨 말을 했는지 기억도 나지 않아 머리를 휘휘 젓다가 수납 창구를 찾았다. 간호사가 정산을 하라 했으니 정혁이 정산하지 않은 게 분명했다. 그러니 우선 정산부터 해야 했다. 막 다가가 번호표를 뽑고 입원비를 정산하려고 하는데 갑자기 누군가 제 손에 든 번호표를 뺏어 갔다.

"저기……."

누가 제 걸 새치기하는 건가 하고 뭐예요, 라는 말을 하려 했다가 그녀는 입을 다물어 버리고 말았다. 그 번호표를 뺏은 사람은 마침 대기하다 일어난 사람의 자리에 그녀를 앉히더니 수납 창구로 가 버렸다. 그 사람이 저를 자리에 앉혀 주지 않았다면…….

주저앉아 버렸을지도 몰랐다. 눈앞에 제 손에 있던 번호표를 들고 수납 창구 앞으로 가는 그 사람을, 옅은 회색의 매끈한 슈트의 뒷모습을 뿌옇게 무엇이 낀 눈 저 너머로 보이고 있었다. 제가 들은 소리는……. 결코 환청이 아니었거나, 아니면 지금 이것도 환형이거나.

미국에 갔다고 들었는데, 그건 거짓이었을까. 왜 저 남자는 아무렇지도 않게 병원이냐고 묻더니 기다리라고 한 걸까. 그리고 저기 눈앞에 나타나 제 번호표를 들고 퇴원 수속을 하는 걸까. 그가 한 말은 뭐였지.

〈거기 어디야. 여전히 선광대 병원인가?〉

"……."

울먹임이 심해져 한참이나 대답을 못하는데도 남자는 늘 그렇듯 그냥 기다리고 있었다.

〈병실인가? 몇 호야?〉

"이제……. 막 나가려는 참이에요."

〈그래. 그럼 중앙 로비에서 만나.〉

늘 거기서 만났던 사람들처럼, 그는 평온하게 대답하고 전화를 끊었다.

막 점심시간이 돼 가는지 사람들이 그나마 줄었지만 그는 앞에 번호표를 든 채 숫자가 뜨기만을 기다리고 서 있었다. 이건 꿈일지도 몰랐다. 언제나 그렇듯 자초지종 따위도 필요 없이 남자는 불쑥 제 앞에 나타나 아무렇지도 않게 저러고 서 있을 뿐이었다. 선광대 병원을 어떻게 알았지. 아, 엄마가 전원 할 때 주치의로 사인을 해 준 사람이 그였지. 혜원은 냉장고에 있던 것들을 꺼내 넣었기에 싸늘한 느낌이 드는 종이가방을 꼭 안고 제 고개가 옆으로 기울어진 것도 모른 채 남자가 창구로 다가가 카드를 내밀고 계산을 하는 것을 마치 영화를 보는 것처럼 멍한 느낌으로 쳐다보고 있었다. 마치 달콤한 멜로영화를 보듯.

*　*　*

서울의 봄 따위는 기억나지도 않았다. 이 인정도 없고 싸늘하기만 한 도시에 봄 따위가 있기는 했었나? 늘 자신에게는 엄동설한, 한겨울이지 않았나.

전화를 할 수 없었던 허공에 뜬 16시간 내내, 그는 쓸모도 없는 전화기를 들고만 있어야 했다. 막 안테나가 뜨고 로밍을 풀고 나서 그는 제일 먼저 전화를 했지만 역시 여자는 제 전화를 받지 않았다. 저가 여전히 그 클리닉의 책임자이고 그 여자의 약혼자로 있지는 않다는 것이라도 알려 주고 싶었었다. 메시지가 있었지만 겨우 몇 글자 가지고 그녀에게 이 수많은 이야기를 다 설명할 수는 없다고 생각한 게 오히려 오산이었을까. 그는 그녀에게 이야기를 해야겠다고만 생각하고 있었다.

그러나 병원으로 돌아오자마자 그는 살인적인 스케줄에 시달려야 했다. 외과 수술은 혼자 할 수 있는 일이 아니었다. 게다가 그냥 충수염 따위의 수술이 아니라 뇌수술이었다. 정교한 팀워크가 생명이었고 그 구성원들은 하나하나 맡은 역할이 있었다. 그가 한 달하고도 열흘의 시간을 비웠고, 팀원인 하우저 박사는 막 태어난 넷째 아이의 상태가 좋지 않아서 복귀할 수 없는 입장이 되어 버린 건 타격이 컸다.

새 인원을 충당하기까지 그는 쉬는 날도 없이 환자를 돌보고 수술을 해야만 했다. 그리고 충당된 인원도 팀에 익숙해지기까지는 적게는 몇 달, 길게는 일 년 이상의 시간이 걸리는 일이었다. 몇 달 전부터 예약이 되어 있는 온갖 난치병을 가진 사람들은 늘 줄을 서고 있었다. 수술실에서 나와 잠시 눈이라도 붙일 시간이 되면 그는 어김없이 전화를 했다. 이제는 전화를 왜 하는지, 무슨 말을 해야 하는지도 잊어버렸지만 그래도 늘 통화 버튼을 눌렀다. 그러나 여자는 끝끝내 전화를 받지 않았다.

그가 주치의로서 내린 시한은 점점 지나가고 있었다. 기적이라는 게 있다지만, 그게 아니라면, 늘 제가 보아 온 그 병이라면 그 병을 옆에서 지켜보는 유일한 보호자로서 그녀가 느껴야 할 절망과 슬픔과 힘겨움을, 그는 제 머릿속이 다른 생각을 할 겨를이 생길 때마다 느껴야 했다. 당장이라도 서울로 날아가고 싶었지만, 미국과 한국이라는 거리는 그렇게 생각만으로 훌쩍 짐을 싸 아무 때나 떠날 수 없을 만큼 멀고도 멀었다.

그가 겨우 숨통이 트여 제 자리를 뜰 여유가 되자마자 그는 비행기에 몸을 실었고 그 길고 지루한 시간을 기다려 이 땅에 도착했다. 이제는 그녀의 어머니가 살아 있더라도 상관없었다. 상태가 기적적으로 좋아져 저를 보고 진저리를 치고 치를 떨더라도 그는 이제 여자를 혼자 두기 싫었다.

그래서 와야만 했다. 공항에서 차를 렌트하고 무작정 그가 전원 시킨 병원을 찾아가 병원 주차장에 차를 세운 그는 혹 이 병원에 없을지도 모른다는 생각이 들었다. 그리고 여자가 제 전화 따위를 또다시 받지 않을지도 모른다는 생각마저 들었다. 그렇다면 병실에 가서 환자 명부를 뒤져야겠다고 그렇게 생각했다. 그런데 여자는 전화를 받았다. 그리고 하염없이 울기만 했다…….

같이 있는 사람도 없었다. 그가 지나온 서울의 거리는 이미 꽃이 피고 봄이 왔는데, 여자는 아직도 한겨울이었다. 그녀의 옷차림 따위가 아니라 여자의 지친 얼굴이 엄동설한이었다. 금방이라도 쓰러질 것 같은 여자는 퉁퉁 부은 눈을 하고 퇴원 수속을 하는 창구에서 번호표를 뽑아 들고 있었다. 그는 쓰러질 듯한 여자를 앉히고 번호표와 여자의 손에 들려 있던 환자 카드를 빼 들었다. 그도 뭔가 머릿속을 정리해야만 했다. 무슨 말을 해야 하는가. 그런데 이상했다. 왜 손에 든 환자 카드엔 여자의 이름이 쓰여 있는 건지. 그리고 차례가 되어 받은 복잡한 퇴원비 청구에서 쓰인 글씨들을 보고 그의 이마는 더 심하게 구겨졌다.

한참이나 창구 데스크 직원에게 뭐라 하더니 곧 손에 잔뜩 종이들을 들고 그가 다가왔다. 혜원은 자리에서 일어났다. 그러나 눈앞이 샛노란 개나리꽃 무더기가 흩어지는 것 같더니 커다란 손이 자신의 어깨를 받쳐 드는 게 느껴졌다.

"조심해."

그 특유의 낮고 명료한 목소리에 정신을 차렸다. 이런 모습 보이고 싶지 않은데…….

두 사람은 설명해야 할 것들이 많은 사람들이었다. 클리닉의 책임자였던 그가 왜 미국으로 갔으며 또 왜 이 자리에 있는지 세세한 설명을 하자면 한참이나 시간이 걸릴 만했다. 그녀도 그녀의 어머니는 어떻게 된 것이고 왜 저는 여기 입원을 했다 또다시 퇴원을 하는지에 대해서 그에게 말을 해야만 했다. 그러나 두 사람은 한 마디도 하지 못했다. 그는 그녀의 손에서 묵직한 종이가방들을 건네받고 여자의 어깨를 감싸 안고 수많은 사람이 지나가고 있는 커다란 병원의 로비를 지나 주차장에 가서 공항에서 렌트한 차에 늘 그래 왔다는 듯 여자를 태울 뿐이었다. 손에 든 종이가방을 뒷좌석에 넣고는 그는 운전석에 돌아와 앉았다.

"밥은? 먹었어?"

미미하게 고개를 젓는 여자의 머리카락이 흘러내렸다. 그는 손을 들어 그것을 쓸어 올려 주려고 했다. 전에 그러지 못한 게 내내 맘에 걸렸을지도 몰랐다. 그가 손을 내밀자 혜원이 움츠러들었다.

"만지지 마세요."

장례식이 지난 후 입원한 기간은 이틀밖에 되지 않았지만 그래도 감지도 못한 머리카락 때문이었다.

아주 오래전에도……. 이 여자는 그랬었지. 그는 손을 내밀어 그녀가 잡고 있는 머리카락을 쓸어 올려 주었다. 희미하게 미소 지으며.

짜기도 하고 맵기도 해서 영 다시는 숟가락이 가지 않을 만한 시뻘건 김치찌개에는 커다란 비계덩이가 달린 고기들이 듬뿍 들어가 있었다. 심지어 껍데기에는 제대로 손질 못한 털까지 숭숭 나 있었다. 그런데 여자는 잘도 먹었다. 아예 국물을 공깃밥에 떠 넣고 말아 먹듯이.

"밥 더 시킬까?"

고개를 끄덕이는 비썩 마른 여자를 위해 그는 공깃밥을 더 시켰다. 형편없는 혈소판 수치나 헤모글로빈 수치를 보고 왜 빈혈약을 처방해 주지 않았을까 생각하던 그는 여자에게 더 맛있고 몸에 좋은 걸 먹이고 싶었다. 그러나 여자는 김치찌개가 먹고 싶다고 하더니 길을 가다 있는 찌개백반 전문이라는 간판을 보고 저기요, 라며 이리로 들어왔다.

점심시간인지 사람이 복작거리는 식당 안에는 모두 다 김치찌개를 떠먹고 있었다. 수북한 반찬들이 가득했지만 그는 기나긴 비행시간 때문인지 영 입안이 껄끄러워 뭐가 넘어갈 것 같지는 않았다. 그러나 여자는 뜨거운 김치찌개를 잘만 먹었다.

"이건…… 먹을 만하네요."

근 사나흘을 뭔가 건더기 있는 걸 먹어 본 적이 없는 그녀 스스로도, 이 번잡스런 식당 따위하고 어울리지 않게 잘 차려입은 단정한 남자가 수저를 제대로 들지 않는데 그 앞에서 너무나 허겁지겁 먹고 있다고 느꼈는지 변명하듯 말했다.

"그래, 괜찮네. 많이 먹어."

전에, 찌개보다 더 많은 물을 먹으면서 억지로 먹으려고 애쓰던 게 엊그제 같은데…….

그때 이후로 참 많은 시간이 지났다. 아무것도 없는 저를 보고, 좋다고 안겨 왔고 아무리 싫은 소리를 해도 뭐가 미안한지도 모른 채 먼저 미안하단 말을 입에 달고 제 팔 사이로 살그머니 제 가느다란 팔을 껴 오던 그 어리고 철없던 여자는 이제 콧잔등에 땀을 흘리면서 열심히 시뻘건 찌개를 먹고 있었다.

"……재현 씨?"

이상한 느낌에 속이 얼얼한 매운 찌개를 허겁지겁 먹던 혜원이 고개를 들었을 때, 남자는 물끄러미 저를 보고 있었다. 너무 흉하게 퍼 먹고 있었던 거 아닐까, 아님 뭐가 묻었나. 혜원이 막 숟가락을 놓고 냅킨이라도 찾으려고 하는데 갑자기 저를 쳐다보는 하얗고 창백한, 여전히 그녀의 머릿속에 키아누 리브스보다 더 과하게 생긴 남자의 왼쪽 눈에서 뚝 하는 소리가 날 만큼 물방울이 떨어져 내렸다.

"재현 씨……."

왜 그래요…….

그러나 그녀는 아무런 말을 할 수 없었다. 왜 그래요, 재현 씨…….

"미안해서……."

차갑고, 창백하고, 날카롭고, 그리고 한번 크게 웃는 것도 본 적 없는 싸늘한 남자가 새빨간 눈을 하고 뚝뚝 떨어져 내리는 눈물을 삼키며 말했다.

"미안해서 그래."

* * *

무언가 달그락거리는 소리가 나는데도 혜원은 눈을 뜰 수가 없었다. 혼자가 아니라는 느낌, 그리고 자신의 작고 누추하고 번잡스러운 집에 늘 있던 엄마는 떠났지만 대신 다른 누군가가 있다는 게 한없이 좋아서일까. 며칠 만에 배가 부르도록 속을 채우고 토하지 않은 데서 오는 포만감과 늘 누군가 드나들기 때문에 깊이 잘 수 없는 병실에서와는 달리 제 집에서, 제 자리에서 자는 잠은 아까우리 만큼 노곤하고 달콤했다. 그러나 눈을 떠야 했다. 이 집에 있는 누군가가 혹여 사라질까 봐. 많이 듣던 소리가 났다. 칙칙거리는 소리…….

그리고 익숙한 냄새.

혜원이 몸을 일으켰다. 다행이라는 소리가 절로 나는 건, 잠이 깬 것이 분명한데도 나는 냄새와 소리 때문이었다. 흐트러진 머리를 쓸어 올리고, 혹 흉하게 침이라도 흘리고 잔 건 아닐까 싶어 얼굴을 쓱 문지른 혜원이 메이는 목을 하고 불렀다.

"재현 씨……."

혹 제가 말을 하면 모든 게 확 하고 사라져 버릴 것만 같아서인지 목소리는 그리 크지 않았다.

"깼어? 더 자지."

저쪽, 그러니까 방 밖에서 들리는 목소리가 눈물이 날 것만큼 그녀를 행복하게 했다. 아, 이게 꿈이 아니라 정말 다행이다.

그녀는 몸을 일으켰다. 불 꺼진 방 밖으로 부엌에 켜진 불빛이 드리워져 있었다. 벌써 불을 켜야 할 만큼 어두워졌나. 혜원은 무겁게 몸을 세워 일어났다. 방 안은 보일러를 켰는지 적당하게 따뜻했다. 뭔가 예쁜 옷이 없나. 제가 입은 무릎 나온 트레이닝복 말고 다른 걸 좀 찾고 싶었지만 선뜻 내키는 옷이 없었다.

"더 자."

밖에서 들리는 목소리. 저 소리 말고 형상도 보고 싶었다. 혜원은 제 옷 따위 상관없이 몸을 일으켜 살그머니 밖으로 나왔다. 제가 늘 서 있던 두 짝밖에 없는, 그릇이 쌓인 좁디좁은 싱크대 앞에 서 있는 키가 큰 남자의 형상은, 호리호리한데도 불구하고 좁은 싱크대를 더 좁게 보이게 만들었다. 뭘 하는지 괜히 미안해진 혜원이 슬그머니 다가갔다.

"뭐 해요?"

"일어났어?"

그가 돌아보았다. 넥타이도 없이 하얀 와이셔츠를 걷어 올린 팔뚝을 하고 그가 어색하게 웃고 있었다. 저 사람이 웃고 있는데 왜 이렇게 마음이 아프지……. 혜원은 잘 먹고 잘 자고 일어나 왜 또 눈시울이 붉어지는지 이해할 수 없었다.

"왜? 어지러워? 아니면 구역질나려고 해?"

"……."

그는 알고 있는 걸까. 혜원은 뭐라 말을 못하고 입을 다물어 버렸다. 그러자 그가 옆에 걸려 있던 주방 수건에 손을 닦더니 그녀에게 다가왔다. 그리고 무릎 나온 트레이닝복과 자주 빨아 색이 바래 버린 반팔 티셔츠를 입은 그녀를 두 손을 내밀어 껴안았다. 그리고 감지 못해 퍼석거리는 머리카락을 쓰다듬었다. 미안해야 하는데 그런 것보다 매끄러운 셔츠의 감촉이 와 닿는 남자의 품이…… 너무 따사로웠다. 그래서 저도 모르게 손을 내밀어 또다시 남자의 허리를 감았다. 무언가 말을 해야 하는데 아무것도 생각이 나지 않았다. 아무것도 듣지 않아도 남자의 따뜻한 체온이, 부드럽게 저를 쓰다듬는 손길이, 가끔 내쉬는 한숨 소리가 모든 것을 알고 있다는 생각이 들게 만들었다.

"엄마……. 저번 주에 돌아가셨어요."

그 이야기만 입에 올리면 하염없이 눈물이 쏟아졌는데 왜 지금은 그렇지 않은지 모르겠다 싶었다. 엄마한테는 미안한데 왜 이렇게 이 남자의 고동치는 가슴에 얼굴을 대고 있으니 그것도 무슨 동화 속의 이야기처럼 여겨지는지 모르겠다 싶었다.

"그리고……."

그리고 뭐, 뭘 이야기해야 하는 걸까. 그러나 말을 하지 않아도 되었다. 아니 말을 할 수 없었다. 그가, 그의 차가운 손이, 뭘 했는지 닦았지만 물기가 묻어 있는 차가운 손이 그녀의 얼굴을 쓰다듬더니 부드러운, 그러나 뜨거운 그의 입술이 그녀에게 내려앉았다.

"맛이 없었지."

그녀는 피식 웃으면서 그의 가슴에 대고 고개를 저을 뿐이었다. 텔레비전에는 소리를 거의 줄여 놓아 아무것도 들리지 않는 기자가 무슨 강물 앞에서 열심히 뭔가를 이야기하고 있는 뉴스가 나오고 있었다. 12시가 다 되어 가는 시간인 듯, 텔레비전에는 마감뉴스가 나오고 있었다. 근무를 끝내고 오면 자느라, 근무가 아침에 끝났으면 대리기사 일을 하느라 처음 보는 12시 뉴스였다.

그러나 그녀는 그것을 보고 있지는 않았다. 느지막이 퇴근한 맞벌이 부부가 저녁을 먹고 게으름 끝에 설거지를 하고 이제 잠이 들려고 이불을 펴고 베개에 기대어 앉아 끔뻑거리면서 마감뉴스를 보는 건 흔한 일상일 수도 있었다. 그리고 그 장소가 방 한 칸 좁은 거실 하나, 욕실 하나인 언덕배기의 다세대 주택 2층인 것도 아주 흔한 일이었다. 방 안은 채 정리하지 못한, 이제는 없는 사람의 옷들이 잔뜩 벽에 걸려 있었고, 텔레비전 옆에는 책이며, 화장품이며, 족욕기라든지 혹은 온풍기 같은 텔레비전 홈쇼핑에서 혹하면 사기 마련인 별 쓸모없는 것들이 이곳저곳에 놓여 있었다. 그러나 그곳에 있는 두 사람에게는 이건 흔한 일상이 아니었다. 아니 그냥 멍하니 더부룩하게 부른 배를 안고 그동안 쓰지 않아 꿉꿉한 베개와 이불에 기대 있는 지금 이 시간은 기적과도 같은 일이었다.

"거기 반찬 원래 좀 짜요."

그녀는 말을 하면서 살짝 고개를 뗐다가 슬그머니 남자의 허리를 감고 있던 손을 더 깊숙이 찔러 넣었다.

"하는 걸 잊어버려서."

12년 전 어느 날과 비슷한 상이었다. 다만 타지 않고 전기 압력 밥솥에서 잘 지어진 밥과, 슈퍼 옆 찬가게에서 산 멸치와 김과 장조림, 그리고 김치로 차린 상, 그가 한 거라고는 소금이 한쪽에 몰려서 한쪽만 짜고 나머지는 싱거웠던 계란 프라이가 다인 밥상. 그러나 혜원은 맛있게 먹고 밥그릇을 비웠다. 물론 그도.

"나도 이제 잘 하는데."

"그래? 별일이네."

"그렇죠? 별일이죠."

그녀는 또다시 강아지 마냥 그의 품을 파고들었다. 그도 그런 그녀를 마다하지 않고 품에 안았다.

"이름…… 뭐라 할까."

"……?"

그의 가슴에 기대 있던 게 좋았던 혜원이 마치 스톱버튼을 누른 것처럼 멈춰 섰다. 그러더니 몸을 일으켜 고개를 들었다.

"알고…… 있었어요?"

그가 희미하게 웃기만 했다. 웃는 게 잘 어울리지 않는 남자의 얼굴이 푸르스름한 텔레비전 화면 때문에 희미하게 빛났다. 혜원은 저도 모르게 다시 그의 가슴팍에 기댔다. 남자의 심장이 부드럽게 뛰고 있는 게 느껴졌다.

"이름 뭐라 하지……."

그녀의 눈가가 다시 뜨거워지는 게 느껴졌다. 사랑하는 우리 아기, 이제 너도 사랑 받는구나. 그렇지. 그렇지, 우리 아기…….

그가 그녀의 등을 쓰다듬었다. 실컷 잔 것 같은데 또다시 눈이 감기는 것 같았다. 자지 말아야 하는데, 그가 뭐라 웅얼거리는 소리가 들리는 것 같았다. 그 소리가 잘 안 들릴수록 그녀는 제가 그의 허리를 감고 있는 손에 더욱더 힘을 주었다. 어디로 가 버리지 않게.

"자, 나 아무 데도 안 가. 가더라도 당신하고 함께 가. 그러니까 푹 자. 임산부는 잘 먹고 잘 자야 해……."

아까까지만 해도 웅얼거리던 소리는 또렷하게 귓가에 들렸다.

그리고 마치 그게 최면을 거는 주문마냥 그녀는 깊은 꿈속에 빠져들었다. 그리고 예쁜 아기를 품에 안는 꿈을 꾸었다. 어쩐지 아주 오래전에 이별했던 그 아기가 다시 온 것만 같은 느낌에 행복했다.

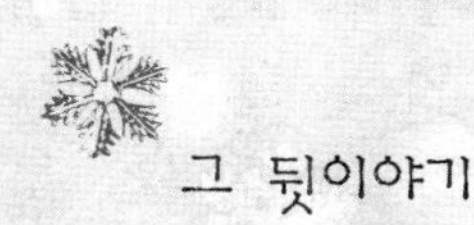

그 뒷이야기

아무리 빗어도 마음에 들지 않았다. 몇 개월 동안 미용실 근처도 가 본 적 없는 제 머리는 길어서 덥수룩하기만 했다. 화장대를 열어 보니 그 한겨울에 넘어진 뒤 돌보지 않아서인지 스킨, 로션도 밑바닥에 겨우 남아 있었고, 파운데이션을 뚜껑을 여니 참담하게 깨진 채 가루가 되어 있었다.

"휴……."

한숨이 절로 나왔다. 그때 달칵하고 문이 열렸다. 제 목이 한참 꺾여야 볼 수 있는 장신의 남자가 제 비좁은 욕실에서 머리카락을 털며 나오자 불현듯 이게 꿈이 아니구나 싶어졌다. 안이 비좁아서 저 덩치에 서서 샤워도 제대로 못했을 텐데, 하고 생각하니 갑자기 얼굴에 확 열이 올랐다. 호텔로 가라고 할 걸 잘못한 듯했다. 그러나 들지 못하는 제 얼굴은 그 이유보다는 달랑 허리에 두른 수건 하나 때문인지도 몰랐다.

"불편하죠? 호텔로 갔었어야 하는데."

"괜찮아. 이 정도면 괜찮은데."

실은 남자도 좁은 욕실에서 잠시 할 말을 잃긴 했었다. 미국 생활에 젖은 지도 오래됐고, 재작년에 그가 투자 목적으로 산 집조차 욕실이 세 개나 되는 집이었다. 아침이고 이층인데도 불구하고 햇빛마저 들지 않는 어수선한 집은 불을 켜야만 했다.

"워낙에 오랫동안 비워 놔서 찬거리도 없고……."

나무로 된 상자 앞에 쪼그리고 앉아 있는 여자가 하는 걱정이 마치 딴 세상의 이야기처럼 들렸다.

"나가서 먹으면 돼."

돌아서는 남자의 매끈한 등에 떨어져 내리는 덜 닦은 물방울들이 제 눈에 선명하게 보이자 그녀는 더욱더 얼굴이 붉어졌다.

"내가 캐리어를 어디다 뒀더라."

"저기 방에……."

그가 눈앞에서 사라지고 나서야 한숨을 내쉴 수 있었다. 그러고 보니 어제 저 남자의 곁에서 잔 건가. 얼굴이 화끈거리는 혜원은 얼른 김이 무럭무럭 새어 나오고 있는 욕실로 들어갔다.

사람이란 참으로 간사해서, 윤택한 생활에 젖어 있으면 제 뒤를 돌아보지 못하는 법인 듯했다. 도저히 어디 갈 기운이 없어 보이는 여자 덕에 여자의 집으로 왔고 그도 시차 적응을 못해서 피곤했기 때문에 거의 두 사람은 그냥 곯아떨어진 듯했었다. 아침에 일어나 보니 제 비좁은 연구실보다 훨씬 더 좁고 어수선한 집은 몇 달째 비어 있었다고는 하지만 머리가 어찔거릴 정도로 정신이 없었다. 그 정신없는 집에서 겨우 차비를 차리고 나서려는 곳은 추모의 집이라는 곳이었다. 여자가 같이 그녀의 엄마를 보러 가길 원했다. 그도 그럴 생각이었다. 그러느라 준비를 하려 느즈막한 아침 자락에 두 사람은 바쁘게 움직였다. 물론 그의 캐리어 안에는 부랴부랴 준비하느라 편안한 옷을 넣기도 했었지만 적어도 어른을 뵙기 위해 제대로 된 옷을 입어야겠다고 챙겨 온 옷이 들어 있었다.

혜원이 다시 나와 화장대 앞에 앉았을 때 그의 목소리가 들렸다.

"이것 좀……."

어둡고, 좁은 제 집이었다. 그러나 그녀가 느끼기엔, 눈이 부실 것 같았다. 단지 블루블랙의 정장 하의와 눈이 부시게 하얀 와이셔츠를 입고 넥타이를 들고 있는 남자일 뿐인데, 혜원은 가슴 한 구석이 시리도록 기뻤다. 그 옛날, 이름도 이유도 기억나지 않는 그 어느 흐느적거리는 파티에서 보았던, 제가 고른 블루블랙의 슈트를 빼 입고 저만을 쳐다보던 그 남자가 완벽하게 자신에게 돌아와 있다니.

"왜?"

그가 되묻는데 할 말이 없었다.

"그냥. 너무 좋……."

문득 뒤에 보이는 텔레비전에서 나오는 아침 드라마가 보였다. 물론 못 보던 드라마지만 엄마가 늘 이 시간이면 막장의 내용들에 욕을 하면서도 볼륨을 돋워 보던 시간이었다. 그녀의 시선이 텔레비전에 가 있기에 흘끗 보았지만 아무런 이상스런 점을 느끼지 못한 그는 여자의 얼굴을 보고 갑자기 끊어진 여자의 말꼬리에 대한 이유를 금방 알아냈다. 그는 손에 들고 있던 넥타이를 바닥에 휙 던져 버리고는 금방 서있는 여자에게 다가와 두 손을 내밀어 여자를 안았다.

"좋아해도 괜찮아. 하늘에 계신 분도 아실 거야. 혼자 남은 당신 딸이 행복하길 바랄 거야. 행복하면 되는 거야. 입장을 바꿔서 나라도 당신이 이제는 웃고 살길 바라겠어. 그러니 웃어. 좋으면 좋다고 말해. 당신은 이제 그렇게 살아도 괜찮아. 그럴 자격 있어."

하얀 셔츠의 빳빳한 질감이 주는 싸한 향이 제 볼에 느껴졌다. 남자의 고요한 심장 고동이 이야기하고 있었다. 이제 당신은 행복해도 괜찮아. 문득 내 남자의 얼굴이 보고 싶었다. 키아누 리브스보다 훨 잘난 내 남자……. 안겨 있던 그녀가 고개를 들자 마치 기다렸다는 듯 남자의 고개가 떨어졌다. 싸한 치약의 향이 미미하게 남아 있는 따뜻하고 부드러운 입술이 내려앉고,

달디단 남자의 혀가 부드럽게 제 안을 감아 돌았다. 마음껏 안고 싶었던 남자의 허리를 감싸 안는 여자의 두 팔에 힘이 들어갔다.

이젠, 다시는 헤어지지 않을 거야.

평일이었고, 점심시간이 다 된 시간이었다. 늦은 아침을 먹고 먼 외곽으로 나오느라 시간이 걸렸기 때문이었다. 마치 커다란 도서관 같은 고요한, 추모의 집이라 불리는 곳에는 그래도 수런수런 보이지 않는 모퉁이마다 사람들이 있었다. 대낮이고 봄 햇살이 나른하게 쏟아지고 있었지만 그래도 수많은 사연을 담은, 칸칸마다 차 있는 각양각색의 유골함은 혼자 왔더라면 약간은 오싹한 느낌을 받을 만했다. 그러나 지금은 그렇지 않았다. 완벽하다는 말이 무색하리만치 매끈한 검은색의 옷을 입은 남자는 제 손을 꼭 잡고 있었다. 그러고는 한 손엔 노란색과 아이보리색이 섞인 커다란 장미 꽃다발을 들고 있었다. 아주 예전에 보았던 만화 속에나 나올 것 같은 남자는, 지나가는 사람들조차 흘끗거릴 만큼 완벽했다.

"신발 낮은 걸 신지 그랬어. 다리 안 아파?"

"괜찮아요."

이 옆에 있는 남자하고 어울릴 생각은 꿈에도 하지 못할 정도였다. 다만 창피하지 않을 만큼은 꾸미고 싶었을 뿐이었다. 오랜만에 스커트와 블라우스, 트렌치코트와 화려한 스카프를 두른 그녀는 작년에 사 두기만 하고 한 번도 못 신었던 화사한 구두까지 꺼내 신었다. 제 딴엔 아무리 멋을 부려도 옆에 서 있는 남자한테 어울리지 않을까 우려하고 있었지만 '괜찮아 정말 예뻐.' 라고 말하는 듯 제 손을 잡은 남자의 손에는 조금 더 힘이 들어갔다. 그것이, 그냥 이 남자가 힘을 주어 제 손을 잡아 주는 게 행복했다.

"아, 여기예요. 엄마!"

마치 엄마가 있는 것처럼, 혜원은 종종걸음으로 그를 이끌었다. 하늘색 청자의 항아리가 놓여 있고, 엄마의 환한 미소가 가득한 오래전의 사진이 액자에 끼워져 있었다. 그리고 플라스틱 조화로 된 액자까지. 남자의 얼굴이 잠깐 굳었던 건, 액자에 끼워져 있는 사진이 십여 전 전의 사진이었고, 그 사진 속의 여자를 잘 알고 있기 때문이었다. 그러나 이미 모든 건 다 지난 일이었다. 그가 커다란 장미 꽃다발을 어찌해야 할지 난감해하자 혜원이 받아 들었다.

"엄마, 재현 씨가 엄마 드리는 거예요. 엄마 장미 좋아했죠? 엄마……."

문득, 엄마가 그리 가 버리기 전에 한 번이라도 이 사람을 보여줬으면 좋았을 걸 하는 후회가 들어 혜원은 말을 잇지 못했다. 이리 잘난 사위를 한번 보지 못하고 눈을 감으셨다니, 본인을 수술한 의사가 존스홉킨스의 유명한 신경외과 의사라고만 말했지 이 사람이라고는 말하지 못했었다. 그게 후회됐다. 혜원이 울먹이는 게 그 이유라는 것을 모르는 남자는 손을 내밀어 그녀의 흘러내리는 눈물을 닦아 주었다.

"이제 그만 해도 돼. 예쁘게 한 화장 다 지워지잖아."

"미안해요. 재현 씨, 우리 엄마가 많이 잘못했지만 이제 용서해 줘요."

여자의 울먹임이 쓸데없는 것임을 잘 알고 있었다.

"그런 거 없어. 다 잊었다고 했잖아. 우리 잘 살게 하늘에서 도와주실 거야. 그러니까 우는 모습 보이지 마. 이제 다시는."

울컥하는 눈물 때문에 대답하지는 못했지만 그녀는 고개를 끄덕였다. 그리고 그는 곧 혜원의 손을 잡더니 유골함 앞에 섰다. 그리고 말했다.

"저, 사위 길재현입니다. 늦게 찾아 뵈서 죄송합니다. 혜원이랑 앞으로 잘 살겠습니다. 행복하게 평생 웃으면서 살게 하겠습니다. 어머님, 어머님도 우리 행복하길 빌어 주십시오."

혜원은, 참았던 눈물을 다시 쏟을 수밖에 없었다.

행복이란 건, 제게 그저 세일이 와서 좋은 물건을 싸게 산다든지, 혹은 대리기사를 뛰다 기분 좋은 졸부가 수표를 팁으로 준다든지, 혹은 회장님의 간병을 맞아 야근 수당을 배로 받는 것 같은 게 다 인 줄 알고 살았었다. 그러나 그게 다는 절대 아니었다.

"저기 그냥 우리 일층으로 가요. 그래도 괜찮아요."

"그래. 당신이 원하면 그렇게 해."

화려한 백화점의 꼭대기 층에 있는 주얼리 숍으로 가려는 그의 소맷부리를 당긴 건 혜원이었다. 그가 뭘 해 주려는지 잘 알고 있었지만, 혜원은 이제 그런 명품 보석이 얼마나 쓸모없는 건지 잘 알고 있었다. 백화점 1층에 자리 잡은 주얼리 숍도 얼마든지 좋은 것이 많다는 걸 알고 있었다.

"그래도 웨딩 링인데, 6층이 낫지 않을까."

그의 말에 혜원이 수줍게 웃으면서 말했다.

"저기, 나 소원 있는데요."

"뭐?"

"들어줄래요?"

그는 약간 굳은 표정이었다. 뭔가 이상한 걸 원하지 않을까 싶어서.

"한국에 있는 동안만이래도. 커플링 하고 싶어요. 수술할 때는 못 끼잖아요. 그냥 여기 있을 때만이라도……."

이상하긴 했다. 반지라니……. 그러나 혜원이 원한다면 그 정도는 해 줄 수 있었다. 물론 그녀가 말하는 대로 병원으로 돌아가면 하루에도 몇 번씩 핸드 스크럽을 해야 하는 그로서는 반지를 챙길 수 없겠지만 여기서는 그 정도 어색함쯤은 참을 수 있을 거 같았다. 제 허락을 받고 반지를 고르는 여자의 얼굴이 환하게 빛나는 것 같았다. 그냥 그것을 보는 것으로 그는 마음 한구석이 차오르는 것 같은 느낌이었다.

"이거 어때요? 나 탄생석이 사파이어인 건 알았어요?"

여자의 생일이 9월이란 걸 처음 알았다. 오랜 시간이 지났지만, 아직 알아가야 할 것이 많은, 오래됐지만 새로운 연인 같은 두 사람은 이제 행복할 일만 남은 것 같았다.

"재현 씨, 좀 쉬었다 해요."

"아니, 괜찮아. 다 하고 쉬지 뭐. 이것만 싸면 되나?"

"저 밑에 상자 또 있는데……."

호텔로 가려고 했지만, 어차피 미국으로 가려면 여기 있는 것들을 정리해야 했다. 볼티모어엔 이미 집도 있기 때문에 가져갈 것은 별로 없었다. 수속도 밟아야 했고 짐도 정리를 해야 했다. 우선은 손도 대지 못한 엄마의 유품이 문제였다. 구청에 전화를 해 보고, 동사무소에 연락을 해서 괜찮은 것들은 불우이웃 돕기를 하는 기관에 기증하고 나머지는 버려야 했다. 백화점에 갔다 온 뒤로 몸이 피곤한 혜원은 구석에 담요를 뒤집어쓰고 앉아 있을 뿐이었다. 먼지가 많이 나서 문까지 열어 놓은 뒤라 아직은 쌀쌀한 봄바람 덕이었다.

"이건?"

두어 번 쓰고 다시는 쓰지 않았던 족욕기를 들고 뭐에 쓰는 물건인지 흘끗거리는 남자는 추모공원에 가느라 입었던 정장 대신 청바지에 셔츠 차림이었다.

"아, 그것도 밖에 내놓으면 돼요. 두 번밖에 안 썼는데 아깝다."

하루 종일 텔레비전만 보고 있던 엄마가 사들인 홈쇼핑의 쓰잘데기 없는 물건들은 구석구석 많이도 있었다.

"그만 해요. 힘들겠다."

"힘 쓰는 거라면 자신 있어."

하루에 17시간씩 수술을 하고도 아침이면 매번 수영장에 가서 천 미터씩 트랙을 돌아 왔었다. 고도의 기술을 요하는 일을 하지만 그래도 결국은 내내 서서 해야 하는 체력을 요하는 일이었다. 그런 것에 비하면 이런 건 일도 아니었다.

"아, 멋있어라."

혜원이 박수를 치며 좋아하는 걸 보고는 그는 멋쩍어져 열심히 쓰레기봉투에 물건들을 담았다. 여자가 웃으면서 좋아하는 거라면, 얼마든지 할 수 있었다. 혜원도 조금은 유치한 것 같지만, 제가 잃어버린 20대의 시간을 도로 찾은 듯, 그와 있으면 이제 무엇을 해도 재미있고 즐겁고 신 날 뿐이었다.

쓸데없는 것들을 버리고, 구석구석 쌓인 먼지를 치우고 하니 집은 조금 넓어진 것도 같고 밝아진 것도 같았다. 정리하는 거나 청소하는 것에는 영 취미도 없는데다, 밖에서 하는 일이 그런 일이다 보니 집 안에서는 별로 움찍거릴 겨를이 없는 그녀는 이렇게 깨끗하게 정리된 집을 보니 뿌듯해지기까지 했다.

"수속 밟고, 비자 나올 때까지 기다리고 하자면 시간이 좀 걸려. 그때까지 여기서 지낼까?"

왠지 나가기 싫어하는 눈치인 그녀를 보고 그가 말했다.

"불편하지 않을까요?"

"괜찮아."

"고마워요!"

미안하다는 말보다는 고맙다는 말을 입에 달고 사는 여자가 훨 다행이라 여기고 있었다.

"내일은 비자 신청하러 가고, 병원에도 좀 가야겠어. 빈혈 약 처방 안 해 주던가?"

"네."

"그리고, 또 뭐 할까?"

'그냥 이렇게 있어요…….'

라고 말하고 싶었다. 그 말을 알아들었을까. 그가 손을 내밀어 그녀를 품으로 끌어당겼다.

기다렸다는 듯, 그녀도 그의 품으로 파고들었다. 따뜻하고 잔 근육이 잡힌 가슴이 얇은 셔츠 밑으로 느껴졌다. 괜스레 얼굴이 붉어질 만큼 이 따뜻한 남자의 품이 좋을 뿐이었다. 그냥 아무것도 필요 없어도 괜찮았다. 이 사람만 있다면.

"안 자요?"

희미한 불빛과 기척에 떠지지 않는 눈을 하고 물었다.

"음, 그냥 시차가 안 맞아서 그런가 봐. 신경 쓰지 말고 자. 불빛 때문에 그래?"

잠을 깨울까 봐 그런지 조용한 목소리로 묻는 남자의 말에 고개를 저으면서 그녀는 그의 팔뚝을 쓰다듬었다.

"방해하고 싶어지잖아요."

태블릿 PC를 보고 있던 그가 피식 웃는 소리가 났다. 손을 내밀어 남자의 허리를 감았다. 매끈하게 아무것도 걸치지 않은 남자의 허리에 손을 감으니 따뜻한 감촉이 느껴졌다. 저도 모르게 남자의 옆구리에 입을 맞췄다.

"간지러워."

그가 웃는 소리가 났다. 이 남자도 웃는구나. 새로운 사실을 알게 된 혜원은 다시 쪽쪽 소리가 나도록 근육이 드러난 옆구리에 입을 맞췄다.

"그만, 그만 해. 배로 갚아 줄 거야."

그러나 웃는 소리가 좋은 혜원은 멈출 생각을 하지 않고 혀를 내밀어 핥기까지 했다.

"알았어. 해 보자는 거지."

컴퓨터를 옆으로 치워 버린 그가 돌아 누었다. 자는 줄만 알았던 여자에게서 나는 뽀얀 살갗의 향기가 확 끼쳐 왔다. 여자의 향기가 배어 있는 이불, 그리고 쉬이 피곤을 느끼는 여자가 잠든 사이 그는 무던히도 제 신경을 딴 데 쏟으려고 애써야 했다. 겨우 새로 올라온 학술지의 논문들에 집중을 했다고 생각했는데 여자는 제 사정 따위는 받아 주지 않고 저를 자극하고 있었다. 여자는 제 품에서 키득거리면서 여전히 저의 민감한 살갗에 입술을 부딪치고 있는 것을 보고 그는 여자의 두 팔을 와락 잡았다. 제 딴엔 잠옷이라고 입은 얇은 반팔 면 티셔츠 밑의 가느다란 팔뚝을 잡은 그는 웃으면서 똑같이 해 주려고 했다. 그런데 태블릿에서 나오는 희미한 불빛에 비춰지는 여자의 하얀 얼굴이 제 속을 울렁거리게 했다.

"재현 씨."

저를 내려다보는 남자에게 미안하다고 말하려고 했었다.

"후회할 거야."

그러나 똑같이 제 옷을 끌어 올리고 부드러운 옆구리 속살에 입을 맞추는 뜨거운 입술에 앗 하는 작은 비명만 지를 뿐 더 이상은 아무 말도 할 수 없었다. 제 속옷이 올려지고 남자의 입술이 제 가슴을 물어 오자 그녀는 남자의 머리를 감싸 안으면서 제 입에서 나오는 대로의 소리를 감추지 않았다. 그러나 그는 곧 제 욕심껏 여자를 탐하지 못하고 고개를 돌려 여자의 입술을 핥고 부드러운 혀를 삼키는 걸로 마무리 지어야 했다. 적어도 여자의 상태가 아직은 안심할 만하지 못하다는 것을 너무나 잘 알고 있었기 때문이었다.

"내일, 병원부터 가야겠어."

"……."

아쉬운 마음이 훨씬 더 큰 여자는 대답 대신 남자의 가슴을 파고들 뿐이었다.

*　*　*

갈증 끝에 마시는 짜디짠 바닷물 같은 느낌일까, 아니 그건 적당하지 못한 비유였다. 짜디짜다는 건 절대 어울리지 않는 비유였다. 오히려 달디달아서 정신을 차릴 수가 없을 정도이니까.

"괜찮아?"

"……네."

숨이 가쁜 여자는 제 숨을 고르며 수줍게 대답했다. 좁은 방 안은 옷가지들이 정신없이 떨어져 있었다. 집에 들어오면 따뜻하게 누우라고 푹신하게 펴 둔 이불은 형편없이 구겨져 있었고, 그 위에는 겨우 숨을 돌린 두 사람이 마주하고 있었다. 저도 의사지만, 수련의 시절에 거쳐 간 Obstetrics(산과産科) 지식으론 부족하다 여기고 있었다. 그래서 전문의의 이야기를 직접 듣고선 섣부른 안심을 했는지도 몰랐다.

여전히 조심하는 게 중요하다는 걸 알고 있었기에 신경을 놓을 수는 없었지만 그래도 제 본능은 어쩔 수 없었다. 단지 여자가 보고 싶고, 여자를 그리워하고, 힘든 여자를 위로하고 싶다는 건 제 머릿속이 하고 있던 생각이었는지도 몰랐다. 하지만 거짓이나 혹은 이성 따위를 모르는 제 몸이 원하는 건 한 가지였다. 따뜻한 방 안 덕에 이마에 땀으로 젖은 머리카락이 붙어 있는 여자의 얼굴을 내려다보다 손을 내밀어 머리카락을 떼어 주면서 그는 저도 모르게 웃고 말았다. 그것을 보고 여자 피식 따라 웃었다.

"배, 안 아프지?"

"안 아파요."

무안한 남자가 다시 가볍게 입을 맞추고는 몸을 일으켰다. 그러고는 옆에 있는 이불을 들어 벗은 여자의 몸을 덮어 주었다.

"씻고 올 테니 좀 누워 있어."

대답도 못하고 고개만 끄덕이는 자신을 두고 일어선 남자의 매끈한 나신이 금방 눈앞에서 사라지자 저도 모르게 방금 전을 생각하고는 얼굴이 붉어진 혜원은 맨몸 위에 덮은 이불을 더욱더 감싸 안았다. 방 안을 감돌고 있는 묘한 열기와 향에 더욱더 부끄러워하면서.

대사관에서 이민 수속을 밟고, 산부인과 검진을 받느라 하루를 다 보내고 이른 저녁을 먹고 들어오는 길이었다. 차 안에서 서로 꼭 잡고 있던 손길은 서로 말을 하지 않아도, 집의 문을 열면서 들어서자마자 제 마음에 있던 것을 소리 없이 내보였었다. 컨디션이 좋지 않았던 저를 돌봐만 주던 그도 이럴 때 보면 참 순진한 구석이 있는 거 같아 절로 웃음이 비져 나올 뿐이었다.

괜찮다는 산부인과 의사의 말 한마디에 집에 들어오자마자 온 사방에 흩어져 있는 옷이라니. 요란한 물소리를 들으면서 집에서 입는 옷을 주섬주섬 걸쳐 입고는 떨어진 남자의 옷을 주워 옷걸이에 걸었다. 텅 빈 옷걸이에 걸린 남자의 반듯한 셔츠와 외투라니. 이건 정말 꿈일지도 몰랐다.

달칵.

문이 열리는 소리와 함께 물 냄새와 바디클렌저의 향기가 확 쏟아져 나왔다.

"안에 따뜻할 거야. 씻어야지."

"네."

다시 웃음이 비어져 나오는 걸 참을 수가 없었다.

설핏 잠이 들었던 거 같았다. 옆에서 낮은 목소리가 들렸다.

"Do you know any immigration lawyers? I want to bring my fiancee from Korea to the US.(이민 전문 변호사 아는 사람 없어? 내 약혼녀 한국에서 미국으로 데려가야 하거든.)"

긴 대화가 이어졌다. 그러나 혜원은 더 이상 아무것도 들리지 않았다. Fiancee라는 단어가 너무나 달콤하게 들려 제 귀를 멀게 하는 것 같았다.

그리고 시간이 지난 어느 날

"운전하지 말랬잖아. 뭐 벌써 도착했다고?"

저절로 인상이 찌푸려진 남자는 재킷을 걸치면서 성큼성큼 걸어 나가고 있었다. 마지막 수술이 늦게 끝나는 바람에 계획이 틀어진 그는 인상을 찌푸린 채였다. 막 외과 병동 뒤의 주차장으로 향하고 있는데 갑자기 요란한 클랙슨 소리가 울렸다. 저절로 고개가 돌아갈 만큼 요란한 소리를 내는 차를 익히 잘 알고 있었다.

"운전하지 말랬잖아."

"담당 의사 선생님은 괜찮다고 하셨거든요!"

환하게 웃는 얼굴을 보고는 더 이상 뭐라 할 수 없었다.

"내려. 내가 할 테니까."

"늦었어요. 그냥 타요."

늦은 건 사실이었다. 그는 이마를 찌푸린 채 빙 돌아서 이 괴물 같은 차에 올라타야 했다. 다리가 긴 자신도 이렇게 한참을 올라가야 하는 차라니.

"벨트 매요. 그리고 옷 그거밖에 없어요? 그 색 별루인데."

막 대답을 하려는데 웅웅거리는 커다란 엔진음이 작렬하더니 차는 그야말로 힘차게 튀어 나갔다.

"이봐!"

그가 빽 소리를 지르자 차는 금방 조용해졌다.

"아, 미안, 미안해요. 얘가 힘이 좋아서."

이보크라니……. 그는 기가 막혀 말이 나오지 않았다. 흘끗 그를 본 여자가 화사하게 웃었다.

"무슨 말 하려는지 알아요. 나 이거 갖고 싶었다구요. 안전하고

싸고, 넓고 얼마나 좋아."

그러면서 제 손을 잡는 여자의 따뜻한 손 때문에 그는 목구멍까지 올라왔던 말을 삼켜야 했다. 튼튼한 건 인정해야 했다. 생긴 것 딱지에 그냥 튼튼합니다라고 써 있는 거 같으니. 막 병원 입구에서 신호 대기에 걸려 멈춰 서자 차 안은 다시 조용해졌다.

"그건 내 꿈이었어."

"박스터요?"

혜원이 웃으면서 돌아보았다.

"그래, 나 매니저한테 다 연락도 해 놨었다고. 내 꿈이 정혜원에게 박스터 레드를 돌려주는 거였어."

"나 포르쉐 싫어요. 기름만 많이 먹고, 박스터 좁잖아요. 게다가 키 박스도 왼쪽에 달렸고. 아, 그거 왜 왼쪽에 있는 줄 알아요?"

막 신호가 바뀌자 능숙하게 기어를 바꾸면서 물었다.

"그러게. 그게 왜 왼쪽에 있는 건지. 탈 때마다 헛손질을 했지."

물론 그건 좋은 기억이 아니었다. 그가 포르쉐를 탔던 건 한국에서 주희진이 마련해 준 차였으니까.

"포르쉐는 원래 경주용 차에서 시작했대요. 트랙 돌 때 중간에 차 정비하면서 사람들이 밀고 갔대요. 밖에서 밀면서 시동을 걸어야 하니까 왼쪽, 그러니까 차 문 쪽에 키 박스가 있어야 했던 거죠. 그래서 그게 전통이 된 거래요."

"음. 그렇군. 그래도 난 이 차 마음에 안 들어."

차를 운전하고 있는 검은 머리의 늘씬한 여자와 거대한 랜드로버 뉴레이지로버 이보크의 조합은 전혀 어울리지 않았다. 무슨 군용차 같은 거대하고 투박한 지프차라니, 그의 꿈을 산산조각 내 버린 여자였다. 비자 받고 수속이 하도 복잡해서 한참 뒤에나 미국 땅을 밟았고 그때는 벌써 뱃속의 아기가 한참이나 큰 후였다. 그래서 출산을 하고 몸을 가눌 만해 차를 고르러 가던 중에 랜드로버 매장을 보고 바로 들어서서 고른 차가 바로 이거였다.

7인승의 쿠페라지만, 휠마저 어마어마한 지프차를 타고 좋아하는 모습이라니. 그나마 양보한 것이 티탄 레드. 차라리 블랙이 낫지 이런 무식한 빨간색의 지프차라니.

"실은 제 소원은 험비였어요. 알아요? 군용 지프차. 그건 이거보다 더 큰데. 그런 표정 짓지 말아요. 이것도 미국이나 되니까 타고 다니죠. 하여튼 너무 고마워요. 늘 고마워하고 있다구요. 아, 다 왔다. 안 늦었을라나."

그는 말없이 차에서 내려서 재빨리 뛰듯이 그녀가 내리는 운전석 쪽으로 갔다.

"여길 뭘……."

차에서 내리는 걸 도와주는 그에게 얼굴을 붉히는 혜원을 보니 더 뭐라 말을 하기도 그랬다.

"갈 땐, 내가 해."

"알았어요. 가요, 얼른."

강당에는 이미 사람들이 가득 차 있었다. 수런거리는 소리 요란한 음악 소리, 여기저기서 터지는 감탄사, 그리고 전부다 꺼내 든 휴대폰과 캠코더.

"와, 사람 많다. 안 늦었나?"

"딱 맞춰 왔네. 나온다."

"어머, 진짜네. 얼른 가서 찍어요."

그 말이 나오기도 전에 그는 덩치 큰 남자들을 헤치고 앞으로 나갔다. 무대 위에는 앙증맞은 핑크색 발레복을 입은 서너 살의 여자 아이들이 아장거리며 토슈즈를 신고 나와 서 있었다. 혜원이 열심히 손을 흔들었지만, 무대 위에선 한번 흘끗 보고는 오히려 새침하게 자세만 잡고 있었다.

다들 자기 아이를 찍으려고 무대 공연보다 아래쪽이 더 볼만한 지라 혜원은 그냥 웃을 수밖에 없었다.

채 몇 분도 되지 않은 공연이 끝나자 무대 밑의 촬영 명당은 다음 아이들의 부모로 바뀌었다. 그제야 사람들을 헤치고 다가오는 그가 보였다.

"찍었어요?"

"아, 앞에서 잠깐 가려서. 그래도 다 찍긴 찍었어. 녀석 잘하는데."

"그렇죠? 우리 로아가 젤 자세가 좋다니까요."

"그건 그래. 제일 자세가 예뻐. 여기 손 끝 야무진 거 봐."

다들 부모가 자식 자랑하는 게 팔불출이라지만, 저 얼굴로 심각하게 방금 찍은 동영상을 보면서 말하는 걸 보니 웃음이 절로 나왔다. 자기가 칭찬을 하는 것과는 전혀 다른 모습으로 보였다.

"정말 예뻐요. 그렇죠?"

"맞아. 당신 닮아서 예뻐."

혜원은 다시 미소 지었다. 아닌걸요. 당신 닮아서 예뻐요…….

"맘! 대디!"

어디선가 들리는 소리에 둘 다 고개를 돌려야 했다. 여전히 발레 스쿨의 강당 안은 사람들로 북적였지만 저 소리를 못 알아들을 리 없었다.

"엉? 진짜 대디도 왔네?"

"아빠라고 해야지."

빳빳한 발레 스커트를 입은 꼬마 숙녀를 안아 올리면서 그가 말했다.

"다들 대디라고 하는데, 뭐 원한다면 아빠라 불러 줄게요."

그의 얼굴에 웃음이 번졌다. 그리고 동그란 머리통에 내려앉은 까만색 머리에 리본을 단 그를 닮은 아이에게도 웃음이 넘쳤다.

"못 올 거라더니!"

“우리 로아 공주님이 무대에 서는데 아빠가 안 올 수가 있나. 고마우면 뽀뽀.”

볼을 내밀자 조그마한 입술을 뾰족하게 내밀면서 말했다.

“난 비싼 여자예요! 바쁜 대디가 여기까지 안 왔으면 뽀뽀는 없는 거라구요!”

발음도 어려운 한국말을 또박또박 하면서 쪽 소리 나게 볼에 입을 맞추는 것을 보고 그는 다시 웃을 수밖에 없었다.

“이런 비싼 여자들 등살에 살 수가 있나. 우리 둘째는 아들이었으면 좋겠다.”

아직 표도 안 나는 혜원의 배를 보면서 말했다.

“그래도 역시 여자가 더 좋다는 걸 알게 되겠지. 놔줘요. 가서 사진 찍어야 해요.”

사랑스러운 딸을 조심스럽게 내려놓는 그의 표정이 사뭇 진지했다.

“어디서 기다릴까요?”

“여기로 오죠. 그럼 바이.”

마치 무용수라는 걸 나타내기라도 하듯 북적대는 곳을 사쁜사쁜 빳빳한 핑크색 발레 스커트를 입고 뒤돌아 가는 아이의 모습을 흐뭇하게 보고 있던 그가 슬그머니 혜원을 감싸 안았다.

“나도, 딸이 좋긴 해. 작은 딸도 좋아.”

“이미 그건 다 결정된 거예요. 우린 기다리기만 하면 돼.”

"그건 그렇고 저녁은 뭐 먹을까? 한식당으로 가면 로아 먹을 게 없는데. 그래도 역시 김치찌개 먹어야겠지?"

"그거야 당연하죠."

화사하게 웃고 있지만 당연하다는 표정이었다.

-The end

작가 후기

2012년 여름은 참 더웠습니다.

여름이 시작되는 길목에서 첫 연재를 시작한 이 글은 콘셉트부터 아주 흔한 사랑 이야기였습니다. 늘 대단한 남주와 지극히 현실적인 여주의 이야기만 주구장창 써 왔기에 항상 의견을 나누는 친구한테 대단한 여주와 아무것도 없는 남자의 이야기로 시작해서 그 상황이 역전된 진부한 신파 소설을 아주 끈적끈적하게 써 보겠다 하고 웃으면서 이야기하다 시작하게 된 글입니다.

제목 애인은 이야기를 쓰겠다 마음먹자마자 딱 떠오른 제목이었습니다만, 친구가 다른 연재를 시작하면서 적당한 제목이 없다 하길래 이거 써라 하고 줬다가, 아무래도 이 제목은 원래 임자가 써야 한다며 친구가 돌려준 것이었습니다. 그렇게 이 글은 제목을 찾아왔습니다.

애인의 愛는 사랑하는 사람이 아니라 동사입니다. 뒤의 人도 그가 될 수도 있고, 그녀가 될 수도 있는 것이지요. 제목이 그를 사랑하다이지만, 제가 쓰고 싶었던 것은 아마 사랑 이야기가 아니었는지도 모릅니다.

굳이 국어 시간 식으로 이 글의 주제를 이야기해라 한다면, 저는 명확하게 규정지을 수 없는 사랑의 이야기라 하겠습니다. 하루에도 수없이 쏟아져 나오는 로맨스 소설, 아니 그냥 소설, 노래 가사, 드라마, 영화의 주제는 거의 다 사랑입니다. 죽일 놈의 사랑, 지고지순한 사랑, 파괴적인 사랑, 무서운 사랑, 아름다운 사랑……. 그러나 우리 삶에는 정말로 그런 사랑이 늘 곁에 있는가에 대한 개인적인 의문에서 시작했습니다.

과연, 이 글의 주인공 길재현은 정혜원을 사랑했는가, 혜원은 정말로 재현을 사랑해서 그렇게 오랜 시간 동안 그를 기다린 것인가, 에 대한 글쓴이의 입장은 아닐 것이다, 입니다. 제가 간간이 행간에 썼듯이 혜원의 감정은 희귀한 것에 대한 관심일지도 모르고, 재현은 아름답고, 저를 숭배하는 여자에 대한 막연한 관심이었는지도 모릅니다. 로맨스 소설에서의 사랑은 가끔 모든 것을 포기하기도 하고, 가족을 버릴 수도 있고, 심지어 목숨을 버릴 수도 있는 위대하고 아름다운 사랑이 대부분입니다. 그러나 왠지 그런 사랑만 그리는 것이 좀 버거웠다고 할까요.

제가 연재를 하면서 재현이 아이와 여자를 쉽게 포기하는 것을 보고 남자 주인공 참 매력이 없네요, 능력도 없어요, 재현이 아이를 지킬 수 있게 해 주세요……. 하는 이야기를 참으로 많이 들었습니다. 그리고 뒤로 갈수록 혜원은 참으로 빛나고 아름다운데 남자 주인공이 정말 아닙니다, 하는 이야기도 많이 들었구요. 아마 혜원이 씩씩하게 재현을 기억하면서 홀로 반듯하게 살아왔기 때문에 그런 이야기를 하신 거라 생각합니다. 그러나 제가 글을 쓰면서 솔직히 소설의 한계를 느낀 부분이 여주인공이 실제라면 과연 그토록 오랜 시간 동안을 혼자 반듯하게 살아올 수 있었을까, 그리고 남자 주인공은 그렇게 쉽게 성공이라는 걸 했을까, 하는 거였습니다. 그러나 그게 있어야 소설이겠죠?

그래도 다른 소설처럼, 재현이 미국으로 돌아갔다가도 금방 모든 것을 내팽개치고 돌아오거나, 혹은 혜원도 사랑을 느끼고 그가 돌아오라고 했을 때 모든 것을 던지고 남자에게 가는 게 소설다운 사랑일지도 모릅니다. 그러나 현실은 그렇지 않지 않나요?

제 맘은 죽어도 후회를 하지만, 아니면 마음은 곧 상대에게 다가가고 싶지만, 현실이 그렇지 못하기에 그렇게 하지 못하는 그런 마음들. 그게 옳다고 느끼고 그래야 한다는 당위성을 느끼면서도 마음 한구석으로는 수긍하지 못하는 아픔, 그러면서도 포기해야만 하는 현실. 그런 마음들을 시리게 그려 보고 싶었습니다.

연재가 중반에 이르렀을 때는 정말 폭염이 극심했었고, 열이 나는 노트북 앞에 몇 시간씩 앉아 있는 것도 정말 힘들었습니다. 유난히 더위를 많이 타는 저는 더위 탓에 먹는 것도 제대로 못했고, 피서지에 사는 터라 모여드는 친인척들 덕에 연재를 중단한 적도 몇 번 있었습니다. 아마 그래서 그 더위 덕에 이 두 사람은 늘 엄동설한에 그토록 마음 아프게 고생만 하고 추위에 떨었는지도 모릅니다. 읽으시는 분들, 쓰는 저까지 모두 그런 엄동설한을 그리워했었을 겁니다.

이 글을 수정하고, 빈 곳을 채워 놓고, 표지를 고르고 이렇게 뒷이야기를 쓰는 지금도 아주 추운 한파 속입니다. 그러나 이 글이 조금이라도, 읽으시는 분들의 마음을 따뜻하게 해 드리길 원합니다.

제 첫 글은 이것저것 탈도 많았고, 모르는 것도 많았기에 실수가 있어도 그러려니 하겠지만, 이제 두 번째 글을 세상에 내놓으면서 여전히 마음 한구석에 조바심이 납니다. 그래도 이번에는 저다운 글을 내놓을 수 있어서 살짝 설렌다고나 할까요.

실은 고난과 끝에 해피엔딩을 맺는 주인공을 살짝 시기하는 엉뚱한 작가로서 항상 달달한 에필을 요리조리 피해 왔는데, 두 사람은 너무 고생을 해서인지 정말로 약간 심각한 버전의 에필도 준비했었습니다. 제가 낸 이북 중에는 한참 힘들었던 두 주인공이 갑자기 에필에서 각각 다른 사람과 연결돼 버리는 글도 있거든요. 이번에도 그냥 끝내기는 싫어서 살짝 언질을 해 드렸더니 제발 피해 달라고 편집하시는 분들이 손사래를 쳐서 심각 버전의 에필은 빼고 두 사람의 행복한 결혼 생활을 살짝 쓴 저답지 못한 엔딩을 가진 글이 끝을 장식하게 되었습니다. 그래도 보시는 분은 그게 더 나으실 거라 생각해요. 그렇게 끝을 내고 보니 저도 책장을 덮으면서 마음이 한결 가벼워집니다.

앞으로도 항상 식상한 사랑 이야기를 쓰지만, 살짝 옆에서 보는 그런 글을 쓰고 싶습니다.

끝으로, 제가 늘 글을 쓰면서 행복한 제2의 인생을 살게 저를 방치해 주는 우리 남편과 아이들에게 고마움을 전하고, 제가 글을 쓰게 해 주는 제 절친 해피캣과 저를 늘 지켜봐 주는 삽질 카페 회원 분들, 블랙홀 회원 분들께 늘 넘치는 애정의 마음을 전합니다.

그리고 이 글이 세상에 나올 수 있게 도와준 뾸미디어 여러분께도 감사 마음 전합니다.

물론, 이 책을 읽어 주시는 여러분께도 더할 나위 없는 고마움을 느낍니다.

항상, 사랑하며 사시는 하루 되길 빌겠습니다.

焉哉乎也 올림.

초판 1쇄 찍음 2013년 1월 11일
초판 1쇄 펴냄 2013년 1월 18일

지은이 | 언재호야
펴낸이 | 정 필
펴낸곳 | 도서출판 **뿔미디어**

편집장 | 이재권
기획 · 편집 | 손수화
편집디자인 | 이진선
관리 · 영업 | 김기환, 임순옥

출판등록 | 2002년 9월 11일 (제1081-1-132호)
주소 | 부천시 원미구 상3동 533-3 아트프라자 503호 (우)420-861
전화 | 032)651-6513 / 팩스 | 032)651-6094
E-mail | dahyangs@naver.com
카페 | http://cafe.daum.net/dahyangs

값 9,000원
ISBN 978-89-6775-116-6 04810
ISBN 978-89-6775-114-2 04810 (세트)

도
향

사랑, 그 설렘에 취하고 향기에 물들다.

도
향

사랑, 그 설렘에 취하고 향기에 물들다.